ANETTE SORGE

DER KAMPF UM COLORANIA

EMITH UND DAS GEHEIMNIS VON SHANTAKAN

cap-books

Bestell-Nr.: 52 50129
ISBN 978-3-86773-302-1

Oberer Garten 8
D-72221 Haiterbach-Beihingen
07456-9393-0
info@cap-music.de
www.cap-books.de

Umschlaggestaltung: Jan Henkel, www.janhenkel.com
Fotonachweis: Michael Steden/Shutterstock.com
Satz: Nils Großbach
Printed in Germany

Inhaltsverzeichnis

Advent, neue Colorania-Mails und ein Schrecken für Michaela

„Jeder aus meiner Klasse hat einen Star Wars-Adventskalender! Wirklich jeder! Ich bin der einzige, der keinen hat!" Nicos Bruder Philipp hatte sein finsterstes Schmollgesicht aufgesetzt.

Nico fuhr sich mit den Fingern durch sein kurz geschnittenes dunkelblondes Haar und verdrehte genervt seine grüngrauen Augen. Das ging nun schon seit Wochen so! Und das, obwohl der erste Dezember längst vorbei war und die Eltern schon lange den selbst gebastelten Adventskalender mit Süßigkeiten aufgehängt hatten, den es jedes Jahr gab. Doch Philipp gab anscheinend nie Ruhe!

Nico wunderte sich darüber. Er kannte seine Eltern gut und er wusste, dass Philipp keine Chance haben würde. Mit dem Argument „Alle anderen haben das auch" kam man bei seinen Eltern nie durch! Es war wirklich erstaunlich, dass sein Bruder das scheinbar immer noch nicht kapiert hatte.

Nun schaltete sich seine Schwester Elli in die Diskussion ein. Sie baute sich in ihrer vollen Größe vor ihrer Mutter auf, schob die Unterlippe trotzig hervor und sagte lautstark: „Wenn Philipp einen Star Wars-Kalender bekommt, will ich einen Top Model-Kalender, das ist sonst unfair!" Ihre großen Augen funkelten empört und ihr dunkler Pferdeschwanz mit dem rosa Schleifchen wippte wild hin und her.

Nico grinste. Bis vor kurzem noch war Elli der absolute Diddl-Fan gewesen. Doch seit ein paar Wochen war sie der Ansicht, dass sie für Diddl jetzt „viel zu groß" sei. Jetzt war Top Model angesagt.

Während die anderen um ihn herum weiter stritten, holte Nico sein Smartphone aus der Tasche. Er checkte seine Mails und sah eine Mail mit der Überschrift: „Hurra – Colorania 5 ist da!" Seine Augen weiteten sich vor Begeisterung. Es gab eine neue Colorania-Mail! Er öffnete sie und überflog schon mal die ersten paar Zeilen.

1. Hilferuf in der Nacht

Emith fuhr aus dem Schlaf hoch. Er hatte ein Geräusch gehört. Verschlafen setzte er sich in seinem Bett auf. Durch einen Spalt in der Gardine fiel ein wenig Licht von der Straßenlaterne in sein Zimmer. Suchend blickte er sich um und ließ seinen Blick über sein Schreibpult, den alten Eichenschrank und die kleine Kommode bis hin zur Zimmertür schweifen. Nichts war zu sehen, was ein Geräusch verursacht haben konnte. Hatte er nur geträumt?

Er fuhr sich mit der Hand durch seine kurzen schwarzen Haare und gähnte.

Gerade wollte er sich wieder hinlegen, da hörte er es noch einmal. Da er diesmal wach war, erkannte er sofort, woher das Geräusch kam: Jemand hatte an sein Fenster geklopft.

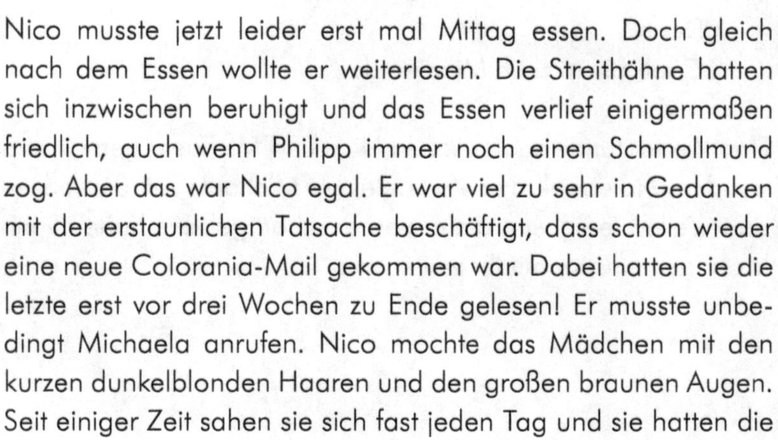

Nico musste jetzt leider erst mal Mittag essen. Doch gleich nach dem Essen wollte er weiterlesen. Die Streithähne hatten sich inzwischen beruhigt und das Essen verlief einigermaßen friedlich, auch wenn Philipp immer noch einen Schmollmund zog. Aber das war Nico egal. Er war viel zu sehr in Gedanken mit der erstaunlichen Tatsache beschäftigt, dass schon wieder eine neue Colorania-Mail gekommen war. Dabei hatten sie die letzte erst vor drei Wochen zu Ende gelesen! Er musste unbedingt Michaela anrufen. Nico mochte das Mädchen mit den kurzen dunkelblonden Haaren und den großen braunen Augen. Seit einiger Zeit sahen sie sich fast jeden Tag und sie hatten die letzten Colorania-Geschichten meistens gemeinsam gelesen.

Sobald er sich den letzten Bissen in den Mund geschoben hatte, sprang er auf, was ihm einen tadelnden Blick seiner Mutter einbrachte. Sie mochte es gar nicht, wenn beim Essen jeder kam und ging, wie er wollte. Doch da die Kinder mittags alle zu unterschiedlichen Zeiten aus der Schule kamen, waren gemeinsame Mahlzeiten sowieso nicht immer möglich. Deshalb ließ sie es stirnrunzelnd geschehen.

Nico schob seinen Teller in den Geschirrspüler und zog sich in sein Zimmer zurück. Dort rief er sofort Michaela an.

„Hi Nico“, meldete sie sich müde. „Bist du auch so ferienreif wie ich?“

Ohne darauf einzugehen, fragte er: „Hast du Lust, vorbeizukommen?“

„Weiß nicht“, antwortete Michaela lustlos. „Wollte gerade ein bisschen chillen.“

„Wir könnten zusammen lesen“, schlug Nico vor.

„Lesen? Weiß nicht. Was wolltest du denn lesen?“

„Colorania fünf!“

„Was?“ Jetzt klang Michaelas Stimme gar nicht mehr müde. „Du willst doch nicht etwa sagen, dass …“

„Doch!“

„Cool! Bin in zehn Minuten da!“

Eine Viertelstunde später saßen Nico und Michaela gemeinsam vor dem Notebook. Nico wartete, bis Michaela mit den ersten paar Zeilen fertig war, die er vorher schon gelesen hatte. Dann las er gemeinsam mit ihr weiter:

Erschrocken drehte Emith sich zum Fenster um, aber er sah nur noch einen Schatten, der schnell verschwand. Sein Herz pochte heftig. Wer klopfte mitten in der Nacht an sein Fenster und versteckte sich dann? Das konnte doch nichts Gutes bedeuten! Ängstlich warf er einen Blick zu der weißen Taube, die auf seinem Kopfkissen saß, wo sie sich nachts, wenn Emith schlief, immer niederließ.

Doch die Taube saß ganz ruhig da. Emith atmete auf. Wenn ihm Gefahr drohen würde, hätte sie ihn mit Sicherheit gewarnt.

Die Taube war ein Geschenk des Königs von Colorania. Des wahren Königs, nicht des Schwarzen Meisters, der immer noch einen Teil des Landes unterdrückte. Und sie war ein ganz besonderer Freund für Emith, denn sie konnte sprechen, und durch sie konnte er auf geheimnisvolle Weise immer mit dem König in Verbindung treten, selbst, wenn dieser nicht persönlich in der Nähe war. Außerdem leuchtete sie im Dunkeln, warnte ihn vor Gefahren und half ihm in allen möglichen Situationen. Die Taube war einfach wunderbar!

Durch ihr ruhiges Verhalten ermutigt, öffnete Emith das Fenster einen Spalt und schaute auf die nächtliche Straße hinaus. Es war niemand zu sehen. Die Straße war menschenleer und alles war still. Doch plötzlich zischte eine leise Stimme: „Komm heraus, ich muss mit dir sprechen. Komm in den Garten, wo alles dunkel ist. Wir dürfen von niemandem gesehen werden!"

Die Stimme kam von links, dort, wo der Hintereingang war, der zum Garten führte. Jetzt pochte Emiths Herz wieder aufgeregt. Wer war das, der mitten in der Nacht mit ihm sprechen wollte? Und der dieses Gespräch offenbar unbedingt geheim halten wollte? Verunsichert blickte er noch einmal seine Taube an. Doch auch diesmal gab sie ihm kein Signal, das darauf hindeutete, dass ihm irgendeine Gefahr drohte. Trotzdem war er nicht beruhigt. Sollte er wirklich hinausgehen? Er fragte sich, ob es auch Gefahren gab, von denen die Taube nichts wusste. Bisher hatte er das noch nicht erlebt, aber konnte es nicht sein, dass sie auch mal was nicht merkte? Dann schalt er sich. *So ein Quatsch,* dachte er. *Die Taube ist doch vom König, und der weiß alles und passt auf mich auf. Also kann ich da ruhig hingehen!* Entschlossen drehte er sich um und ging zur Zimmertür. Trotzdem pochte sein Herz heftig, als er sie öffnete und leise in den dunklen Flur schlich.

Die Taube erhob sich und kam auf seine Schulter geflogen. Das gab ihm wieder etwas mehr Zuversicht. Er schlich am Rand entlang, um die knarrenden Dielen zu vermeiden und niemanden im Haus aufzuwecken. Schließlich erreichte er die Hintertür, die in den Garten führte. Leise öffnete er sie und trat ins Freie. Draußen war es ganz dunkel. Die nächste Straßenlaterne stand auf der anderen Seite des Hauses. Von ihrem Lichtschein war im Garten nichts mehr zu sehen. Nur ein wenig Mondlicht drang durch die Wolkendecke und warf gespenstische Schatten auf die von vielen Büschen und Bäumen umgebene Grasfläche vor ihm. Und die Taube leuchtete hell auf Emiths Schulter.

Emith schaute sich suchend um. Plötzlich trat aus dem Schatten eines Baumes ein fremder Mann. Neugierig musterte er ihn. Der Fremde sah eigenartig aus. Er trug ein dunkles, langes Gewand mit einer Kapuze, die er sich tief über das Gesicht gezogen hatte. Dunkle Augen in tiefliegenden Augenhöhlen schauten darunter hervor. Sie musterten Emith mit einer solchen Ernsthaftigkeit, ja Eindringlichkeit, dass ihm sofort klar wurde, dass dieser Mann ihm etwas Wichtiges zu sagen hatte.

Emith wandte seinen Blick von diesen ernsten Augen ab, die ihm fast schon unheimlich vorkamen. Er betrachtete die seltsame grün gemusterte Schärpe, die der Fremde um seine Hüften geschlungen hatte. Zwei weiße Kordeln hingen an ihr. Noch nie zuvor hatte Emith so seltsame Kleidung gesehen.

An den Füßen trug der Fremde zerschlissene Stiefel, die darauf hindeuteten, dass er eine sehr weite Reise hinter sich hatte. Plötzlich griff er in eine Tasche, die in sein Gewand eingenäht war und holte einen versiegelten Brief heraus. Wortlos reichte er ihn Emith. Dieser nahm ihn erstaunt entgegen und hielt ihn unschlüssig in den Händen. Doch der Fremde zischte ungeduldig: „Los, öffne ihn und lies!"

Zögernd öffnete Emith den Brief. Der Fremde trieb ihn zur Eile an: „Bitte lies schnell. Wir haben nicht viel Zeit!" Er warf einen unruhigen Blick Richtung Straße, so, als ob er irgendwo einen Feind vermutete, der jeden Augenblick auftauchen konnte.

Jetzt wurde auch Emith von seiner Unruhe angesteckt. Hastig faltete er den Zettel auseinander und begann zu lesen:

Verehrte Freunde des Königs,

das ist ein HILFERUF! Die Brüder aus der königlichen Stadt Shayan brauchen dringend eure Hilfe. Wenn es unserem Bruder gelungen ist, euch zu finden und euch diese Botschaft zu überbringen, betrachtet das bitte als ein königliches Zeichen, dass ihr uns nicht im Stich lassen dürft. Denn wir verehren denselben König wie ihr, doch wir sind in großer Gefahr.

Selbst diese Botschaft zu überbringen ist gefährlich, und sie bei sich zu haben, auch. Deshalb bitten wir euch: Lernt die Wegbeschreibung auswendig und vernichtet diesen Brief hinterher sofort. Und bitte macht euch, so schnell es euch möglich ist, auf den Weg, um uns zu helfen.

Mit hochachtungsvollen Grüßen

Euer Bruder Nayhat, Vorsitzender der königlichen Bruderschaft in Shayan

Emith schaute den Fremden erstaunt an. Er hatte noch nie von einer Stadt namens Shayan gehört. Dann fiel sein Blick wieder auf den Zettel. Unter den Grüßen stand:

Wegbeschreibung:

Reitet nach Nordosten und überquert die Grenze nach Shantakan.

Shantakan? Wieder blickte Emith erstaunt auf. Der Mann kam aus Shantakan? Er kam also gar nicht aus Colorania! Kein Wunder, dass er so fremd aussah und so merkwürdige Kleidung trug. Er hatte in der Tat eine sehr lange Reise hinter sich!

Shantakan war ein Nachbarland von Colorania. Doch Emith wusste nicht viel über das Land, nur, dass es schon lange den König verehrte und wunderschön sein sollte. Bunt und farbenfroh, so hatte er gehört. Wie auch Colorania jetzt fast bunt war. Bis vor kurzem hatte es in Colorania noch keine Farben gegeben, alles war schwarz-weiß gewesen. Nur durch das Eingreifen des Königs war wieder Farbe in das Land gekommen. Doch Shantakan, so hatte der König ihnen einmal erzählt, war schon lange vollkommen farbig.

Emith las erstaunt weiter:

Habt ihr die Grenze nach Shantakan passiert, haltet euch immer Richtung Osten, bis ihr zur Stadt Moroh kommt. Reitet auf keinen Fall in die Stadt hinein! Reitet um sie herum, weiter Richtung Osten, bis ihr nach Mondstadt kommt. In Mondstadt gibt es einen Basar, auf dem ihr Vorräte einkaufen könnt. Kauft dort so viel ein, wie ihr tragen könnt, denn das wird die letzte Gelegenheit dafür sein, bis ihr Shayan erreicht. Reitet von dort aus weiter durch die Steppe bis zum Fluss Smaragdstrom. Folgt dem Fluss Richtung Norden bis zur Wildwasserschlucht. Seid ihr dort angekommen, könnt ihr bereits die Stadt Shayan sehen, sowie das Haus unserer Bruderschaft. Es steht auf einem Berg etwas außerhalb der Stadt. Bitte fragt dort direkt nach mir. Ich weiß leider noch nicht einmal, ob ich jedem meiner Brüder trauen kann.

Das war alles. Emith schaute zu dem Fremden auf.

Dieser fragte ihn ohne Umschweife: „Kommt ihr, oder kommt ihr nicht? Ich muss es heute noch wissen, denn ich will mich auf den Rückweg machen und meinen Brüdern Antwort geben."

Emith blieb der Mund offen stehen vor Schreck. Wie sollte er so schnell, mitten in der Nacht und ganz allein, eine Entscheidung von solcher Tragweite treffen?

Doch halt, er war ja nicht allein. Hilfesuchend schaute er sich nach seiner Taube um. Die antwortete auch prompt: „Ja, Emith, sage deine Hilfe zu. Der König will, dass ihr dorthin reitet!"

Emith schaute die Taube erstaunt an. Sein Herz fing wieder an, aufgeregt zu pochen. Das klang doch ganz nach einem neuen Abenteuer! Er überlegte gleich, ob wohl seine Brüder und Cynthia mitkommen würden. Oder vielleicht noch andere von seinen Freunden. Doch dann wurde ihm bewusst, dass der Fremde ihn immer noch auffordernd anstarrte, weil er auf eine Antwort wartete. Also nickte er langsam und sagte: „Ja, meine Freunde und ich, wir werden kommen."

„Dem König sei Dank", flüsterte der Fremde und Emith sah, wie ein Ausdruck großer Erleichterung über sein Gesicht huschte. Doch sofort bekam er wieder diesen überaus ernsten Gesichtsausdruck, als er mahnte: „Vergesst ja nicht, die Wegbeschreibung auswendig zu lernen und den Brief so schnell wie möglich zu vernichten!" Die Augen starrten Emith noch eindringlicher an, als er wiederholte: „Ich habe das ernst gemeint. Dieser Brief kann euch in Gefahr bringen. Ihr dürft ihn keine Minute länger behalten als unbedingt nötig!"

Damit drehte sich der Fremde um und schlich an den Büschen entlang davon. Emith schaute ihm mit offenem Mund nach. Dann ging er ins Haus zurück.

II. Der verschwundene Brief

Am nächsten Morgen fragte sich Emith, ob er das alles nur geträumt hatte. Doch dann sah er auf seinem Schreibpult den Brief des Fremden liegen. Aufgeregt nahm er ihn in die Hand und las ihn noch einmal. Was für ein merkwürdiger Brief! Und was sollte die Aufforderung, die Wegbeschreibung auswendig zu lernen und den Brief zu vernichten? Wozu diese ganzen Vorsichtsmaßnahmen?

Emith hatte sich das Land Shantakan bisher immer wie ein Paradies vorgestellt. Alle waren farbig, alle verehrten den König, es gab keinen Schwarzen Meister wie in Colorania. Wovor hatten die Brüder dort Angst? Und was war überhaupt der Grund des Hilferufs? Jetzt erst fiel Emith auf, dass das in dem Brief gar nicht stand. Bruder Nayhat hatte lediglich erwähnt, er und die anderen Brüder seien in großer Gefahr. Aber was für eine Gefahr, das hatte er nicht erklärt. Oder hatte er es bewusst verschwiegen? Vielleicht hatte er Angst, dass Emith und die anderen sonst nicht kommen würden? Was für ein Geheimnis verbarg sich in Shantakan?

Das kam ihm alles sehr komisch vor. Emith schloss den Brief sorgfältig in seinem Schreibpult ein und ging in die Küche, um mit seinen Brüdern zu frühstücken. Er konnte es kaum erwarten, ihnen von dem nächtlichen Besuch und dem seltsamen Brief zu erzählen. Doch das würde er wohl erst nach der Schule tun können.

Auf dem Schulweg erwähnte er aber wenigstens schon mal, dass er ihnen etwas Wichtiges zu erzählen habe, und dass sie nach dem Mittagessen zu ihm ins Zimmer kommen sollten.

Der Schulvormittag verging quälend langsam. Emiths Brüder bedrängten ihn, doch zu erzählen, was er so Wichtiges zu sagen habe, aber Emith schwieg. Das wollte er lieber in Ruhe zu Hause tun.

Nach dem Mittagessen war es dann endlich so weit, dass sie zusammen in Emiths Zimmer saßen. Wenn man die vier Jungen betrachtete, sah man sofort, dass Johrin, Jotan und Jakob nicht Emiths richtige Brüder waren. Während die drei Jungen rötliche Haare, braune Augen und viele Sommersprossen hatten, hatte Emith hellblaue Augen, die so gar nicht zu seinen kurz geschnittenen, etwas struppigen tiefschwarzen Haaren passten.

In der Tat waren Johrin, Jotan und Jakob Emiths Cousins, aber sie lebten zusammen in einem Haus und waren deshalb für ihn wie Brüder. Johrin war vierzehn, Jotan, wie Emith selbst, dreizehn, und Jakob elf.

Emith hatte die volle Aufmerksamkeit seiner Brüder, als er ihnen von dem merkwürdigen Fremden erzählte und schließlich den Brief aus der Schublade holte. Alle runzelten die Stirn, als sie ihn gelesen hatten.

Jakob platzte als erster heraus: „Ich verstehe das nicht! Wie kann man überhaupt in einem Land, wo der König regiert und wo es keinen Schwarzen Meister und keine Schwarzen Ritter gibt, wie hier bei uns, in Gefahr sein?"

Keiner wusste darauf eine Antwort. Die gleiche Frage hatten sich alle gestellt. Sie waren mit der Schreckensherrschaft des Schwarzen Meisters aufgewachsen, der Colorania seit langer Zeit unterdrückte. Dann hatten sie den wahren König kennengelernt, und durch ihn wurde das Land Stück für Stück befreit und die Herrschaft des Bösen zurückgedrängt.

Sie liebten ihren König, denn sie wussten, dass er ein gerechter, guter und liebevoller Herrscher war. Ein König, der sogar seine Feinde liebte. Und sie konnten sich nicht vorstellen, dass es in einem Land, wo alle diesen guten, liebevollen König verehrten, überhaupt Gefahr gab. Denn wo Liebe herrschte, konnte da einer dem anderen etwas Böses antun? Als alle eine Weile geschwiegen hatten, meinte Johrin: „Wir müssen überlegen, wie wir mit diesen Informationen umgehen."

„Müssen wir das wirklich alles auswendig lernen?", maulte Jotan.

„Ich finde das auch ein bisschen übertrieben", meinte Jakob. „Der Mann war bestimmt überängstlich."

„Ich weiß nicht", sagte Emith. „Der Fremde, der mir den Brief gegeben hat, wirkte nicht überängstlich. Aber er wirkte sehr ernst, und irgendwie ... ernst." Emith fand einfach kein passenderes Wort, um den Fremden zu beschreiben.

Plötzlich schaltete sich seine Taube ein. Auch ihre Stimme klang ernst, als sie sagte: „Ihr solltet die Warnungen des Briefeschreibers beachten. Lernt die Wegbeschreibung auswendig und vernichtet den Brief so schnell wie möglich. Sonst bringt ihr nicht nur den Überbringer des Briefes, sondern auch euch selbst in große Gefahr."

Die Jungen seufzten, als sie das hörten. Auswendiglernen war nicht gerade ihre Stärke.

Jotan lehnte sich entspannt zurück und meinte: „Naja, das heißt ja nicht, dass wir alle das auswendig lernen müssen. Reicht doch, wenn einer es tut. Emith zum Beispiel, der hat den Brief schließlich bekommen!"

Emith widersprach empört: „Ich bin mir gar nicht sicher, ob ich mir das alles merken kann! Nein, ihr müsst mir schon helfen!"

„Das meine ich auch", stimmte Johrin Emith zu. „Es ist zu riskant, uns da nur auf Emith zu verlassen! Nichts gegen dich, Bruderherz!" Er gab Emith einen neckenden Rippenstoß. „Aber wenn wir uns auf dein Gedächtnis allein verlassen sollten, glaube ich nicht, dass wir ankommen!"

Emith warf ihm einen empörten Blick zu. Aber er war nur so halb sauer, denn immerhin unterstützte Johrin ja seine Meinung.

„Lass es uns so machen: Wir lesen uns die Wegbeschreibung jetzt noch mal gründlich durch, und jeder von uns versucht, sich so viel wie möglich einzuprägen. Morgen früh lesen wir es noch mal, und dann müssten wir es uns ja wohl gemerkt haben! Bis morgen früh werden wir den Brief schon noch behalten dürfen!", meinte Johrin.

Alle stimmten erleichtert zu, denn keiner von ihnen hatte Lust, noch weiter den Text auswendig zu lernen. Dabei achteten sie nicht auf die warnenden Blicke der Tauben.

Jakob schlug vor, noch einen kleinen Spaziergang ins Dorf zu machen. Seine Brüder grinsten, denn sie wussten genau, dass er bei der Bäckerei vorbeigehen wollte. Insgeheim hoffte er darauf, dass Belo, der Bäckersohn, der ein guter Freund der drei Jungen war, ihnen wieder ein wenig Kuchen schenken würde, wie er es so oft tat. Jakob hatte eine große Vorliebe für guten Kuchen.

Die Jungen waren nicht abgeneigt und so machten sie sich auf den Weg ins Dorf. Unterwegs unterhielten sie sich noch immer über das Land Shantakan und den merkwürdigen Fremden. Was für ein Geheimnis gab es wohl in Shantakan zu entdecken?

Schließlich kamen sie bei Belo in der Bäckerei an und plauderten eine Weile mit ihm. Jakobs Hoffnungen auf guten Kuchen erfüllten sich. Sie saßen kauend und lachend in der

Backstube und tauschten sich über vergangene gemeinsame Abenteuer aus.

Nach einiger Zeit machten sie sich wieder auf den Rückweg. Doch als sie zu Hause ankamen, erwartete sie eine unangenehme Überraschung: Emiths Zimmer war in ihrer Abwesenheit durchwühlt worden. Schrank und Kommode standen offen, Kleidungsstücke waren herausgerissen und auf dem Fußboden verteilt worden. Die Schreibtischschublade war ebenfalls offen und der Inhalt auf dem Boden verteilt. Emith war bestürzt. Wer war in sein Zimmer eingedrungen? Und was hatte er gesucht? War etwas gestohlen worden? Er versuchte, sich einen Überblick zu verschaffen, ob etwas fehlte. Doch das schien nicht der Fall zu sein. Plötzlich fiel ihm der Brief ein. Schnell schaute er in die Schublade, in die er ihn gelegt hatte. Er war nicht darin. Fieberhaft durchsuchte er das ganze Zimmer. Doch was er nicht wahrhaben wollte, bestätigte sich leider bald: Der Brief war verschwunden.

Die Aufregung in der Familie war groß, als Emith erzählte, was passiert war. Alle kamen in sein Zimmer und suchten nach Spuren, doch es war nichts zu finden. Niemand konnte sich erklären, wie die Täter überhaupt ins Haus gekommen waren. Tante Leah erzählte nur, dass zweimal Frauen aus der Nachbarschaft geklingelt hatten, aber sonst niemand in der Nähe gewesen war. Das Fenster in Emiths Zimmer war verschlossen.

Plötzlich fiel ihm etwas ein. Der Hintereingang! Vielleicht hatte er den Hintereingang nicht verschlossen, als er nachts mit dem Fremden im Garten gewesen war. Die Familie benutzte diesen Eingang nicht so häufig, deshalb konnte es schon sein, dass er nicht richtig verschlossen war und niemand es merkte. Schnell lief Emith dorthin. Tatsächlich, die Tür war nur angelehnt! Der Einbrecher hatte sich also durch den Hintereingang in das Haus geschlichen. Emith fragte sich, ob er in der Nacht mit dem Fremden schon beobachtet worden war. Bei dem Gedanken lief ihm ein kalter Schauer über den Rücken. Irgendwie war die Gefahr, vor der ihn der Schreiber des Briefes gewarnt hatte, jetzt viel realer geworden.

III. Aufbruch nach Shantakan

Ein paar Tage später umarmte Tante Leah Johrin, Jotan, Jakob und auch Emith. Innerlich seufzte sie. Nun würden alle ihre Söhne für lange Zeit unterwegs sein. Sie würde sie vermissen. Doch insgeheim war sie auch stolz darauf, dass der König so einen wichtigen Auftrag für sie hatte. Emith und Johrin waren ja schon öfter im Auftrag des Königs unterwegs gewesen. Doch nun durften auch Jotan und Jakob mit dabei sein.

„Habt ihr auch wirklich alles eingepackt, was ihr braucht?", fragte sie zum wiederholten Mal.

„Ja", antworteten alle gleichzeitig. Innerlich fragten sie sich, warum Mütter nur immer und immer wieder die gleichen Fragen stellen mussten.

„Hauptsache, wir haben genug Essen mit", sagte Jakob fröhlich, was ihm lautes Gelächter seiner Geschwister einbrachte. Jakobs Vorliebe für gutes Essen war allen bekannt.

Emith tastete nach dem Kompass in seiner Tasche. Die Taube hatte ihm gesagt, er solle einen mitnehmen. Zufrieden stellte er fest, dass der Kompass da war, wo er sein sollte.

Inzwischen war auch Cynthia eingetroffen. Sie saß auf ihrer Stute Perle und lachte fröhlich. Ihre langen schwarzen Haare wehten im Wind und ihre smaragdgrünen Augen blitzten fröhlich. „Leute, bin ich aufgeregt! Ich freue mich schon so!", rief sie ihnen von weitem schon zu.

Der König hatte durch die Tauben klare Anweisungen gegeben: Emith sollte mit seinen Brüdern zusammen nach Shantakan reiten. Cynthia sollte ebenfalls mitkommen. Unterwegs würden sie zuerst Berolunth, danach Sinayah und Gwinon treffen, die ebenfalls mit ihnen nach Shayan reisen sollten. Der König hatte bereits alles in die Wege geleitet. Er hatte sogar für Jotan und Jakob jeweils ein Pferd zur Verfügung gestellt und dafür gesorgt, dass Cynthia die Stute Perle, auf der sie damals zum *Wald der singenden Birken* geritten war, wiederbekam. Cynthia hatte sich riesig gefreut, die geliebte Stute wiederzusehen. Das Tier war in der Zwischenzeit bei seinen eigentlichen Besitzern, Herrn und Frau Odrian aus Canus, gewesen. Doch die waren sehr großzügig, und als sie gehört hatten, dass der König Cynthia und ihre Freunde nach Shantakan senden wollte, hatten sie Cynthia das Pferd gerne wieder überlassen und es durch einen Knecht zu ihr geschickt.

Emith tätschelte die Stute. Sie war schwarz, mit einer weißen Blesse und weißen Fesseln, und bald ebenso groß wie sein edler schwarzer Hengst Nachtwind, den er ebenfalls von Herrn Odrian bekommen hatte, aber schon seit einiger Zeit sein Eigen nennen durfte. Er liebte Nachtwind sehr. Auch Johrin hatte schon länger ein eigenes Pferd vom König bekommen, einen rotbraunen Hengst, den er „Kleiner Fuchs" genannt hatte. Für Jotan und Jakob hatte Herr Odrian nun auch Pferde bringen lassen. Sie waren nicht aus Herrn Odrians eigener Zucht, sondern aus der eines guten Freundes. Jotans war dunkelbraun und Jakobs war genauso schwarz wie Nachtwind. Die beiden Jungen waren sehr aufgeregt. Niemals zuvor hatten sie eigene Pferde gehabt. Sie durften zwar immer auf den beiden Pferden der Familie reiten, aber das war doch etwas anderes, als ein eigenes Tier zu haben. Jakob saß hoch aufgerichtet auf seinem Hengst und sah so stolz aus, als habe er gerade einen Siegespreis bei den großen coloranischen Wettspielen gewonnen. Emith schmunzelte.

Nach etlichen weiteren Umarmungen und Ermahnungen stiegen die vier Jungen und Cynthia endlich auf ihre Pferde und ritten zusammen los.

Der Mond schien in dieser Nacht besonders hell in Shantakan. Ein Schwarm Fledermäuse schwirrte um die alte Burg herum, die in den Bergen am Rand der Stadt Shayan stand.

In der Burg waren drei Männer zusammen in einem kleinen, mit teuren Möbeln ausgestatteten Raum. Sie saßen auf rot gepolsterten, mit vielen Schnitzereien verzierten Holzstühlen. In ihrer Mitte stand ein dazu passender, ebenfalls mit Schnitzereien verzierter Tisch. Auf dem Tisch standen eine brennende Kerze, eine Karaffe mit Wein sowie drei Gläser, die jeweils schon zur Hälfte ausgetrunken waren.

„Seit einiger Zeit beobachten wir die Entwicklungen in Colorania mit Sorge". Der Burgherr, der an der Stirnseite des Tisches saß, rieb sich nachdenklich seinen schwarzen Bart. Dabei waren seine Augenbrauen finster zusammengezogen und die dunklen Augen schauten eindringlich seine Gesprächspartner an.

Der jüngere der beiden Männer, die dem Burgherrn gegenübersaßen, antwortete bedächtig: „Grundsätzlich ist es ja nicht schlimm, dass auch Colorania jetzt wieder Farbe angenommen hat ..."

Er wurde sofort von dem Burgherrn unterbrochen: „Natürlich nicht! Nichts freut mich mehr, als dass unser Nachbarland jetzt wieder genauso schön bunt ist wie unser geliebtes Shantakan." Er hüstelte gekünstelt. „Und natürlich ist es wunderbar, dass jetzt immer mehr unserer coloranischen Nachbarn auch unseren König verehren. Beunruhigend sind nur die Gerüchte, die man so darüber hört, *wie* sie das tun!"

Nun schaltete sich der dritte Mann ein, der bislang schweigend zugehört hatte. „Ja", bekräftigte er mit Nachdruck, „die sind in der Tat sehr beunruhigend ..."

Doch auch er wurde von dem Burgherrn unterbrochen, der mit der rechten Hand eine Falte seines leuchtend roten Gewandes glattstrich, und mit der Linken nervös auf den Tisch trommelte. „Aber noch beunruhigender sind die Informationen, die ich heute Morgen erhielt, und das ist der Grund, warum ich euch hier zusammengerufen habe." Mit wild funkelnden Augen beobachtete er seine beiden Gesprächspartner, wie, um sicherzustellen, dass er deren volle Aufmerksamkeit hatte. Dann holte er einen zerknitterten Zettel aus einer Tasche, die in sein Gewand eingenäht war. Bevor er ihn auffaltete, strich er die grün gemusterte Schärpe glatt, die um seine Hüfte geschlungen war. Dann räusperte er sich kurz und las mit monotoner Stimme vor.

Als er geendet hatte, schwiegen alle entsetzt. Dann brach der jüngste der Männer das Schweigen und stellte fest: „Bruder Nayhat ist jetzt also endgültig zum Verräter geworden."

Hier war die Mail zu Ende. Michaela und Nico lehnten sich zurück.

„Shantakan …", sagte Michaela gedankenverloren. „Bin ja mal gespannt, was da noch so kommt."

Mirko fuhr sich durch seine blonden Haare und betrachtete sein fertig eingeräumtes Zimmer. Seine blaugrauen Augen blitzten zufrieden und seine sonst eher blassen Wangen waren vor Freude mit einer zarten Röte überzogen. Endlich war nun auch der Rest seiner Familie umgezogen, und er musste nicht mehr bei seinem Onkel wohnen. Gerade hatte er die letzte Kiste ausgepackt. Jetzt türmten sich vor seiner Zimmertür die leeren Kartons. Aber das war auch schon alles, was daran erinnerte, dass er gerade erst umgezogen war. Und weil er es gerade erst eingeräumt hatte, sah sein Zimmer sogar richtig ordentlich aus (was bei ihm sonst eher selten der Fall war).

Sogar Bilder hatte er schon an die Wände gehängt. Unter anderem eine Zeichnung von seinem Opa. Ein Gebirgsbild, das er ganz besonders liebte. Es war mit Kohle gezeichnet. Hinter den hohen Bergen braute sich ein Gewitter zusammen. Blitze zuckten am Himmel und das Bild sah irgendwie unheimlich aus. Es hatte Mirko schon fasziniert, als er noch ein kleiner Junge gewesen war. Er hatte so lange gebettelt, bis sein Opa es ihm geschenkt hatte. Mirko hatte noch mehr Zeichnungen von seinem Opa. Aber die hatte er nicht aufgehängt. Schon gar nicht die von dem Jungen. Er hatte kurz nach dem Tod seines Opas in einer Schublade Zeichnungen gefunden. Sie alle zeigten den gleichen Jungen. Einen Jungen, den Mirko nie zuvor gesehen hatte, und von dem er sich sicher war, dass er nicht zur Familie gehörte. Und doch hatte sein Opa ihn so oft gezeichnet. Mirko hatte sich mehr als einmal gefragt, wer dieser Junge war, und warum es seinem Opa so wichtig gewesen war, ihn zeichnerisch festzuhalten. Er hatte sogar seinen Onkel und seine Tante danach gefragt. Doch sie hatten ihm nicht geantwortet. Mirko hatte das Gefühl gehabt, dass sie ihm Informationen bewusst vorenthalten hatten. Das bestätigte seine Vermutung, dass es um den Jungen irgendein Geheimnis gab. Doch Mirko ließ sich nicht davon abhalten, weiter zu forschen. Im Gegenteil: Seine Neugier wurde erst recht angestachelt! Immerhin hatte er vor kurzem entdeckt, dass unter einer der Zeichnungen der Name des Jungen stand. Endlich hatte er wenigstens den herausgefunden! Doch es war ein seltsamer Name, einer, den er vorher noch nie gehört hatte: Emith.

Mirko hatte sofort im Internet geforscht, ob er irgendwas über diesen Namen herausfinden konnte, aber die Suche hatte leider ziemlich magere Ergebnisse gebracht. Jedenfalls war nichts für ihn Brauchbares dabei. Nein, er musste weiterhin in seiner Familie und in den Unterlagen seines Opas forschen, soviel stand fest. Sein Onkel, bei dem er ein paar Wochen gewohnt hatte, hatte ihm nichts verraten. Also musste er sich an jemand anderen wenden. Aber an wen bloß? Wie schon so oft in den letzten Tagen überlegte er hin und her.

Plötzlich fiel ihm jemand ein. Natürlich! Warum war er nicht gleich darauf gekommen?! Vielleicht, weil er noch nie mit ihr zu tun gehabt hatte. Er kannte seine Großtante Lieselotte gar nicht, sondern hatte lediglich davon gehört, dass es sie gab. Doch nun beschloss er, dass er sie unbedingt einmal besuchen musste. Sofort bekam er ein schlechtes Gewissen. Noch nie hatte er sich für seine Großtante interessiert, aber nun, wo er etwas von ihr wollte, wollte er sie auf einmal besuchen! Das war nicht gerade die feine Art! Aber es ging nicht anders. Er musste es unbedingt tun. Denn die Schwester seines Opas war mit ihm zusammen aufgewachsen, und sie wusste bestimmt mehr über Opas Leben als jede andere Person!

Natürlich musste er sie heimlich besuchen. Denn auch seine Eltern hatten schon lange keinen Kontakt mehr zu ihr gehabt. Da hatte es wohl mal einen Streit gegeben, Mirko wusste nicht so genau darüber Bescheid. Aber seine Eltern hatten immer über Großtante Lieselotte geschimpft. Auch der Rest der Familie hatte sich von ihr abgewandt. Mirko kannte eigentlich keinen, der noch Kontakt zu ihr hatte.

Außerdem durfte keiner von seinen Nachforschungen wissen. Alle würden wieder zu ihm sagen, er denke nur an Opa und müsse zum Psychologen. Wie oft hatte er sich solche Sprüche schon anhören müssen! Dabei ging es ihm in letzter Zeit doch schon wieder viel besser! Er hatte sich in der neuen Schule erstaunlich gut eingelebt, hatte echte Freunde gefunden, und er hatte zu dem Gott seiner Kindheit zurückgefunden. Vor kurzem hatte er zum ersten Mal wieder gebetet und war erstaunt gewesen, wie gut ihm das getan hatte.

Mirko musste erst mal die Adresse von Großtante Lieselotte herausfinden. Er wusste zwar, in welchem Dorf sie wohnte, aber die Straße und Hausnummer kannte er nicht. Aber zum Glück gab es ja das Internet. Mirko gab den Namen Lieselotte Mossmann und den Namen des Dorfes in die Suchmaschine ein, und sofort hatte er die Adresse. Rasch notierte er sie sich. Nun musste er nur noch eine Gelegenheit finden, seine Großtante zu besuchen, ohne dass seine Eltern und Geschwister das mitbekamen. Das würde schwieriger werden, denn allein um zu dem Dorf zu kommen, würde er sicher mindestens ein bis zwei Stunden brauchen, dann noch mal so viel zurück, und, naja, wenn er wirklich etwas über seinen Opa erfahren wollte, konnte er ja auch nicht nur fünf Minuten bleiben! Aber er würde schon einen Weg finden, da war er sich sicher …

Am nächsten Morgen in der Schule standen Nico und Michaela mit ihren besten Freunden Mirko, Connor und Lena zusammen auf dem Schulhof.

Michaela und Nico unterhielten sich mit Lena über die Colorania-Mails. Lena hatte inzwischen auch angefangen, die Geschichten zu lesen. Sie las gerade den zweiten Teil, den Michaela ihr vor kurzem weitergeleitet hatte. Lena war ebenfalls aufgeregt, als Michaela und Nico erzählten, dass nun wieder ein neuer Teil der Geschichte gekommen war.

„Worüber redet ihr gerade?", fragte Mirko neugierig. „Colorania? Was soll das denn sein?"

„Colorania ist ein Land", erklärte Michaela eifrig. „Nico und ich, wir bekommen immer Geschichten per Mail zugeschickt, die wir meistens zusammen lesen."

„Geschichten per Mail? E-Books, oder was?"

„Ja … naja, so ähnlich. Bloß, dass es halt kein ganzes Buch ist, sondern in Etappen kommt."

„Aha. Naja, auch egal."

„Mirko, die solltest du auch mal lesen. Die sind echt spannend! Sie handeln von einem Jungen namens Emith, der immer viele Abenteuer erlebt …"

Doch Mirko hatte sich schon Connor zugewandt und gar nicht mehr zugehört. Lesen interessierte ihn nicht.

Michaela war enttäuscht. Sie war der Meinung, jeder müsse sich für die Colorania-Geschichten interessieren. Dass es Leute gab, die nicht gerne lasen, konnte sie überhaupt nicht nachvollziehen.

In dem Moment sah sie Emilia über den Schulhof gehen. Emilia Möller war ihre erklärte Feindin. Naja, seit Michaela durch die Colorania-Mails Jesus, den Sohn Gottes, kennen- und liebengelernt hatte, hasste sie Emilia nicht mehr. Aber sie mochte sie immer noch nicht besonders gerne. Denn Emilia war schon immer die größte Zicke der Schule gewesen. Michaela selbst hatte schon viel Ärger mit ihr gehabt. Und vor kurzer Zeit auch Mirko. Emilia war mit darin verwickelt gewesen, Nicos Smartphone zu stehlen und Mirko die Schuld in die Schuhe zu schieben. Daraufhin hatte sie einen zweiwöchigen Schulverweis bekommen. Alle hatten sich gewundert, dass die Strafe so mild ausgefallen war. Es gab schon manche, die sich gewünscht hatten, dass Emilia von der Schule flog. Doch nur Liam, der Drahtzieher des Ganzen, hatte die Schule dauerhaft verlassen müssen. Für alle anderen Beteiligten war der zweiwöchige Schulverweis erteilt worden, natürlich mit der Ankündigung, dass bei einem weiteren Vorfall auch sie die Schule ganz würden verlassen müssen.

Als Emilia jetzt an ihr vorbeiging, wunderte Michaela sich, wie schlecht sie aussah. Emilia war sonst stets makellos gestylt und geschminkt. Sie hätte jederzeit einem Vergleich mit den Abbildungen in einer Pariser Modezeitschrift standhalten können. Doch heute sah sie blass aus, die Schminke war nachlässig aufgetragen und verschmiert, und ihr blondes Haar hing ihr wirr über die Schultern. Michaela fragte sich, ob Emilia so sehr unter dem zweiwöchigen Schulverweis gelitten hatte. Oder hatte sie irgendein anderes Problem? Auf jeden Fall fand sie, dass dieses Mädchen noch nie so furchtbar ausgesehen hatte. Plötzlich fiel ihr etwas ein. Johnny hatte ihr erzählt, dass Emilia in ihn verknallt war. Sah sie deshalb so schlecht aus, weil sie Liebeskummer hatte? Neugierig schaute Michaela ihr hinterher. Doch bald klingelte es zur nächsten Stunde, und Michaela hatte Emilia schon wieder vergessen.

Am Nachmittag kam eine neue Colorania-Mail und Michaela und Nico verabredeten sich zum Lesen, diesmal bei Michaela zu Hause. Mit einer Kanne Tee, einer Packung Schokokekse und einem rundum zufriedenen Kater zwischen sich ließen sich die beiden auf dem Sofa nieder, während Michaela ihr Notebook hochfahren ließ. Nico kraulte das graue Fellbündel neben sich. „Findest du nicht auch, dass Picasso immer fetter wird?", fragte er.

„Quatsch!", fauchte Michaela wütend. Sie konnte es nicht leiden, wenn jemand etwas sagte, das ihren geliebten Kater auch nur annähernd in ein schlechtes Licht rückte. „Er ist einfach perfekt, so wie er ist!"

Picasso drehte sich einmal um und wischte Michaela mit seinem Schwanz durchs Gesicht. „Hey", schimpfte sie, „ist das jetzt die Belohnung dafür, dass ich dich immer verteidige?!"

Nico lachte. Dann wandte er seine Aufmerksamkeit dem Notebook zu, denn Michaela hatte jetzt die Mail geöffnet.

IV. Die Warnung

Emith und Cynthia freuten sich ganz besonders, denn der König hatte ihre Reise so organisiert, dass sie unterwegs viele alte Freunde wiedertreffen würden. Als erstes ritten sie nach Canus, um über Nacht bei Herrn und Frau Odrian zu bleiben. Wie freuten sie sich, diese beiden netten Menschen wiederzusehen! Sie hatten sie damals kennengelernt, als sie vor Onkel Lucio und den Schwarzen Rittern auf der Flucht gewesen waren. Die Odrians, ein nettes, stets elegant gekleidetes, älteres Ehepaar, waren sehr wohlhabend. Sie lebten in einem riesigen, gepflegten Gutshaus, zu dem ein großer, fast schon parkähnlicher Garten sowie mehrere Stallgebäude mit wertvollen Pferden gehörten.

Johrin, Jotan und Jakob, die noch nie dort gewesen waren, staunten über das wunderschöne, riesige Gut. Selbst Emith und Cynthia kam es so vor, als sei es nach all dieser Zeit noch größer geworden. Aber das konnte natürlich nicht sein.

Wie beim letzten Mal wurden sie königlich bewirtet und saßen mit den Odrians in dem großen, schicken Salon, in dem sie schon einmal zusammen gegessen hatten. Cynthia dachte daran zurück, dass sie dort Berolunth zum ersten Mal gesehen hatten. Damals war alles noch schwarz-weiß gewesen. Jetzt, mit den bunten Farben überall, sah es noch viel prächtiger aus.

„Weißt du noch? Damals wurden wir in einem Heuwagen aus Canus herausgeschmuggelt", sagte Cynthia zu Emith. „Wie gut, dass wir uns dieses Mal nicht verstecken müssen!"

Emith nickte nur. Er hatte sich die ganze Zeit unbehaglich gefühlt, seit er wusste, dass der Brief gestohlen wurde. Nur zu gut erinnerte er sich an die Warnung, dass der Brief sowohl den Schreiber als auch ihn selbst und seine Freunde in große Gefahr bringen würde, wenn er in falsche Hände geriet. Und dass er in falsche Hände geraten war, war offensichtlich. Nur – was für Gefahren drohten ihm und seinen Mitreisenden jetzt? Emith wusste es nicht, und im Gegensatz zu Cynthia fühlte er sich auf dieser Reise auch nicht so viel sicherer als auf der ersten, auf der sie sich hatten verstecken müssen.

Diese Unsicherheit wurde noch verstärkt, als Herr Odrian ihnen mit ernster Miene erzählte: „Vorhin hat mich die Nachricht erreicht, dass die Königlichen Ritter eine Bande von Räubern aus Shantakan festgenommen haben. Einer von ihnen sagte aus, dass sie den Auftrag gehabt hätten, einem Jungen namens Emith und seinen Begleitern aufzulauern."

Alle erschraken, als sie das hörten.

„Was?"

„Aber warum?"

„Ob sie wirklich uns gemeint haben?"

„Weiß man Näheres?"

„Haben sie gesagt, wer ihr Auftraggeber ist?" Alle redeten wild durcheinander.

Es gab in Colorania viele ehemalige Schwarze Ritter, die jetzt den König verehrten und Farben angenommen hatten. Sie nannten sich nun die „Königlichen Ritter" und sorgten für Recht und Ordnung im Land. Bei den meisten Bürgern des Landes waren sie sehr beliebt, denn im Gegensatz zu den Schwarzen Rittern taten sie niemandem etwas Böses, sondern kümmerten sich mit wirklicher Hingabe um die Sicherheit der coloranischen Bürger.

„Nein, man weiß noch nichts Näheres, und bisher haben die Räuber auch beharrlich geschwiegen, was ihren Auftraggeber anbetrifft. Aber man wird sie weiter verhören", erklärte Herr Odrian mit seiner ruhigen, angenehmen Stimme.

„Immerhin ist es gut, dass sie sie geschnappt haben", fügte Frau Odrian hinzu. Doch sie sah besorgt aus.

„Was jedoch nicht bedeutet, dass ihr in Sicherheit seid", betonte auch Herr Odrian. „Ihr müsst weiterhin sehr aufpassen!"

„Der König wird auf uns aufpassen", sagte Cynthia mit Bestimmtheit.

„Ja, da hast du natürlich recht", lenkte Herr Odrian ein und fuhr sich nachdenklich mit seinen Fingern durch seinen dunklen Bart.

Der Abend verging viel zu schnell. Cynthia und Emith plauderten mit den Odrians über vergangene Abenteuer, und Johrin, Jotan und Jakob beteiligten sich munter am Gespräch. Auch sie mochten dieses liebenswerte Ehepaar.

Erst als alle sehr müde waren, gingen sie schlafen. Cynthia und Emith schliefen in denselben Zimmern, in denen sie schon einmal geschlafen hatten. Johrin, Jotan und Jakob waren im gleichen Flur in den Zimmern daneben untergebracht. Alle schliefen herrlich in den weichen und gemütlichen Betten.

Am nächsten Morgen, nach einem köstlichen Frühstück, mussten sie sich leider schon wieder von den Odrians verabschieden. Jakob sagte sehnsüchtig: „Ich wünschte, unsere ganze Reise bestünde aus so schönen Stationen wie hier!"

Die anderen lachten. Sie wussten, dass Jakob nicht nur die nette Gemeinschaft und die bequeme Unterbringung meinte, sondern vor allem das gute Essen.

Herr Odrian mahnte zum Abschied noch einmal ernst: „Und seid sehr wachsam! Achtet immer gut auf die Tauben. So lange wir nicht wissen, warum diese Reise anscheinend mit allen Mitteln verhindert werden soll, wissen wir auch nicht, wer der Feind ist. Und das ist schwierig."

Emith nickte. Er hatte sich fest vorgenommen, gut auf seine Taube zu hören und auf der Hut zu sein. In dem wichtigen Punkt, den Brief so schnell wie möglich zu vernichten, hatte er nicht auf sie gehört. Nun wollte er keinen weiteren Fehler machen und sich und andere unnötig in Gefahr bringen.

Nachdem sie Herrn und Frau Odrian noch einmal fest umarmt hatten, ritten sie los.

Sie freuten sich schon auf das nächste Wiedersehen, denn an diesem Abend sollten sie bei Mutter Doriah übernachten, einer weiteren lieben Freundin, die sie lange nicht gesehen hatten. Genau wie auf ihrer ersten Reise. Damals waren sie auch zuerst bei den Odrians gewesen und von da aus zu Mutter Doriah gefahren.

Da Shantakan im Nordosten des Landes lag, konnten sie erst einmal Richtung Osten reiten, so wie damals, auf dem Weg zum *Wald der singenden Birken*. Bei Mutter Doriah würden sie ihren guten Freund Berolunth treffen, der sie bereits auf mancher Reise begleitet hatte und sie durch die großen Wälder Richtung Norden zu der Stadt Adon führen sollte. Dort wollten sie wiederum bei einem alten Freund übernachten und zwei weitere gute Freunde, Sinayah und Gwinon treffen. Damit würde die Reisegruppe dann komplett sein, mit der sie zur Grenze nach Shantakan reiten sollten. Wie es von dort aus weiterging, hatten sie sich nur ungefähr gemerkt. Sie hatten zwar die Wegbeschreibung ein paarmal durchgelesen, aber keiner von den Jungen war sich wirklich sicher, ob er sich an alles richtig erinnerte. Notfalls würden sie nach dem Weg zur Stadt Shayan fragen müssen, hatten sie sich vorgenommen.

Emith wiederholte in Gedanken noch einmal, was er sich von der Wegbeschreibung gemerkt hatte. Doch dann beschloss er, sich erst mal auf den Weg zu Mutter Doriahs Dorf zu konzentrieren. Den kannte er nämlich auch nicht so richtig, denn damals waren er und Cynthia in einem Heuwagen versteckt dorthin gefahren. Herr und Frau Odrian hatten ihnen den Weg jedoch beschrieben.

Sie passierten unbehelligt das Stadttor von Canus und ritten eine Straße entlang, die sich mitten durch sanfte grüne Felder schlängelte. Rote und gelbe Blumen wuchsen am Wegesrand, Schmetterlinge tummelten sich in den Blüten. Es war ein wunderschöner Anblick. Nirgendwo war mehr eine graue Fläche zu sehen. So viel hatte sich getan in Colorania.

Nach einiger Zeit erreichten sie den Waldrand. Genau wie Herr Odrian ihnen erklärt hatte, ritten sie in den Wald hinein. Ihre Laune war großartig. Sie genossen den Ritt und plauderten munter miteinander.

Dann kamen sie zu einer Weggabelung. Herr Odrian hatte ihnen gesagt, dass sie dort links abbiegen mussten. Also schlug Emith, der voranritt, den Weg nach links ein. Plötzlich blieb Nachtwind so ruckartig stehen, dass Emith fast heruntergefallen wäre. „Was ist?", fragte er erschrocken. Die anderen hinter ihm hatten gerade noch rechtzeitig abbremsen und damit einen Zusammenstoß verhindern können.

Emith wollte Nachtwind antreiben, um weiterzureiten, doch Nachtwind weigerte sich. Das kam Emith komisch vor. Sein Hengst war sonst nie ungehorsam. „Was ist los, Nachtwind?", fragte er.

Der Hengst tänzelte unruhig.

Emith stieg ab und schaute sich um. Plötzlich sah er etwas, was ihn erbleichen ließ: Dicht vor ihm, knapp über dem Boden, war ein dünnes Seil gespannt. Es war größtenteils in Gras und Gestrüpp verborgen, so dass man es nur schwer erkennen konnte. Doch es war straff gespannt, und wenn ein Pferd hier in normaler Geschwindigkeit getrabt wäre, hätte es übel stolpern können.

Emith wurde wütend. Wer machte denn so etwas? Gab es in Colorania Menschen, die Freude daran hatten, anderen Schaden zuzufügen? Er folgte dem Seil bis zu dem Baum, an dem es festgebunden war, und band es los. Dabei fiel sein Blick plötzlich auf etwas, was dort ebenfalls festgebunden war: Ein zusammengerollter Zettel. Er war mit einem grün gemusterten Stück Stoff zusammengebunden, das Emith irgendwie bekannt vorkam, doch er wusste nicht, woher. Neugierig nahm er den Zettel und löste ihn aus dem grünen Tuch. Dann rollte er ihn auf und las: *Warnung! Reitet wieder zurück nach Hause. Wir wollen nicht, dass ihr euch in fremde Angelegenheiten einmischt! Wenn ihr diese Warnung ignoriert, wird euch Schlimmes widerfahren!*

Emiths Herz fing aufgeregt an zu pochen. Wortlos reichte er den Brief den anderen. Auf einmal wurde ihm klar, weshalb ihm das grüne Stück Stoff bekannt vorkam, das er in seiner Hand hielt: Es war eine Schärpe, wie sie der Fremde getragen hatte, der ihm den Brief überbracht hatte.

V. Wo ist Berolunth?

Den Rest des Weges legten alle in äußerster Alarmbereitschaft zurück. Emith hatte den Brief und die Schärpe erst mal an sich genommen. Er wollte sie Berolunth zeigen. Vielleicht wusste der ja etwas darüber.

Seine Gedanken kreisten immer wieder um den Fremden. War es tatsächlich dessen Schärpe? Und wenn ja, was war dann mit ihm passiert? Emith schauderte und mochte den Gedanken gar nicht weiterdenken. Doch er konnte sich auch nicht dagegen wehren. Plötzlich spürte er, dass Nachtwind wieder unruhig wurde. Er wusste, dass das Pferd ein ungewöhnlich ausgeprägtes Gespür für Gefahr hatte. Schnell warf er einen Blick zur Taube. Auch sie wirkte sehr wachsam, sagte aber nichts. Emith verlangsamte das Tempo und hielt schließlich an. Aufmerksam lauschte er, ob er irgendetwas hören konnte. Doch der Wald war sowieso voller Geräusche. Blätter raschelten im Wind, Vögel zwitscherten, und hier und da war ein Rascheln und Knacken. Doch war irgendetwas davon gefährlich? Emith wusste es nicht. Wieder hörte er ein Rascheln und Knacken. Sein Herz pochte heftig. Auf einmal hörte er ein anderes Geräusch, doch er konnte nicht deuten, was das war. Es schien weiter weg zu sein. Angestrengt spähte er in den Wald, doch er konnte nichts sehen. Auch die anderen hatten es gehört. Alle schauten in die gleiche Richtung. Plötzlich meinte Emith, einen Schrei zu hören, doch er war sich nicht sicher. Wenn, dann kam der Schrei aus weiter Ferne. War dort jemand in Gefahr? Sollte er mal nachschauen? Doch die Taube sagte zu ihm: „Reitet weiter, so schnell ihr könnt!"

Emith gehorchte sofort. Nicht noch einmal wollte er mit einer Anweisung der Taube so nachlässig umgehen! Also fingen sie an zu galoppieren. Nachtwind war weiterhin unruhig, doch nach einer Weile entspannte sich das Tier wieder, während sie im gleichmäßigen Galopp dahinflogen.

Alle atmeten erleichtert auf, als sie am Abend unbehelligt bei Mutter Doriah ankamen. Cynthia fiel der alten Frau jubelnd in die Arme. Sie hatte sie ganz besonders ins Herz geschlossen und schon lange nicht mehr gesehen. Mutter Doriah und ihr ganzes Haus hatten inzwischen Farbe angenommen, und es war wunderbar, jetzt auch bei ihr alles in bunt zu sehen. Die alte Frau selbst sah auch ganz anders aus als früher. Nur ihr Haar hatte sich nicht verändert. Es war nach wie vor schneeweiß und zu einem riesigen Dutt hochgesteckt. Ihre Augen, die früher wie alle anderen Augen in Colorania grau gewesen waren, strahlten jetzt in einem hellen Blau.

In ihrem Gesicht waren einige neue Falten und Runzeln dazugekommen. Ja, man sah ihr an, dass sie schon viele

Jahre hinter sich hatte. Das änderte jedoch nichts daran, dass sie vor Glück strahlte, als sie nacheinander Cynthia, Emith, Johrin, Jotan und Jakob in ihre Arme schloss. „Ist das schön, euch alle zu sehen!", rief sie ein ums andere Mal.

Nachdem sie die Pferde versorgt hatten, saßen schließlich alle in Mutter Doriahs gemütlicher Küche. Auf dem Tisch lag ein strahlend blaues Tischtuch und darauf stand ein großer Korb mit frischem Brot, ein Teller mit verschiedenen Käsesorten, eine Schüssel mit Obst und ein großer Krug Milch.

„Dank sei dem König für seine guten Gaben", sagte Mutter Doriah, und die anderen stimmten ihr zu. Dann fingen sie an zu essen. Sie alle waren sehr hungrig nach dem langen Ritt. Während sie aßen, erzählten sie der alten Frau alles über ihre bisherige Reise, ihren Auftrag, und auch über die Warnung, die sie am Wegesrand gefunden hatten. Mutter Doriah hörte stirnrunzelnd zu. „Ich bin froh, dass Berolunth mit euch zusammen reist", meinte sie schließlich. „Ihr müsst ihm das unbedingt erzählen."

„Wann kommt er eigentlich?", fragte Emith.

„Ich weiß nicht. Irgendwann im Lauf des Abends. Er müsste eigentlich bald hier sein", meinte Mutter Doriah.

Den ganzen Rest des Abends plauderten sie so angeregt, dass sie kaum merkten, wie die Zeit verging. Irgendwann fing Cynthia an zu gähnen und Mutter Doriah schaute auf die Uhr. „Du liebe Zeit!", rief sie. „Es ist ja schon so spät! Zeit, schlafen zu gehen. Wo Berolunth wohl bleibt?"

Emith stand auf und schaute aus dem Fenster. Der Mond beleuchtete die menschenleere Straße. Kein Berolunth war weit und breit zu sehen.

„Er wird sich verspätet haben", vermutete Mutter Doriah. „Geht ihr mal schlafen, ihr habt morgen wieder einen weiten Weg vor euch. Ich werde hier sitzen bleiben und auf ihn warten."

Dagegen hatte keiner etwas einzuwenden. Alle waren müde und freuten sich auf ihre Betten.

Mutter Doriah hatte für Cynthia das Gästezimmer hergerichtet. Für die Jungen hatte sie in einem anderen Zimmer, in dem auch ein Bett stand, noch mehrere dicke Decken auf den Boden gelegt. Sie zeigte jedem seinen Schlafplatz und wünschte ihnen eine gute Nacht.

Am nächsten Morgen wachten die Jungen auf, als Mutter Doriah an ihre Tür klopfte.

„Guten Morgen", rief sie. „Ich glaube, es wäre gut, wenn ihr jetzt aufsteht. Frühstück ist fertig."

Sofort zogen die Jungen sich um und gingen in die Küche. Ein paar Minuten später traf auch Cynthia ein.

Mutter Doriah sah ernst aus, als sie sagte: „Berolunth ist nicht gekommen. Ich weiß nicht, was wir jetzt machen sollen."

Alle erschraken. Die Aussicht, diesen erfahrenen Mann und guten Führer nicht bei sich zu haben, gefiel ihnen gar nicht. Außerdem sah es Berolunth gar nicht ähnlich, eine Verabredung nicht einzuhalten. War ihm am Ende etwas zugestoßen?

„Was machen wir denn jetzt?", fragte Johrin. „Sollen wir auf ihn warten?"

„Wir sollten die Tauben fragen", meinte Cynthia.

„Cynthia hat recht", stimmte Emith ihr zu.

Daraufhin berieten sie sich ausführlich mit den Tauben und miteinander. Die Tauben sagten alle, dass sie umgehend aufbrechen und nicht auf Berolunth warten sollten. Was mit Berolunth geschehen war, verrieten sie ihnen nicht, nur, dass er nicht mehr kommen würde und sie ohne ihn auskommen müssten. Emith sollte mit Hilfe seines Kompasses den Weg Richtung Norden durch den Wald finden.

Alle waren bedrückt. Sie machten sich Sorgen um Berolunth und Sorgen darüber, dass sie nun auf sich gestellt waren. Doch die Tauben ermutigten sie, weiterhin dem König zu vertrauen. „Ja", sagte Emiths Taube, „es gibt immer mal wieder Herausforderungen und unerwünschte Wendungen. Das war nicht so geplant, dass Berolunth nicht bei euch ist. Aber jetzt müssen wir damit leben. Der König wird euch trotzdem helfen."

„Bitte, liebe Taube, kannst du uns nicht verraten, was mit Berolunth passiert ist?", bettelte Cynthia.

„Das darf ich im Moment nicht", sagte die Taube ernst. „Ich kann euch nur sagen, dass er aufgehalten wurde. Aber der König wird sich um ihn kümmern. Doch jetzt seht zu, dass ihr aufbrecht. Ihr habt einen weiten Weg vor euch und einen wichtigen Auftrag zu erfüllen."

Mutter Doriah, die im Hintergrund Brot abgeschnitten und verschiedene Lebensmittel eingepackt hatte, hörte aufmerksam zu. „Hier", sagte sie, „nehmt das alles mit. Das wird für eine Weile reichen."

„Danke, Mutter Doriah". Die Jungen und Cynthia standen auf. „Dann machen wir uns jetzt auf den Weg."

Sie gingen zum Stall, sattelten die Pferde und packten das Essen in die Satteltaschen. Emith schaute zum Himmel. Er war bewölkt und grau. Hoffentlich würde es nicht bald regnen.

Nun war es Zeit, sich von Mutter Doriah zu verabschieden. Sie umarmten sich lange und herzlich. Die alte Frau hatte Tränen in den Augen, als sie sagte: „Der König behüte euch."

Emith ritt voran. Er schlug den Weg Richtung Wald ein, den Mutter Doriah ihm beschrieben hatte. Es fing an zu regnen. Schweigend ritten sie durch die Felder, an einsamen Bauernhöfen vorbei, auf den Wald zu, der am Horizont als schmaler Streifen zu sehen war. Der Regen prasselte auf sie herab. Als sie endlich im Wald angekommen waren, waren alle bis auf die Haut durchnässt. Trotzdem gönnten sie sich keine Pause, denn sie wollten so schnell wie möglich vorankommen. Die Tauben hatten ihnen gesagt, dass der Wald, wenn sie direkt Richtung Norden reiten würden, in eine hügelige Landschaft übergehen würde, wo es einige Höhlen gab, in denen man gut übernachten konnte. Dort wollten sie hin.

Im Wald zu reiten war wesentlich angenehmer, denn durch das dichte Blätterdach über ihnen kam nicht so viel Regen durch. Cynthias Gedanken wanderten immer wieder zu Berolunth, denn sie musste an die Zeit denken, als sie mit ihm durch diesen Wald geritten waren. Wo mochte er wohl sein? Hoffentlich war er nicht in ernsthafter Gefahr.

Einige Meilen nordöstlich saßen drei Männer auf einem umgestürzten Baumstamm und aßen. Ihre Gesichter waren verdrießlich. „Plan A hat nicht geklappt", stellte der Größte von ihnen fest. „Unsere Kollegen, diese ungeschickten Trottel, sind leider festgenommen worden. Plan B hat auch nicht geklappt. Daran hat dieser Kerl uns gehindert." Er warf einen finsteren Blick auf einen vierten Mann, der gefesselt und geknebelt auf dem Waldboden lag. „Und Plan C wird auch nicht klappen, wenn es so weiterregnet", stellte er verdrossen fest.

„Was wäre denn Plan C gewesen?", wagte einer der anderen Männer zu fragen.

Der Große warf ihm einen vernichtenden Blick zu.

Der andere antwortete an seiner Stelle: „Mann, du hast wohl auch 'n Gedächtnis wie 'n Sieb, was? Plan C wäre doch der schönste gewesen: Einfach diesen ganzen elenden Wald abzufackeln!"

„Na, dazu ist es wohl zu nass!"

„Ach", meinte der andere wieder, „hast du das auch schon gemerkt, du Blitzmerker?"

„Es sei denn, es hört endlich mal auf zu regnen", meinte der Große jetzt. „Dann klappt es vielleicht doch noch. In dieser Gegend scheint die Sonne heiß. Ein paar Stunden Sonne, und alles ist wieder trocken!"

VI. Ritt nach Adon

Alle atmeten erleichtert auf, als es endlich aufhörte zu regnen. Die nasse Kleidung klebte an ihren Körpern und sie sehnten sich nach Trockenheit und Wärme. Zu ihrer großen Freude zerriss die Wolkendecke tatsächlich irgendwann und die Sonne kam durch. Ihre Kleidung begann zu trocknen, und nach und nach froren sie nicht mehr so. Nun wurde es auch Zeit für eine Pause. Sie fanden eine Lichtung und ließen sich im Gras nieder, das an dieser sonnenbeschienenen Stelle schon fast wieder trocken war.

Dann packten sie das köstliche Essen aus, das Mutter Doriah ihnen mitgegeben hatte. Fröhlich plaudernd genossen sie Brot, Obst und Käse.

Nach dem Essen waren sie so müde, dass sie am liebsten geschlafen hätten. Es war herrlich, in der wärmenden Sonne zu sitzen. Doch die Tauben mahnten zum Aufbruch.

So erhoben sie sich schweren Herzens wieder und ritten weiter. So kalt und regnerisch, wie es vorher gewesen war, so heiß und sonnig war es nun. Bald waren die fünf Reiter nicht mehr nass und verfroren, sondern trocken und warm. Die Sonnenstrahlen fielen golden durch das grüne Blätterdach und ließen den Wald wie eine wunderschöne grün-goldene Halle erscheinen. Fast fühlte Cynthia sich an

den *Wald der singenden Birken* erinnert. Sie begann, leise vor sich hin zu summen.

Nicos Handy klingelte. Sein Fußballtrainer war dran. „Hey, wo bleibst du? Wir brauchen dich. Du weißt, wir haben ein wichtiges Spiel vor uns …"

„Ooooh!" Nico erschrak. „Ich habe das Training ganz vergessen! Tut mir leid, ich komme sofort!" Er schüttelte fassungslos den Kopf. „Das ist mir ja noch nie passiert, dass ich das Training vergessen habe!"

„Lesen wir morgen zusammen weiter?", fragte Michaela.

„Ja, nach der Schule!", rief Nico, während er sich eilig verabschiedete. Er rannte im Laufschritt die Treppen hinunter zu seinem Fahrrad. Immerhin musste er noch von zu Hause seine Sachen holen.

Michaela sah ihm kopfschüttelnd hinterher. Dann machte sie sich daran, Picassos Katzenklo sauber zu machen. Das war heute sowieso fällig. Gerade als sie fertig geworden war, kam ihre Mutter von der Arbeit nach Hause.

Als sie etwas später zusammen am Abendbrottisch saßen, eröffnete Mom eine Neuigkeit: „Wir werden über Weihnachten Besuch bekommen."

Michaela fragte überrascht: „Oh! Von wem denn?"

„Von Tante Nadine und Pia."

„Dein Ernst?" Michaela ließ vor Schreck ihr Messer fallen. Tante Nadine war Moms jüngste Schwester. Sie war so jung, dass sie auch eine Schwester von Michaela hätte sein können – in der Tat war sie nur fünf Jahre älter als sie. Trotzdem hatte sie eine anderthalbjährige Tochter. Die ganze Familie war damals in Aufruhr gewesen, als sie von Nadines Schwangerschaft gehört hatten. Zumal der Vater des Kindes sich aus dem Staub gemacht und Nadine mit der ganzen Verantwortung allein gelassen hatte. Nadine war daraufhin zu Tante Carola – Moms zweitjüngster Schwester – gezogen. Dort wohnte sie seitdem und zog ihre Tochter gemeinsam mit deren beiden Cousinen auf, die ein bisschen älter waren.

Michaela fand Nadine eigentlich nicht unsympathisch, aber sie konnte sich nicht vorstellen, über Weihnachten ein lebhaftes Kleinkind in der Wohnung zu haben. Deshalb hielt sich ihre Freude über den angekündigten Besuch sehr in Grenzen.

„Wann kommen sie denn, und wie lange bleiben sie?", fragte sie deshalb, in der Hoffnung, dass der Besuch nur von kurzer Dauer sein würde.

„Ja, also ...", Mom räusperte sich. „Die Sache ist die, dass meine Schwester Carola, bei der Nadine ja jetzt schon so lange wohnt, auch mal Zeit mit ihrer Familie allein verbringen möchte, und deshalb ... also deshalb kommt Nadine schon übermorgen, und sie fährt nach Silvester wieder."

Michaela klappte die Kinnlade herunter. Übermorgen? Und bis nach Sylvester? Das konnte doch wohl nicht wahr sein! Doch am Gesichtsausdruck ihrer Mutter sah sie sofort, dass es doch stimmte. Na, das konnte ja was werden!

„Wir werden das Beste daraus machen", versicherte Mom.

Michaela rang sich ein mattes Lächeln ab. Sie hatte das Gefühl, Weihnachten war für sie gelaufen.

Hat Großtante Lieselotte ein Geheimnis?

Die Gelegenheit, Großtante Lieselotte zu besuchen, kam früher als erwartet.

Mirkos Eltern kündigten an, dass sie am kommenden Tag länger unterwegs sein würden, weil sie in verschiedene Möbelhäuser fahren wollten, um noch einige Möbel für die neue Wohnung zu kaufen. Seine Geschwister wollten mitfahren, denn auch ihre Zimmer waren noch nicht vollständig eingerichtet. Mirko war der einzige, der nichts Neues brauchte. Also hatte er einen guten Grund, nicht mitzufahren und eine perfekte Gelegenheit, sich heimlich auf den Weg zu seiner unbekannten Großtante zu machen.

Am Abend lag er im Bett und schaute noch einmal die Zeichnungen von dem Jungen an. Emith. Würde er morgen mehr über ihn erfahren? Er hoffte es.

Am nächsten Tag in der Schule ging Michaela mit Lena zusammen über den Schulhof, als Johnny ihr in den Weg trat. Michaela war ihm in der letzten Zeit ausgewichen, seit er ihr gesagt hatte, wie sehr er sie mochte. Sie wusste einfach nicht, wie sie damit umgehen sollte. Zumal sie Johnny eigentlich auch mochte. Aber halt nicht so wie er sie. Oder doch? Sie war sich nicht sicher. Johnny verwirrte sie.

„Hi", begrüßte er sie und strahlte sie mit seinen dunklen Augen an.

„Hi", antwortete Michaela und wollte weitergehen, aber Johnny hielt sie zurück. „Halt", sagte er. „Warum läufst du weg vor mir? Du redest ja überhaupt nicht mehr mit mir!"

„Ich … äh, doch, natürlich rede ich noch mit dir …", stammelte Michaela.

Lena ging diskret ein Stück weiter und gesellte sich zu Nico, Mirko und Connor, sodass Michaela jetzt mit Johnny allein stand.

„Hör mal, du kannst immer noch normal mit mir reden", sagte Johnny. „Nur weil ich dir gesagt habe, dass ich dich mag, musst du nicht vor mir wegrennen!"

„Ich renne doch gar nicht vor dir weg", protestierte Michaela schwach, doch noch während sie das sagte, merkte sie selbst, dass das eigentlich nicht stimmte. Sie war tatsächlich vor Johnny weggelaufen.

„Ich denke, du bist Christ? Da solltest du doch wohl nicht lügen, oder?", stichelte Johnny.

Michaela wurde wütend: „Hey, was sollte der Spruch denn jetzt?", fragte sie.

Doch Johnny entschuldigte sich sofort. „Tut mir leid. Ich wollte dich nicht verärgern", sagte er in verändertem Tonfall. Dann berührte er sie sanft am Arm. „Hey, wenn du mich nicht auf *diese* Art magst, dann kann ich das akzeptieren. Aber bitte lass uns wenigstens weiterhin gute Freunde sein, ja?"

Michaela errötete und nickte. In dem Moment kam Emilia. Wieder erschrak Michaela, als sie sah, wie schlecht dieses Mädchen aussah. Was war nur mit ihr los?

Emilia beachtete Michaela nicht, sondern fragte Johnny: „Kann ich bitte mit dir reden – allein?"

Johnny nickte. Er winkte Michaela zu, dann schlenderte er mit Emilia in eine andere Ecke des Schulhofs. Michaela sah ihnen hinterher. Dieser Johnny! Was hatte er denn jetzt noch mit Emilia zu tun?

Er hatte Michaela erzählt, er hätte sie nur sozusagen beschattet, weil er geahnt hatte, dass sie mit Liams Clique etwas

Böses geplant hatte. Und dass Emilia in ihn verknallt war, er sie aber nicht mochte. Und was sollte das heute? Welche Geheimnisse hatte Emilia jetzt mit Johnny? Michaela war misstrauisch. Aber eigentlich ging es sie ja gar nichts an.

Sie gesellte sich zu Nico, Mirko und den anderen und verbrachte den Rest der Pause mit ihnen.

Am Nachmittag trafen sich Nico und Michaela wieder zum Lesen. Sie saßen in Nicos Zimmer.

„Und, heute kein Fußballtraining, das du verpassen könntest?", spöttelte Michaela.

Nico lachte. „Nee, heute nicht. Das war ja was. Ich glaube, die Colorania-Mails haben mich so durcheinandergebracht, dass ich alles andere vergessen habe!"

In dem Moment klingelte Nicos Handy. Er erschrak. Sollte er doch wieder irgendwas vergessen haben? Doch es war nur Mirko. „Du, kann ich mir vielleicht dein Fahrrad leihen?", fragte er. „Ich muss dringend wohin fahren, und meins hat blöderweise einen Platten!"

„Ja, klar, kein Problem", sagte Nico. „Komm einfach vorbei und hol's dir ab."

„Alles klar, danke, bis gleich!"

Fünf Minuten später stand Mirko vor der Tür. Nico reichte ihm den Fahrradschlüssel. „Mein Fahrrad steht vor dem Haus. Oder willst du noch reinkommen?", fragte er.

„Nein, ich muss mich beeilen. Hab' ein ganz schönes Stück Weg vor mir."

„Wo willst du denn hin?"

„Ach, ich will 'ne Tante besuchen", antwortete Mirko ausweichend.

„Aha, na dann viel Spaß!"

„Danke, gleichfalls."

Ein paar Minuten später saß Mirko auf dem Rad. Sein Herz pochte nervös. Er wusste nicht, was ihn bei Großtante Lieselotte erwartete. Doch nun musste er überhaupt erst mal den Weg finden.

Michaela und Nico fingen inzwischen an zu lesen.

Das Wetter blieb trocken und warm. Cynthia und die Jungen kamen gut vorwärts. Am späten Nachmittag wurde die Landschaft ein bisschen hügeliger und sie begannen, nach einer Höhle Ausschau zu halten, in der sie übernachten konnten.

Doch das war nicht so einfach. Es gab zwar ein paar Höhlen, doch die waren so klein, dass nicht mal einer von ihnen hineingepasst hätte. Nach und nach wurden sie immer müder und sehnten sich danach, endlich einen Ruheplatz zu finden. Doch noch immer hatten sie keine geeignete Höhle gefunden.

„Ich kann bald nicht mehr", stöhnte Cynthia. „Liebe Taube, kannst du uns bitte zu einer guten Höhle führen?", bat sie.

„Hab Geduld, halte noch ein bisschen durch, ich zeige euch bald eine", antwortete die Taube.

Doch sie ritten weiter und weiter, und noch immer kam keine.

„Taube, ich kann bald nicht mehr", stöhnte Cynthia wieder.

„Doch, du schaffst es, gib nicht auf", erwiderte die Taube noch einmal.

Seufzend fügte Cynthia sich. Ihr blieb auch nichts anderes übrig.

Erst als es schon anfing zu dämmern, stießen sie auf eine Höhle, die groß genug war, dass sie darin übernachten konnten. Erleichtert stiegen sie von ihren Pferden, nahmen Sättel und Satteltaschen ab und ließen sich nieder.

Keiner von ihnen machte sich noch die Mühe, ein bequemes Lager herzurichten. Nachdem sie etwas gegessen hatten, rollten sie sich einfach nur in ihre Decken und schliefen sofort ein.

Als sie am nächsten Morgen aufwachten, regnete es wieder in Strömen. Johrin schaute aus der Höhle hinaus und stöhnte. „O Mann, das ist ja ein Wetter!"

Jakob, der gerade in den Taschen herumkramte und das Frühstück herausholte, entgegnete gut gelaunt: „Ach egal, erst mal frühstücken. Danach sieht die Welt schon wieder ganz anders aus!"

Johrin grinste, sagte aber nichts. Jakobs gute Laune war unerschütterlich, solange er nur genug zu essen hatte!

Tatsächlich hatten sie ein gemütliches und leckeres Frühstück in der Höhle, die zum Glück trocken war. Doch als sie fertig und bereit zum Aufbruch waren, regnete es immer noch.

„Müssen wir unbedingt weiter?", fragte Cynthia ihre Taube. Sie war nicht begeistert von der Aussicht, durch den Regen zu reiten, und hoffte, die Taube würde sagen, sie sollten warten, bis der Regen vorbei war.

Doch die Taube antwortete ernst: „Ja, ihr müsst gleich weiterreiten!"

„Och nee", maulte nun auch Jotan. „Muss das wirklich sein?"

Aber auch seine Taube war unerbittlich: „Es ist wirklich wichtig", beharrte sie.

Also packten alle ihre Sachen wieder ein und machten sich auf den Weg.

Es wurde ein unangenehmer, kalter und nasser Ritt. Alle fünf maulten innerlich darüber, dass der König ihnen zumutete, bei so schrecklichem Wetter reiten zu müssen. Zumal es in Colorania sehr selten so intensiv regnete. Der Regen prasselte nur so. Selbst das Blätterdach über ihnen konnte die Regentropfen nicht abhalten. Nach kurzer Zeit waren alle bis auf die Haut durchnässt. Der Waldboden wurde durch die Nässe zunehmend schlammiger und bald versanken die Pferdehufe im Matsch. Es wurde immer schwieriger, weiterzureiten.

Trotzdem ritten sie den ganzen Tag und machten nur zwischendurch kurze Pausen, um etwas zu essen und den Pferden ein wenig Ruhe zu gönnen. Am Nachmittag erreichten sie den Waldrand und ritten durch ein paar kleine Dörfer, bis sie zu einem etwas größeren Dorf kamen. Dort kehrten sie in einem kleinen Wirtshaus ein, in dem sie einen heißen, sättigenden Eintopf bekamen und endlich ihre Sachen an einem warmen Kaminfeuer trocknen konnten. In der Nacht genossen sie es sehr, in richtigen Betten zu schlafen. Doch auch am kommenden Morgen brachen sie wieder früh auf. Die Tauben drängten sie zur Eile. An diesem Tag sollten sie die Stadt Adon erreichen, in der ihr Freund Meloman wohnte. Dort würden, wie die Tauben ihnen erklärt hatten, Gwinon und Sinayah zu ihnen stoßen.

Wieder regnete es die meiste Zeit. Keiner sprach offen darüber, aber alle fragten sich insgeheim, warum der König, der doch sogar über das Wetter Macht hatte, es zuließ, dass sie einen so unangenehmen Ritt hatten. Obwohl sie doch in seinem Auftrag unterwegs waren. Denn unangenehm war es wirklich, bei diesem Regen zu reiten. Die Kälte kroch ihnen in die Knochen. Jotan und Cynthia begannen zu husten, eine Erkältung schien unausweichlich. Überall, wo sie entlangritten, konnte man sehen, dass die Gegend normalerweise sehr trocken war. Weit ausgedehnte Grasflächen mit viel vertrocknetem Gras erstreckten sich um sie herum, ab und zu war ein Waldstück dazwischen. Nein, keiner von ihnen verstand, warum es ausgerechnet jetzt, wo sie unterwegs waren, so stark regnen musste!

Als Cynthia wieder einmal innerlich murrte und sich darüber beklagte, hörte sie, wie die Taube sie fragte: „Vertraust du dem König noch?"

Cynthia erschrak. Ja, natürlich vertraute sie dem König. „Warum fragst du das?", fragte sie die Taube. „Du weißt doch, dass ich dem König vertraue!"

„Dann vertraue ihm auch, dass er es gut meint, auch, wenn er euch durch den Regen schickt."

Oh. Dafür sollte sie dem König auch vertrauen? Sollte auch dieser schreckliche Regen zu etwas gut sein? Plötzlich tat es ihr leid, dass sie die ganze Zeit so geschimpft hatte. „Ich vertraue dir", sagte sie leise in den Regen hinein.

Am Nachmittag erreichten sie die Stadt Adon. Meloman kam ihnen schon freudig entgegengelaufen. Emith, Johrin und Cynthia fielen dem großen, bärtigen Mann in die Arme. Dann stellten sie ihm Jotan und Jakob vor.

„Lasst uns erstmal essen", schlug Meloman vor. „Ich habe Herrn Murin Bescheid gesagt. Er hat sicher etwas Gutes vorbereitet. Bei ihm könnt ihr auch die Nacht verbringen."

Cynthia und Johrin erinnerten sich gern an den netten Wirt, bei dem sie einige Zeit gewohnt hatten. Bei Emith waren die Erinnerungen etwas gemischt. Herrn Murin mochte er zwar auch gern, doch damals war er schwerkrank gewesen und hatte starke Schmerzen gehabt.

Als sie bei dem Gasthaus ankamen, hieß Herr Murin sie alle herzlich willkommen. Er führte sie in die große Gaststube, wo bereits ein Tisch für sie gedeckt war. „Kommt herein, kommt herein", rief er. „Ich rufe jemanden, der sich um eure Pferde und euer Gepäck kümmert." Daraufhin verschwand er kurz und kam gleich darauf mit einem jungen Mann wieder. Während dieser die ihm zugewiesenen Aufgaben erledigte, nahmen Cynthia, die Jungen und Meloman gemeinsam an dem Tisch Platz.

„Wann kommen Gwinon und Sinayah?", fragte Cynthia. Sie konnte es kaum abwarten, ihre Freundin wiederzusehen.

„Oh, die kommen erst morgen früh", antwortete Meloman. „Doch sagt: Wo ist Berolunth?"

Nun erzählten die fünf, was sie unterwegs erlebt hatten, und weshalb Berolunth nicht bei ihnen war.

Meloman schwieg betroffen. Er zog die Stirn in Falten und seine blassblauen Augen musterten die Freunde besorgt. „Das ist nicht gut", meinte er schließlich. „Das ist gar nicht gut."

VII. An der Grenze

Am nächsten Morgen gab es ein fröhliches Wiedersehen mit Gwinon, und etwas später auch mit Sinayah, die von ihren Eltern gebracht wurde.

Cynthia und Sinayah lagen sich lange in den Armen. Wie hatten sie einander vermisst! Doch auch Johrin freute sich, Sinayah wiederzusehen. Bei dem letzten gemeinsamen Abenteuer, als sie auf der *Insel der tausend Spiegel* gewesen waren, hatten sie sich angefreundet. Er mochte das Mädchen mit der schokoladenbraunen Haut und den vielen kleinen schwarzen Zöpfen, mit den glänzenden braunen Augen und dem strahlenden Lächeln.

Aber auch Gwinon, der Fischer, wurde von allen herzlich begrüßt und willkommen geheißen. Noch immer war sein Gesicht so von dunklen Locken und einem dichten Bart umgeben, dass man viel weniger von der Gesichtshaut sah als bei anderen Menschen. Zumal die dicken schwarzen Augenbrauen auch noch einen Teil davon bedeckten. Doch dazwischen schauten die freundlichsten, wärmsten Augen hervor, die man sich vorstellen konnte. Alle mochten den Fischer und freuten sich sehr, dass sie von nun an mit ihm gemeinsam weiterreiten würden.

Die Tauben erlaubten ihnen, noch einen weiteren Tag in Adon zu bleiben und sich ein wenig zu erholen, bevor sie weiterreiten sollten. So verbrachten sie einen ruhigen Tag, an dem sie viel in der Wirtsstube oder bei Meloman in der Druckerei saßen und sich über gemeinsam Erlebtes oder aktuelle Neuigkeiten austauschten.

Cynthia staunte, wie schön das Haus von Meloman aussah. Nachdem es damals bei einem Anschlag ziemlich zerstört worden war, war es nun vollkommen wiederhergestellt. Es sah jetzt sogar noch viel schöner aus als vorher, was natürlich auch daran lag, dass inzwischen die ganze Umgebung farbig geworden war.

Am Abend gingen alle früh schlafen und standen am kommenden Tag früh auf. Jotan und Cynthia husteten nicht mehr und alle fühlten sich frisch und bereit für die Weiterreise nach Shantakan. Die aufgehende Sonne färbte den Himmel orangerot und rosa, als sich die Freunde von Meloman verabschiedeten.

„Einen Moment, ich hab' noch was für euch", sagte Meloman und ging noch einmal in die Druckerei zurück. Die anderen fragten sich, was er ihnen wohl noch mitgeben wollte. Essen hatte Herr Murin ihnen schon reichlich eingepackt, das konnte es also nicht sein.

Da kam Meloman wieder heraus und hatte in der Hand mehrere Bücher des Königs. Bisher war Emith der einzige von ihnen gewesen, der eins besaß. Doch nun überreichte Meloman jedem von ihnen eins. Alle staunten und jubelten vor Freude. Was für ein kostbares Geschenk! Sorgfältig verstauten sie die Bücher und bedankten sich herzlich bei Meloman. Cynthia nahm sich vor, jeden Morgen und jeden Abend darin zu lesen. Sie freute sich jetzt schon darauf.

Als sie schließlich losritten, hatte sich der Himmel von dem Orangerot in ein rosa-violettes Farbenspiel verwandelt, und wenig später war er dann strahlend blau und die Sonne schien warm herab. Was für ein schönes Wetter um zu Reiten, fanden alle. Viel besser als das vorherige.

Aber bald schon gab es neue Unannehmlichkeiten. Die Tauben befahlen ihnen, in einen Bach hineinzureiten. Emith wusste sofort, was das bedeutete: Sie wurden verfolgt und mussten aufpassen, dass sie keine Spuren hinterließen! Oh, wie er dieses Gefühl hasste! In manchen Augenblicken wünschte er sich, ein friedliches Leben zu Hause führen zu können, fern von jeder Gefahr. Doch gleich nach diesen Gedanken schalt er sich. Erstens liebte er die Abenteuer, die er im Auftrag des Königs erleben durfte. Zweitens wusste er doch, dass der König ihm immer beistehen würde. Und drittens: Zuhause konnte es auch Gefahren geben, wie sein Abenteuer mit der geheimen Verschwörung gezeigt hatte. Also hatte er keinen Grund zu jammern!

„Wir haben ihre Spur verloren." Der Mann rieb sich unzufrieden den Bart. Seine zwei Gefährten blickten mit finsteren Mienen vor sich hin.

„Das ist schlecht. Wir müssen sie erwischen, bevor sie die Grenze zu Shantakan erreichen", erklärte der Größte der drei, der ihr Anführer war, entschieden.

„Wieso, in unserem eigenen Land ist es vielleicht sogar leichter, sie umzubringen."

„Du weißt aber, dass wir das nicht dürfen. Du kennst die Gesetze unseres Landes, dass wir nicht töten dürfen."

„Ach, ausgerechnet du scherst dich auf einmal um Gesetze?"

„Ich nicht, und unser Auftraggeber auch nicht. Aber die Brüder sind da sehr empfindlich. Wenn das herauskommen würde, würde unser Auftraggeber es sich mit ihnen verscherzen, und das will er auf keinen Fall. Denn er ist auf ihre Unterstützung angewiesen. Deshalb: Wenn er herausfinden würde, dass wir sie erst in Shantakan umgebracht haben, dann kannst du deinen Lohn vergessen, das kann ich dir sagen! Nein, wir müssen sie noch in Colorania erwischen!"

„Ich find's ja immer noch schade, dass wir sie nicht gleich im Wald erwischt haben."

„Und ich find's noch viel ärgerlicher, dass wir den Wald nicht abfackeln konnten! Ich versteh' das nicht! Sonst ist es hier immer trocken. Aber ausgerechnet die letzten Tage hat es geschüttet wie aus Wasserbächen!"

„Jetzt ist es wieder trocken."

„Ja, aber jetzt nützt es uns auch nichts mehr. Die Gegend, durch die sie jetzt reiten, können wir nicht einfach anzünden. Außerdem müssen wir erst mal ihre Spur wiederfinden."

„Moment mal, mir kommt gerade eine Idee ..." Der Große setzte sich plötzlich kerzengerade auf.

„Auch wieder eine, die nicht klappt?", fragte der andere mürrisch.

„Nein. Diese klappt! Kommt, wir müssen sofort aufbrechen. Wir reiten zur Grenze." Er grinste. „Sollen sie doch ihren Ritt noch eine Weile genießen. Aber nach Shantakan werden sie nicht hinüberkommen! Jedenfalls nicht lebendig!"

Nach einer Weile erlaubten die Tauben ihnen, wieder aus dem Wasser herauszukommen. Nun ritten sie neben dem Bach her. Alle waren froh, dass sie anscheinend ihre Verfolger abgeschüttelt hatten. Sie hatten noch zwei Tagesreisen bis zur Grenze nach Shantakan vor sich. Allerdings führte der Weg durch ein Gebirge. Der Ritt würde also anstrengend werden. Die Grenze zwischen Colorania und Shantakan war mitten in der Hochebene Sha. Bereits jetzt ging es stetig bergauf.

Bald ließen sie den Fluss links liegen und folgten einem schmalen Pfad, der sie direkt nach Nordosten zur Grenze Shantakans führen sollte.

Hohe Berge mit zerklüfteten Gipfeln erstreckten sich um sie herum, doch direkt vor ihnen lag eine weite Ebene.

„Das ist die Hochebene Coloran", erklärte Gwinon. „Und hinter den Bergen dort beginnt die Hochebene Sha, in der sich die Grenze nach Shantakan befindet."

Cynthia konnte ihren Blick kaum von den hohen Bergen abwenden. Sie genoss den wunderschönen Anblick über alle Maßen. Irgendwie fühlte sie sich hier so wild und frei. „Heo!", rief sie und trieb ihre Stute an.

Emith lachte. Nun trieb auch er Nachtwind an, schneller zu laufen. Schließlich jagte die ganze Gruppe im Galopp vorwärts. Es war ein herrlicher Ritt. Der Wind wehte ihnen um die Ohren und die Landschaft flog an ihnen vorbei, bis sie die Hochebene durchquert hatten.

„War das schön", keuchte Cynthia außer Atem, als sie schließlich anhielten. Nun folgten sie einem schmalen Pfad zwischen Hügeln und Felsen, auf dem sie vorsichtiger reiten mussten. Im Schritttempo ritten sie vorwärts und schauten sich nach einem geeigneten Platz zum Rasten um.

Schließlich hielten sie am Ufer eines kristallklaren Sees an. Sie stiegen ab und nahmen den Pferden die Sättel ab. Alle tranken das kalte, klare Wasser. Dann fingen die Pferde an zu grasen und Jakob holte eilig die Picknicksachen heraus. Endlich saßen alle gemütlich auf ihren Decken und aßen.

„Nun ist es nicht mehr weit bis zur Grenze", erklärte Gwinon.

„Warst du schon einmal da?", fragte Emith ihn.

„O ja. Ich war vor einigen Jahren dort. Aber ich bin nicht hinübergegangen nach Shantakan. Ich habe nur die Brücke gesehen, die hinüberführt."

„Ach, man reitet über eine Brücke?", fragte Johrin interessiert.

„Ja. Zumindest ist das der kürzeste Weg. Die Brücke führt über den Strom Shan."

„Den Strom Shan?"

„Ja, ein großer, wilder Strom. Er führt zu den gewaltigen Shan-Fällen. Sie sind nicht weit von der Brücke entfernt."

„Oh, die möchte ich gern sehen", sagte Jakob.

„Ich wusste gar nicht, dass du dich auch noch für was anderes interessierst als fürs Essen", erwiderte Jotan, der gerade beobachtet hatte, wie Jakob sich sein fünftes Brot in den Mund schob. Daraufhin bekam er einen beleidigten Tritt von Jakob.

„Ich würde vorschlagen, wir reiten jetzt weiter, damit wir heute noch ein ganzes Stück schaffen", schlug Johrin vor, der Jotan einen tadelnden Blick zuwarf.

Das taten sie dann auch. Sie packten alles wieder ein und ritten bis zum Sonnenuntergang. Dabei kamen sie an vielen weiteren kleinen und größeren Seen vorbei. An einem von ihnen ließen sie sich für die Nacht nieder. Unter einem wunderschönen Sternenhimmel rollten sie sich in ihre Decken ein und schliefen.

Auch den ganzen nächsten Tag ritten sie durch das Gebirge. Erst am späten Nachmittag erreichten sie die Hochebene Sha.

Als sie das erste Mal einen Blick darauf warfen, blieben alle staunend stehen. Der Anblick war ehrfurchtgebietend und wunderschön. Sanft und grün erstreckte sich die Ebene vor ihnen. Wild gezackte Berggipfel umringten sie, von grauen und weißen Wolken verhangen.

„Wo ist jetzt die Grenze zu Shantakan?", fragte Johrin.

„Reiten wir weiter", sagte Gwinon. „Dann sehen wir sie bald."

Wie zuvor in der Hochebene Coloran, trieben sie auch jetzt ihre Pferde zum Galopp an. Schließlich konnten sie von weitem einen Fluss erkennen. Sie verlangsamten ihr Tempo wieder ein wenig.

„Das ist der Strom Shan", erklärte Gwinon. „Der Shan ist die Grenze zwischen beiden Ländern."

„Na dann, auf nach Shantakan!", rief Emith und trieb Nachtwind wieder an.

„Auf nach Shantakan!", antworteten die anderen und ritten ihm hinterher.

Schon bald hörten sie den Shan immer lauter rauschen. Schließlich erreichten sie das Flussufer.

Der Strom war sehr breit und das Wasser floss schnell. Grün, türkis und grau bewegte es sich durch das Flussbett. Weiße Schaumkronen wirbelten darauf herum, als würden sie zu einer schnellen und wilden Musik tanzen.

„Und wie kommen wir jetzt hinüber?", fragte Jotan.

„Wir folgen dem Strom ein Stück flussabwärts. Kurz vor den Shan-Fällen gibt es eine Brücke. Die müssen wir überqueren." Gwinon warf einen Blick an den Himmel. Es dämmerte bereits. „Los, wir sollten uns beeilen. Dann schlagen wir unser Nachtlager bei der Brücke auf und können morgen früh gleich über die Grenze."

„Gute Idee", stimmten die anderen zu. Alle waren froh, dass sie nichts mehr von irgendwelchen Verfolgern oder Gefahren gespürt und nun unbehelligt die Grenze nach Shantakan erreicht hatten.

„Jetzt fängt das Abenteuer richtig an", sagte Cynthia.

Keiner von ihnen ahnte, wie recht sie damit hatte.

VIII. Ein tragisches Unglück

„Hast du alles so ausgeführt, wie ich es dir gesagt habe?", fragte der Große den Bärtigen.

„Jawohl. Keiner von ihnen wird die Brücke lebend überqueren!", antwortete dieser zufrieden und rieb sich die Hände.

„Und hast du es wirklich so gemacht, dass sie erst einstürzt, wenn alle auf der Brücke sind?"

„Ja, genau, wie du gesagt hast", antwortete der andere ungeduldig. „Ganz am Ende, kurz vor dem Ufer auf der

Shantakan-Seite. Wenn der Erste von ihnen dort ankommt, sollten alle auf der Brücke sein. Die Brücke ist lang, und ich glaube nicht, dass einer von ihnen so weit zurückbleibt, dass er die Brücke noch nicht betreten hat, wenn der erste schon fast drüben ist."

„Sehr gut. Dann können wir davon ausgehen, unser Ziel erreicht zu haben, dass keiner von ihnen lebendig unser Land betritt!" Der Große lächelte zufrieden.

„Ich sehe die Brücke!", rief Jakob aufgeregt.

„Ach, du freust dich doch nur, dass wir angekommen sind, weil du jetzt schnell was essen willst", zog Jotan seinen Bruder wieder auf.

Jakob schnappte empört nach Luft. Die Sticheleien von Jotan wurden immer gemeiner! Er wollte gerade antworten, doch alle hatten ihre Aufmerksamkeit der Brücke zugewandt, die vor ihnen im Mondlicht glänzte, und so schluckte er die bissige Antwort hinunter. Doch in seinem Inneren brodelte der Zorn.

„Da drüben liegt Shantakan", sagte Johrin fast ehrfürchtig. „Und morgen werden wir hinüberreiten!" Er warf einen Blick in den dunklen Strom, der laut rauschend unter der Brücke hindurchfloss.

„Und wo sind die Shan-Fälle?", fragte Emith interessiert.

„Die Shan-Fälle liegen eine knappe Meile flussabwärts von der Brücke", erklärte Gwinon. „Sie sehen gewaltig aus. Ich habe sie von der Colorania-Seite aus schon einmal gesehen. Doch von der Shantakan-Seite aus soll man sie sogar noch besser sehen können. Morgen werden wir daran vorbeikommen, dann können wir sie uns anschauen. Aber lasst uns jetzt erst mal essen und dann unser Nachtlager aufschlagen."

Alle begannen, ihre Pferde zu versorgen und dann das Essen und die Schlafdecken auszupacken. Beim gemeinsamen Essen entwickelte sich ein munteres Gespräch. Keinem fiel auf, dass Jakob sich nicht daran beteiligte, und dass er mit deutlich weniger Appetit aß als sonst.

Nach dem Essen rollten sich alle in ihre Decken und schliefen bald darauf ein. Nur Jakob nicht. Er hatte sich beinahe maßlos über seinen Bruder geärgert. Warum musste Jotan nur immer so sticheln? Klar, er wusste, dass alle ihn gerne aufzogen, weil er so einen ... *gesunden* Appetit hatte. Aber Jotan ging wirklich zu weit!

Jakob wälzte sich hin und her. Er konnte einfach nicht einschlafen, so sehr ärgerte er sich. Schließlich stand er auf. Aufmerksam schaute er sich um. Alle anderen schliefen fest. Er richtete seinen Blick auf die Brücke. Sie glänzte im Mondlicht und wirkte irgendwie geheimnisvoll. Jakob konnte sich nicht erklären warum, aber sie hatte eine geradezu magische Anziehungskraft auf ihn. Was wäre, wenn er jetzt schon mal hinübergehen würde? Er könnte die Shan-Fälle im Mondlicht anschauen. Von der Shantakan-Seite aus sollten sie am schönsten aussehen, hatte Gwinon erklärt. Oh, er wollte gern der erste aus der Gruppe sein, der die Fälle gesehen hatte! Dann könnte er Jotan beweisen, dass er zu mehr taugte als nur zum Essen!

Je länger er darüber nachdachte, desto fester wurde sein Entschluss. Er achtete nicht auf die Taube, die ihm unruhige Blicke zuwarf. Ja, er war immer noch so voller Zorn, dass er sie gar nicht wahrnahm.

„Jakob, lass es, geh nicht!", warnte sie ihn. Doch das Wasser des Stroms rauschte laut und seine Gedanken waren so voll Zorn, dass er nicht hörte, was sie sagte. Er betrat die Brücke und schaute hinunter in das tosende Wasser. War das tief und wild! Jakob schauderte. Wenn man dort hineinfallen würde, wäre man hilflos den wilden Fluten ausgeliefert und würde rasend schnell mit der Strömung zu den Shan-Fällen mitgerissen werden. Das konnte man bestimmt nicht überleben. Jakob war froh, dass die Brücke so stabil aussah und dass sie ein Geländer hatte.

Schließlich wandte er seinen Blick ab von dem tosenden Wasser unter sich und ging weiter. Dabei hielt er sich am Geländer fest und richtete seinen Blick auf das gegenüberliegende Ufer. Das Mondlicht überzog die Landschaft mit einem silbernen Schein. Jakob konnte gut die Silhouetten der vor ihm liegenden Berge erkennen. Das war also Shantakan. Er war aufgeregt. Noch nie zuvor hatte er eine so weite Reise gemacht. Und erst recht war er niemals zuvor in einem fremden Land gewesen. Was mochte ihn dort wohl erwarten?

Langsam und nachdenklich ging Jakob weiter. Nun hatte er das andere Ufer fast erreicht. Plötzlich hörte er unter sich ein Knarren. Was war das? Knarrte das Holz der Brücke auf einmal so? Dann knackte es. Jakob erschrak. Doch noch ehe er weiter darüber nachdenken konnte, was die Ursache für dieses seltsame Geräusch war, brach die

Brücke auseinander und Jakob stürzte mit einem entsetzten Schrei in die Tiefe.

Hier war die Mail zu Ende. Michaela und Nico seufzten. War ja mal wieder eine passende Stelle.

Mirko war gefahren, so schnell er konnte. Schließlich erreichte er verschwitzt und außer Atem das Dorf, in dem seine Großtante wohnte. Nun musste er nur noch die richtige Straße und Hausnummer finden. Aber das sollte kein allzu großes Problem sein, denn das Dorf war nicht besonders groß.

Tatsächlich stand er fünf Minuten später vor dem Haus von Großtante Lieselotte. Neugierig betrachtete er es. Es sah alt und verwittert aus. Der Garten war ungepflegt und vor dem Haus stand ein Blumentopf mit verblühten Geranien. Mirko schluckte. Das sah nicht gut aus. Vor allen anderen Häusern standen kleine Tannenbäumchen oder Blumenkästen mit Tannenzweigen, Stechpalmen und sonstigen weihnachtlichen Grünpflanzen. Sie waren geschmückt und mit allerlei Lichterketten versehen, die jetzt, um diese Tageszeit, natürlich nicht angeschaltet waren. Aber Großtante Lieselottes Haus sah so aus, als ob sich seit einiger Zeit niemand mehr darum gekümmert hatte.

Plötzlich bekam Mirko Angst. Was, wenn seine Großtante gar nicht mehr lebte?

Dann verwarf er den Gedanken. Auch wenn kein Kontakt mehr zu seinen Eltern bestand – wenn sie gestorben wäre, hätte sich das bestimmt in der Familie herumgesprochen. Mirko öffnete das Gartentor und schob Nicos Fahrrad hinein.

Vorsichtshalber schloss er es trotzdem noch sorgfältig ab. Dann ging er zögernd auf das Haus zu. Doch einen Augenblick später blieb er wieder stehen. Was, wenn seine Großtante ihn gar nicht sehen wollte? Wenn sie ihn sofort wieder rausschmeißen würde?

Plötzlich erschien ihm die Idee, so unerwartet vor ihrer Tür zu stehen, gar nicht mehr so gut. Er hätte sie wenigstens vorher anrufen sollen. Aber dann sagte er sich, dass er natürlich nicht den ganzen Weg umsonst gemacht haben wollte, nahm allen Mut zusammen und drückte auf den Klingelknopf.

Eine ganze Weile geschah gar nichts und er dachte schon, niemand sei zu Hause. Doch dann öffnete sich die Tür und eine uralt wirkende, runzlige Gestalt kam zum Vorschein. Mirko musterte die Frau neugierig, die vor ihm stand. Sie hatte schneeweißes Haar, das zu einem Dutt zusammengebunden war, jedoch nicht sorgfältig, sondern so, dass überall einzelne Strähnen heraushingen. Das Gesicht wirkte nicht nur faltig, sondern regelrecht verkniffen und eingesunken. Darunter befand sich ein spindeldürrer Körper, der in eine bunt geblümte Kittelschürze gekleidet war. Alles in allem kein Anblick, der Mirko gefiel. Trotzdem sagte er, so freundlich er konnte: „Guten Tag."

Die Frau erwiderte den Gruß nicht, sondern fragte nur: „Was willst du von mir?"

Mirko schluckte. Er spürte, dass das hier nicht leicht werden würde. Dann erklärte er mit heiserer Stimme: „Ich bin Mirko, der Enkelsohn deines Bruders Gerd, und ich wollte dich bitten, ob du mir vielleicht etwas über meinen Opa erzählen kannst." Er schluckte noch einmal, dann fügte er hinzu: „Großtante Lieselotte."

Die alte Frau vor ihm riss die Augen weit auf, dann fragte sie: „Wie kommt es, dass du zu mir kommst? Ihr wollt doch alle schon lange nichts mehr mit mir zu tun haben!" Dann wurde ihr Blick etwas weicher und sie sagte: „Du siehst ihm ähnlich." Sie öffnete die Tür ein Stück weiter und sagte: „Na komm herein." Mirko betrat das Haus.

Sofort fiel ihm auf, wie stickig die Luft war. Anscheinend hatte hier lange keiner mehr gelüftet. Neugierig schaute er sich um. Es war dunkel im Haus. Vor den Fenstern hingen weinrote Vorhänge und alle waren zugezogen. „Warum lässt du nicht ein bisschen Licht herein?", fragte er und zog den erstbesten Vorhang auf.

„Ich weiß nicht. Ich mag nicht, wenn jeder hier hereinschauen kann", antwortete seine Großtante und schlurfte mit hängenden Schultern hinter ihm her.

„Aber Großtante Lieselotte, deswegen schaut doch nicht gleich jeder hier rein", widersprach Mirko. „Und ein bisschen frische Luft würde dir auch guttun!", fügte er entschlossen hinzu und riss das nächste Fenster gleich weit auf.

„Ja? Nun ja", sagte Tante Lieselotte gleichgültig und zuckte mit den Schultern. Sie schlurfte zu einem alten Ohrensessel und ließ sich mit einem Stöhnen hineinfallen. Dann starrte sie geistesabwesend vor sich hin. Mirko setzte sich vorsichtig auf einen Stuhl neben sie. Dabei sah er sich ein wenig im Raum um. Die Wände waren mit einer gelblich gemusterten Tapete beklebt. In einer Ecke stand ein großer Fernseher, ein sehr altes Modell. Mirko fragte sich, ob er noch funktionierte. Die Möbel, die im Raum standen, sahen jedoch auch aus, als hätten sie ihre besten Jahre längst hinter sich. *Genau wie auch ihre Besitzerin,* dachte Mirko und musterte seine Großtante verstohlen. Sie war in Gedanken versunken und schien ihn gar nicht wahrzunehmen.

Mirko räusperte sich. „Kannst du mir etwas über Opa erzählen?", fragte er schließlich.

Großtante Lieselotte schaute ihn erstaunt an, als hätte sie in der Zwischenzeit schon wieder vergessen, dass er überhaupt da war. Dann erhellte sich ihr Blick und sie fing an zu erzählen: „Wir hatten so viel Spaß zusammen." Sie schaute versonnen in die Ferne, als sähe sie einen unsichtbaren Film vor sich abspielen. „Am liebsten spielten wir im Wald und am Bach." Eine Weile schwieg sie, dann fuhr sie fort: „Er dachte sich immer Geschichten aus, ständig erzählte er uns Geschichten. Meine Güte, was hatte er für eine Fantasie!"

Genau, wie bei mir, dachte Mirko. *Mir hat er auch immer Geschichten erzählt.*

„Doch dann ..." Großtante Lieselottes Stimme erstarb und sie starrte ausdruckslos vor sich hin.

„Was dann?", fragte Mirko und beugte sich gespannt vor.

„Ich habe alles kaputt gemacht. Alles", sagte sie tonlos.

„Was ist denn passiert?", fragte Mirko noch einmal. Das hörte sich jetzt wirklich nach einem Familiengeheimnis an. Aber nach keinem guten.

Doch Tante Lieselotte sagte nur: „Geh jetzt, mein Junge. Ich habe Kopfschmerzen und muss mich hinlegen. Schön, dass du mich besucht hast."

„Aber Großtante ...", protestierte Mirko.

Doch sie ließ nicht mit sich reden, sondern bestand darauf, dass er jetzt gehen müsse. Seufzend erhob er sich. Dann fiel ihm etwas ein: „Großtante Lieselotte, kennst du jemanden, der Emith heißt?", fragte er gespannt.

„Der wie heißt?" Großtante Lieselotte schaute ihn überrascht an und für einen kurzen Moment schien es, als husche ein Ausdruck des Entsetzens über ihr Gesicht.

Mirko antwortete: „Emith."

Doch seine Großtante schüttelte den Kopf. „Nein. Den Namen habe ich noch nie gehört."

Mirko wandte sich enttäuscht zum Gehen. Der Besuch hatte ja nur noch mehr Fragen aufgeworfen, als dass er ihm Antworten gebracht hatte. Doch er war überzeugt, dass Großtante Lieselotte ihm noch einiges erzählen könnte, wenn sie nur wollte. Kurz bevor er sich endgültig verabschiedete, fragte er deshalb: „Hast du was dagegen, wenn ich dich noch einmal besuche?"

Seine Großtante schüttelte den Kopf. „Nein, ich habe nichts dagegen. Komm ruhig noch mal wieder."

Na wenigstens etwas, dachte Mirko, rief seiner Großtante ein „Auf Wiedersehen" zu und verließ das Haus.

Michaela dreht durch

Als Michaela am nächsten Tag von der Schule kam, hörte sie schon von weitem laute Stimmen und Geschrei aus der Wohnung. Sie blieb vor Schreck stehen. Da fiel es ihr wieder ein: Ihre Tante Nadine mit Töchterchen Pia hatte sich ja angekündigt. *Oha, jetzt muss ich mich aber auf was gefasst machen!*, dachte sie. Ein plärrendes Kleinkind in der Wohnung. Was Schrecklicheres konnte sie sich kaum vorstellen. Sie atmete tief durch und schloss die Wohnungstür auf. Als sie den Flur betrat, sah sie ihre kleine Cousine Pia gerade wild herumtanzen und kreischen. Doch das hörte schlagartig auf, als die Kleine Michaela zu Gesicht bekam. Das blondgelockte Mädchen riss entsetzt die Augen auf, als habe es gerade ein schreckliches Monster gesehen. Dann drehte es sich plötzlich um, rannte blitzschnell zu seiner Mama und versteckte sich hinter deren Beinen.

Michaela fühlte sich ein bisschen verunsichert. Was, um alles in der Welt, war denn an ihrem Anblick so furchterregend?

Tante Nadine, eine hübsche junge Frau mit langen, glatten, dunkelblonden Haaren, braunen Augen und Piercings an Nase und Lippe, lachte und sagte: „Pia fremdelt im Moment ein bisschen. Sie wird sich schon an dich gewöhnen." Dann umarmte sie Michaela herzlich.

Michaela lächelte ihre Tante ein wenig gezwungen an, dann wandte sie sich wieder der Kleinen zu: „Hallo", sagte sie. „Ich bin Michaela. Und du bist die Pia, nicht wahr?" Irgendwie fiel ihr nichts Schlaueres ein, was sie sagen konnte. Doch das war auch egal, denn Pia klammerte sich sowieso nur noch fester an die Beine ihrer Mama und starrte Michaela ängstlich an.

Michaela zuckte die Achseln und sagte: „Na schön. Dann eben nicht." Sie wandte sich ihrem Kater zu, der schnurrend um ihre Beine gestrichen kam. *Wenigstens du freust dich über meine Anwesenheit,* dachte sie und streichelte ihn. Doch plötzlich kam Pia laut kreischend angelaufen. Picasso fauchte und mit einem Satz war er auf dem Schrank verschwunden. Michaela schnappte nach Luft. Wie konnte man nur ein armes Tier so erschrecken! Na, das konnte ja noch was werden! Wütend stapfte sie in ihr Zimmer. Sie hatte jetzt schon genug von dem Besuch.

Kaum hatte sie sich aufs Sofa geschmissen, hörte sie ihr Handy. Nico war dran. „Es gibt 'ne neue Mail", sagte er. „Kommst du?"

„O ja!", rief Michaela begeistert. Nun hatte sie einen Grund, zu entfliehen. Sie warf sich eine Jacke über und zog die Schuhe wieder an, rief ein kurzes „Tschüss" in die Runde und machte sich auf den Weg.

Einige Zeit später saß sie mit Nico vor dem Notebook und sie fingen an zu lesen.

Alle fuhren aus dem Schlaf auf, weil sie von einem Geräusch geweckt wurden. Was war das? Verwirrt schauten sie sich um, um herauszufinden, was los war. Doch obwohl der Mond die ganze Gegend silberhell erleuchtete, konnten sie zuerst nichts entdecken. Alles war wie immer. Aber dann fiel Johrins Blick auf die Brücke, oder vielmehr auf das, was einmal die Brücke gewesen war. Er erschrak. „Die Brücke!", stieß er entsetzt hervor.

Nun sahen es die anderen auch.

„Was ist da passiert?"

„Wie kann das sein?"

„Wie kommen wir bloß morgen nach Shantakan, wenn es keine Brücke mehr gibt?"

Alle redeten durcheinander. Bis auf einmal jemand fragte: „Wo ist eigentlich Jakob?"

Daraufhin war es totenstill. Alle erbleichten, denn keiner wusste darauf eine Antwort.

Schließlich presste Johrin mühsam hervor: „Wir sollten nach ihm suchen!"

Daraufhin teilten sie sich auf und begannen, überall in der Umgebung Jakob zu suchen. Cynthia ging mit Emith zu der Stelle, wo einst die Brücke gewesen war. Sie sahen Brückenteile und einzelne Holzbalken zu beiden Seiten des Stroms liegen. Im Wasser selbst war nichts mehr. Die Strömung hatte alles weggespült.

Entsetzt fragte Cynthia sich, ob Jakob auf der Brücke gewesen war. Sie mochte den Gedanken nicht zu Ende denken.

Nach einer Weile kehrten alle niedergeschlagen zurück. Keiner von ihnen hatte Jakob gefunden. Den Rest der Nacht saßen alle schweigend zusammen. Keiner von ihnen konnte noch schlafen.

Doch besonders schlimm war es für Jotan. Er machte sich bittere Vorwürfe, denn er wusste, dass er zu weit gegangen war mit seinen Sticheleien. Was hätte er dafür gegeben, wenn er die Zeit noch einmal hätte zurückdrehen können. War er am Ende daran schuld, dass Jakob abgehauen war? Die Schuldgefühle nagten an ihm. Schließlich hielt er es nicht mehr aus. „Ich bin schuld", brach es aus ihm heraus. „Jakob ist wegen mir abgehauen! Ich habe ihn so verärgert. Ich konnte es einfach nicht lassen, ihn zu necken wegen seiner ... Essgewohnheiten. Dabei wusste ich, dass es ihn verletzt. Aber ich hab' trotzdem weitergemacht!"

Er brach in heftiges Schluchzen aus.

Johrin legte seinen Arm um ihn. „Wir haben ihn ja alle deshalb geneckt", versuchte er, Jotan zu trösten.

„Aber nicht so schlimm wie ich!", widersprach Jotan.

„Hör mal, es bringt jetzt nichts, sich Vorwürfe zu machen", sagte Gwinon und rieb sich nachdenklich den Bart. „Wir sollten lieber die Tauben fragen, was wir tun sollen."

Jotan hatte gar keine Lust, mit seiner Taube zu reden. Er fühlte sich viel zu schlecht. Bestimmt würde sie ihm Vorwürfe machen. Er entschied, lieber die anderen mit ihren Tauben reden zu lassen. Er selbst wollte sich von seiner erst mal fernhalten.

Bald hatten alle anderen von ihren Tauben gehört, dass sie so schnell wie möglich flussabwärts reiten sollten. Ungefähr zwei Meilen unterhalb der Shan-Fälle gab es eine Stelle, wo man den Strom auch ohne Brücke durchqueren konnte.

In der ersten Morgendämmerung brachen sie auf. Eine schweigende, traurige Gruppe. Nicht zu vergleichen mit der fröhlichen, ungezwungenen Gemeinschaft, die zusammen losgezogen war.

Die Sonne ging orangerot über dem Shan auf und ließ die ganze Umgebung wie flüssiges Feuer erscheinen. Wären sie nicht so traurig gewesen, hätten die sechs Reiter den Anblick sicherlich sehr genossen. Doch selbst für die imposanten Shan-Fälle hatten sie nur einen traurigen Blick übrig, als sie schließlich an ihnen vorbeiritten. Ihr Anblick erinnerte sie nur umso mehr daran, dass Jakob sie so gerne hatte sehen wollen. Einigen liefen die Tränen über die Wangen beim Reiten.

Die Shan-Fälle mündeten in einen großen See. Von dort aus flossen mehrere kleinere Flussarme in verschiedene

Richtungen weiter sowie der Hauptfluss, der weiterhin die Grenze zwischen den beiden Ländern bildete. Diesem folgten die sechs Reiter nun. Je weiter sie sich von den Shan-Fällen entfernten, desto leiser wurde es, bis man schließlich kaum noch Rauschen hörte, nur das sanfte Plätschern des Flusses, der neben ihnen dahinfloss.

„Hier kann man den Fluss wahrscheinlich durchqueren", meinte Gwinon schließlich. Fragend blickte er seine Taube an. Diese nickte bestätigend. Also lenkten sie ihre Pferde ins Wasser. Jakobs Pferd führten sie mit sich, eine traurige Erinnerung daran, dass jemand fehlte.

„Vielleicht finden wir Jakob ja auf der anderen Seite des Stroms", meinte Johrin auf einmal hoffnungsvoll.

„Ja, vielleicht ist er ja noch über die Brücke gegangen, bevor sie eingestürzt ist", sagte auch Emith.

„Wir sollten es auf jeden Fall versuchen", meinte Gwinon, dessen Pferd gerade als erstes das Wasser betrat.

Obwohl der Shan an dieser Stelle nicht mehr mit dem Strom zu vergleichen war, der zu den Shan-Fällen floss, war er doch noch ganz schön tief. Die Pferde konnten ihn zwar durchschreiten, doch die Reiter wurden hüftabwärts nass, ebenso die Sättel und das, was in den Satteltaschen war. Alle atmeten auf, als sie auf der anderen Seite angekommen waren.

„Im Winter führt er noch mehr Wasser", sagte Gwinon. „In der Tat war es nur möglich, ihn auf diese Weise zu durchqueren, weil der Wasserstand gerade so niedrig ist."

Schweigend ritten sie auf der anderen Seite des Flusses zurück zu den Shan-Fällen. Es war bereits Mittag, als sie dort ankamen.

„Wir sollten zusehen, dass wir unsere Sachen in der Mittagssonne ein wenig trocknen lassen", rief Gwinon. Die

Shan-Fälle rauschten so laut, dass man seine Stimme kaum verstehen konnte.

Die anderen nickten. Müde stiegen sie von ihren Pferden und sattelten sie ab. Anschließend packten sie alles aus, was in ihren Taschen war und breiteten es zum Trocknen in der Sonne aus. Das Essen konnten sie nur noch wegschmeißen. Aber es hatte sowieso keiner von ihnen Hunger. Selbst das Essen erinnerte an Jakob. *Ja, das Essen ganz besonders*, dachte Jotan bitter.

So hatten sie sich ihre Ankunft in Shantakan ganz sicher nicht vorgestellt.

IX. Johrins Traum

Der alte Mann beugte sich über den Jungen. Noch einmal flößte er ihm heiße Gemüsebrühe ein. Seine Spezial-Gemüsebrühe, mit Kräutern vom Ufer des Shan. Die hatte bisher noch jedem geholfen. Der Junge trank begierig und leckte sich die Lippen. Dann schlug er die Augen auf und starrte ihn verwirrt an. Der Alte lächelte. Wieder einer, dem seine Spezial-Brühe geholfen hatte. Er dankte dem König im Stillen, dass er ihm die Gabe gegeben hatte, ein so besonderes Getränk herzustellen.

„Wo bin ich?“, fragte der Junge und schaute sich suchend um.

„In Sicherheit“, sagte der Alte und strich ihm beruhigend über die Stirn.

Der Junge nickte.

„Wie heißt du?“, fragte der alte Mann und musterte seinen Patienten eindringlich.

Der Junge hatte im Schlaf viel wirres Zeug geredet, aber nichts, was dem Alten Aufschluss geben konnte, wer er war und woher er kam.

Der Junge schien angestrengt zu überlegen. Schließlich verzog er kummervoll das Gesicht. „Ich ... weiß es nicht", sagte er schließlich. „Wer bist du denn?"

„Ich bin der Hüter der Shan-Fälle", antwortete der Mann. „Und ich fand dich am Ufer des Shan. Du bist von der Brücke gestürzt."

„Von der Brücke?" Wieder schien der Junge angestrengt zu überlegen. Dann sagte er resigniert: „Ich kann mich nicht erinnern."

„Du warst auf der Brücke, die von Colorania nach Shantakan führt. Diese Brücke ist eingestürzt. Dem König sei Dank, dass du überhaupt mit dem Leben davongekommen bist. Ich habe dich kurz vor den Shan-Fällen gefunden. Ein Baumstamm hatte sich zwischen zwei Felsen verkeilt und an dem bist du wie durch ein Wunder hängen geblieben. Wenn dieser Stamm nicht gewesen wäre, wärst du die Fälle hinuntergespült worden und garantiert nicht mehr am Leben. Der König hat wirklich auf dich achtgegeben."

Der Junge sagte nichts. Ihm fielen die Augen wieder zu. Daraufhin erhob sich der Alte, verließ den Raum und schloss die Tür sorgfältig hinter sich, damit der Junge in Ruhe schlafen konnte, während er selbst neue Brühe zubereiten wollte.

Nach einer Weile waren die Sachen wieder einigermaßen trocken und Gwinon mahnte zum Aufbruch. Also packten sie alles wieder sorgfältig ein.

Sie stiegen auf ihre Pferde und schlugen den Weg ein, der am Ufer des Shan-Sees, in den die Fälle mündeten, entlangführte. Gischt spritzte ihnen ins Gesicht, als sie näher an die riesigen Wasserfälle heranritten, und das Tosen wurde so laut, dass sie nichts anderes mehr hören konnten.

Die Shan-Fälle boten in der Tat einen überwältigenden Anblick. Wild stürzten sich die Wassermassen über die Felsen. Alle schauten unwillkürlich, ob irgendwo der Körper eines Jungen im Wasser trieb. Ihnen schauderte bei dieser Vorstellung und alle waren erleichtert, dass sie nichts dergleichen sahen. Trotzdem blieb die Tatsache bestehen, dass sie keine Ahnung hatten, wo sie Jakob suchen sollten und ob er überhaupt noch am Leben war. Sie ritten weiter, an den Shan-Fällen vorbei, bis zu der Stelle, an der einst die Brücke gewesen war. Dort teilten sie sich auf und suchten immer zu zweit nach Jakob, doch ohne Erfolg. Erschöpft und niedergeschlagen kamen sie wieder zusammen. Die Tatsache, dass sie ihn immer noch nicht gefunden hatten, sprach nicht dafür, dass er noch lebte. Je länger sie suchten und ihn nicht fanden, desto größer wurde die Wahrscheinlichkeit, dass er tot war.

Die Sonne ging inzwischen unter und sie schlugen ihr Nachtlager auf. Den ganzen Tag hatten sie nichts gegessen, doch auch jetzt hatte keiner von ihnen Appetit. Schweigsam gingen sie alle schlafen.

In der Nacht hatte Johrin einen Traum: Er stand im *Wald der singenden Birken*, dem Ort, an dem der König wohnte und den er schon ein paarmal hatte besuchen dürfen. Überall sah er die leckeren Früchte, die es dort im Überfluss gab. Doch er hatte keinen Hunger, denn er vermisste Jakob. Suchend schaute er sich nach ihm um, aber er konnte ihn nirgendwo sehen. Doch plötzlich trat der König zwischen den Bäumen hervor. Von ihm ging ein unbeschreiblicher Glanz aus, so hell, dass Johrin ihn kaum ansehen konnte.

Wunderschön und furchterregend war seine Erscheinung. Dann hörte Johrin, wie der König zu ihm sagte: „Hab keine Angst, dein Bruder ist am Leben. Doch er ist verletzt und muss sich eine Weile erholen. Ich habe ihn an einen sicheren Ort gebracht. Bitte sage Jotan und allen anderen, dass Jakob am Leben ist!" Damit endete der Traum. Johrin wachte auf und setzte sich kerzengerade hin.

Er schaute sich um. Seine Freunde schliefen alle fest. Der Vollmond leuchtete besonders hell in dieser Nacht. Malerisch stand er hinter einem großen Baum mit dicken Ästen, die sich schwarz davor abhoben. Plötzlich wurde Johrin bewusst, was er da eigentlich geträumt hatte. Konnte das wirklich sein? Er schaute seine Taube an. Die nickte mit dem Kopf. Ja, der König war ihm im Traum erschienen und hatte ihm zugesagt, dass Jakob am Leben war. Johrin wusste nicht, wo er jetzt gerade war und wann er ihn wiedersehen würde, aber er wusste, sein Bruder war in Sicherheit! Große Freude stieg in ihm auf. Am liebsten hätte er laut gejubelt. Gerade wollte er die anderen wecken, als er ein Geräusch hörte. Lauschend spähte er in die Richtung. Da sah er drei Gestalten auf der anderen Seite des Ufers, die anscheinend etwas suchten. Johrin bekam eine Gänsehaut. Wer schlich nachts am Shan entlang? Das konnte doch nichts Gutes bedeuten! Ihm fiel wieder ein, dass sie eine ganze Weile verfolgt worden waren. Unruhig schaute er den Gestalten hinterher, bis sie außer Sichtweite waren. Was hatten sie da nur gesucht?

Jetzt traute er sich nicht mehr, die anderen zu wecken. Besser, sie machten kein Geräusch. Die drei Fremden sollten lieber nicht mitbekommen, dass hier jemand war. So legte er sich wieder hin und schlief bald darauf ein.

X. Beim Hüter der Shan-Fälle

Erst am nächsten Morgen erzählte Johrin den anderen von seinem Traum. Alle jubelten und fielen sich gegenseitig um den Hals vor Freude und Erleichterung. Sie wussten, der König würde sie niemals anlügen, und wenn der König im Traum Johrin zugesagt hatte, dass Jakob am Leben war, dann stimmte das auch!

Nur Jotan war weiterhin schweigsam und mürrisch. Cynthia fragte ihn: „Hey, Jotan, was ist los? Jetzt ist doch wieder alles gut! Komm, mach nicht so ein finsteres Gesicht!"

Doch Jotan antwortete nur: „Ein Traum ist ein Traum. Ich glaube nicht, dass mein Bruder am Leben ist, bis ich ihn vor mir sehe!"

Cynthia war schockiert. „Aber der König ist Johrin erschienen. Der König würde doch nicht lügen!"

„Vielleicht hat Johrin sich das nur eingebildet. Es war nur ein Traum, mehr nicht!"

Gerade hatte der Alte dem Jungen noch einmal etwas zu essen gebracht, als es an die Tür seiner Hütte klopfte. Er schlurfte zur Tür und öffnete sie. Vor ihm standen drei Männer. Der eine von ihnen war auffallend groß, ein anderer hatte einen schwarzen Vollbart und der dritte sah sehr ungepflegt aus. Alles in allem wirkten sie nicht sehr vertrauenerweckend.

„Grüßt euch, verehrter Hüter der ehrwürdigen Shan-Fälle", begann der Große. „Wir haben mitbekommen, dass es ein tragisches Unglück gab und wollten fragen, ob Hilfe benötigt wird?"

„Hilfe wobei?", fragte der Alte vorsichtig.

„Nun ja … zum Beispiel … beim Bergen von Leichen?"

„Soweit ich es mitbekommen habe, hat es keine Leichen gegeben", antwortete der Alte bedächtig und beobachtete die drei Männer scharf. Ihm entging nicht, dass ein Ausdruck der Enttäuschung über ihre Gesichter huschte.

„Aber wenn eine Brücke zusammenstürzt, dann muss doch jemand auf ihr unterwegs gewesen sein, sonst würde sie doch nicht einstürzen!", gab der Große nun zu bedenken.

„Ja, das mag sein. Trotzdem habe ich keine Leichen gesehen."

„Auch nicht unten am See?"

„Warum fragt ihr so sehr nach Leichen?", fragte der Alte spitz. „Es scheint fast, als würdet ihr *hoffen*, dass es Leichen gegeben hat!"

„O nein, o nein", versicherten alle drei rasch. „Wir wollten nur unsere Hilfe anbieten! Aber wenn sie nicht benötigt wird, dann gehen wir wieder. Auf Wiedersehen, edler Hüter der Fälle."

„Auf Wiedersehen", sagte der Alte und fügte in Gedanken hinzu: *Aber eigentlich möchte ich euch nicht wiedersehen.*

Eins war ihm klar: Diese drei Männer waren nicht in guter Absicht hier, und er fragte sich, ob das mit dem Jungen zu tun hatte. Er nahm sich vor, gut auf den Jungen aufzupassen.

Jetzt, wo sie von der drückenden Angst um Jakob befreit waren, spürten sie auch wieder Hunger. Sie hatten immerhin den ganzen letzten Tag nichts gegessen. Doch wo sollten sie jetzt Essen herbekommen?

Alle Vorräte, die sie hatten, waren durch das Flusswasser verdorben.

Zögernd ritten sie wieder zurück, ein drittes Mal an den Shan-Fällen vorbei. Da sahen sie plötzlich eine Hütte, nicht weit von den Fällen entfernt. Neben der Hütte war so etwas wie ein Stall.

„Lass uns da hingehen", schlug Gwinon vor. „Vielleicht kann man uns da weiterhelfen."

Sie ritten zu der Hütte und Gwinon klopfte an.

Ein alter Mann mit einem langen grauen Bart öffnete die Tür. Er musterte sie misstrauisch.

„Guten Tag, ehrwürdiger Herr", begrüßte Gwinon den Alten. „Wir sind Reisende aus Colorania und unsere Lebensmittelvorräte sind leider im Flusswasser verdorben, weil die Brücke eingestürzt ist und wir deshalb den Fluss im Wasser überqueren mussten."

Der Alte musterte sie misstrauisch, doch er öffnete die Tür. Die Gesetze der Gastfreundschaft in Shantakan geboten ihm, Hungrige nicht abzuweisen, auch wenn es Fremde waren. Gwinon, Sinayah, Cynthia und die Jungen betraten einen kleinen Raum mit einem hölzernen Tisch, zwei Stühlen und einer Bank. Eine Tür im hinteren Bereich des Raums schien in ein anderes Zimmer zu führen.

Freundlich, doch mit einem gewissen Misstrauen im Blick, gebot der alte Mann ihnen, Platz zu nehmen. Gwinon und Johrin setzten sich auf die beiden Stühle, die anderen quetschten sich zusammen auf die Bank. Der Alte stand an einer Kochstelle und rührte in einem Topf. Bald füllte er jedem eine Schüssel voll mit einer dampfenden Flüssigkeit. Dazu reichte er ihnen Scheiben von frischem Brot. Die sechs bedankten sich höflich und fingen an, die Flüssigkeit zu löffeln und dazu das Brot zu essen. Es stellte sich bald heraus, dass es sich bei der Flüssigkeit um eine ausgesprochen gute und sättigende Brühe handelte.

„Sehr lecker", lobte Cynthia.

Der Alte antwortete ernst: „Diese Brühe ist nach einem Spezialrezept mit Kräutern vom Ufer des Shan hergestellt. Sie wird euch stärken und sättigen, so dass ihr den ganzen Tag und die ganze Nacht nichts mehr brauchen werdet. Sie wird euch so lange Kraft geben, bis ihr die Stadt Moroh erreicht. Dort könnt ihr Essen einkaufen."

„Vielen Dank, ehrwürdiger Herr. Wie lange dauert es von hier aus, bis wir in Moroh ankommen?", fragte Gwinon.

„Wenn ihr nach dem Essen aufbrecht, werdet ihr ungefähr morgen Mittag dort ankommen."

Emith überlegte.

Moroh. Der Name war irgendwie in dem Brief aufgetaucht. Doch er wusste nicht mehr, in welchem Zusammenhang. Hätte er doch bloß die Wegbeschreibung besser auswendig gelernt!

„Darf ich noch fragen, wer Ihr seid, und warum Ihr hier so einsam wohnt?"

„Ich bin der Hüter der Shan-Fälle." Mehr sagte der Alte nicht.

Alle wunderten sich. *Hüter der Shan-Fälle?* Die imposanten Fälle wirkten nicht, als müssten sie behütet werden.

Dann kam Johrin eine Idee. „Wenn Ihr über alles wacht, was bei den Fällen vor sich geht, könnt ihr uns vielleicht helfen. Wir suchen einen Jungen, er ist ein bisschen kleiner als ich und hat rötliche Haare."

Der Alte schüttelte den Kopf. „Nein, ich habe niemanden gesehen."

„Schade", sagte Johrin.

Inzwischen hatten alle ihre Brühe ausgetrunken. Schließlich erhoben sie sich, bedankten sich noch einmal herzlich bei dem Alten und machten sich auf den Weg.

Tatsächlich fühlten sie sich durch die Brühe so gestärkt, als hätten sie eine vollwertige Mahlzeit gehabt.

Nachdem seine Gäste wieder weg waren, seufzte der Alte erleichtert auf und ging in den hinteren Teil der Hütte, um nach dem Jungen zu sehen. Der schlief immer noch die meiste Zeit, um sich von seinen Verletzungen zu erholen. Der Alte strich ihm liebevoll über die Stirn. Den Gedanken an die Fremden, die nach dem Jungen gefragt hatten, verscheuchte er schnell wieder. Das waren ihm alles zu viele Leute. Zu viele, die Fragen stellten. Zu viele, die eine Gefahr für den Jungen sein konnten. Obwohl eine gewisse Ähnlichkeit zwischen zwei der Fremden und seinem Jungen nicht zu leugnen war … Fast so, als ob sie Brüder wären … Egal. Er wollte auf Nummer sicher gehen. Solange er nicht genau wusste, zu wem der Junge gehörte, würde er dessen Anwesenheit geheim halten. Da es ganz so aussah, als habe der Junge sein Gedächtnis verloren, konnte es noch lange dauern, bis er herausfand, wer er wirklich war und wohin er gehörte. Der Alte hoffte insgeheim, dass das, was er sich schon lange gewünscht hatte, nun in Erfüllung ging. Der König allein wusste, wie lange er sich schon einen Sohn wünschte! Nein, so schnell würde er den Jungen nicht hergeben!

XI. In Moroh

Die sechs Freunde ritten den ganzen restlichen Tag hindurch, bis sie abends ihr Nachtlager in einer abgelegenen Schlucht aufschlugen. Längst hatten sie die Hochebene Sha hinter sich gelassen und es ging stetig bergab. Sie mussten langsam und vorsichtig reiten, über Geröll und durch enge Schluchten. Auf dem felsigen Gelände fanden die Pferdehufe teilweise nur schwer Halt. Doch was der Alte ihnen versprochen hatte, traf tatsächlich ein: Keiner von ihnen verspürte Hunger oder Erschöpfung. Die Brühe war tatsächlich erstaunlich nahrhaft! Emith, der sich ein wenig mit Kräutern auskannte, fragte sich, was das wohl für Kräuter waren, die am Ufer des Shan wuchsen, dass sie so eine besondere Wirkung hatten.

Auch am Abend verspürte keiner von ihnen Hunger und alle gingen mit dem Gefühl schlafen, müde und satt zu sein.

Am nächsten Morgen wachten sie früh auf. Immer noch knurrte keinem von ihnen der Magen. „Eigentlich total praktisch, dass wir uns nicht mit Frühstück aufhalten müssen, sondern sofort losreiten können", meinte Emith.

Alle lachten. Nur Jotan nicht. Jotan hatte in den letzten Tagen kaum noch etwas gesagt. Emith sah ihn prüfend an. „Hey, Jotan", sagte er. „Nun mach mal ein fröhlicheres Gesicht! Wir alle vermissen Jakob. Aber wir wissen nun, dass es ihm gut geht."

„Wissen wir nicht", widersprach Jotan.

„Wissen wir doch", beharrte Emith. „Wenn du dir nicht sicher bist, frag doch deine Taube!"

Jotan schwieg. Mit der Taube hatte er nicht mehr geredet, seitdem Jakob verschwunden war. Und das würde er auch nicht mehr tun. Er konnte sich nicht vorstellen, dem König noch einmal in die Augen zu blicken, nach dem, was er getan hatte! Nein, besser, er hielt sich von der Taube fern.

Emith, der merkte, dass Jotan sehr bedrückt war, umarmte seinen Bruder. Doch er spürte, dass Jotan nicht offen war, Trost von ihm zu empfangen, also wandte er sich seufzend wieder von ihm ab. Dann ritten sie los.

Die drei Männer hatten sich eingestehen müssen, dass ihr Plan mit der Brücke auch gescheitert war. Doch es gab noch genug andere Möglichkeiten, die Fremden aufzuhalten. „Sie dürfen auf keinen Fall in Shayan ankommen", erklärte der Große noch einmal nachdrücklich. „Aber wie es aussieht, haben sie nichts mehr zu essen. Das heißt also, sie müssen auf jeden Fall nach Moroh hinein!"

„Das ist gut", erwiderte der Bärtige. „Aus Moroh kommen sie so schnell nicht wieder heraus!"

„Wenn überhaupt!" Der Große rieb sich die Hände.

Hier war die Mail zu Ende. Michaela schaute auf die Uhr. „Oh, ich muss los!", stellte sie erschrocken fest. „Mom hat gesagt, ich muss unbedingt pünktlich zum Abendbrot zurück sein." Sie verdrehte die Augen. „Und dann muss ich mich mit unserem Besuch unterhalten!"

„Das hört sich nicht an, als würdest du es gerne tun", erwiderte Nico erstaunt.

„Nein, tue ich auch nicht. Tante Nadine ist zwar in Ordnung, aber Pia nervt!"

Sie warf sich die Jacke über. „Mich schaut sie immer so an, als wäre ich einem Gruselfilm entsprungen und würde ihr in der Nacht im Albtraum erscheinen. Und für Picasso wird sie selbst zum Albtraum!"

Nico sagte betroffen: „Oh, das tut mir leid. Naja, wenn du dem allen entfliehen möchtest – du weißt ja, du bist bei uns immer willkommen."

„Ja. Danke."

Beim Abendbrot fragte Mirko seine Mutter: „Du, Mama, hat es in unserer Familie eigentlich schon mal eine Tragödie gegeben?"

Seine Mutter, die sich gerade eine Gabel mit Spaghetti in den Mund schieben wollte, hielt mitten in der Bewegung inne. „Eine *was?*", fragte sie.

„Na, also, ein Unglück halt."

„Wie kommst du denn darauf?"

„Ach, hat mich einfach nur mal so interessiert."

„Für was du dich so interessierst! Du solltest dich mehr für deine Schulnoten interessieren. Einige von ihnen könnte man durchaus als *Tragödien* bezeichnen!"

Mirko errötete. Er hatte gerade gestern wieder eine Fünf in der Mathearbeit nach Hause gebracht. War vielleicht nicht der beste Zeitpunkt, um von seinen Eltern etwas zu erfahren. Er musste unbedingt bald noch mal zu Tante Lieselotte fahren. Und irgendwie musste er sie zum Reden bringen.

Michaela war erschöpft, als der Abend vorbei war. Komplett fertig. Sie hatte sich ja schon gedacht, dass kleine Kinder anstrengend sein konnten, aber so ...

Pia hatte inzwischen Vertrauen zu Michaela gefasst und behandelte sie nicht mehr, als sei sie eine Außerirdische. Doch das war fast noch schlimmer, denn jetzt wollte das kleine Mädchen ständig auf ihrem Schoß rumhüpfen, an ihren Ohrringen ziehen, mit ihr Fangen spielen und was ihr sonst noch so einfiel. Am Ende konnte Michaela fast nicht mehr. Mom und Tante Nadine hatten sich entspannt unterhalten und sie hatte das Kindermädchen spielen müssen. So eine Unverschämtheit! Irgendwann, als es ihr endgültig gereicht hatte, hatte sie gesagt, sie müsse ins Bett und war gegangen. Und das war noch nicht mal gelogen. Nach dem Kinderprogramm hatte sie tatsächlich den Wunsch verspürt, so schnell wie möglich schlafen zu gehen.

Doch am nächsten Tag nach der Schule geschah das, was Michaelas Geduldsfaden endgültig zum Zerreißen brachte.

Nichtsahnend kam sie nach Hause und wunderte sich, dass es im Haus so ruhig war. Sonst hörte man Pia ja immer schon von weitem, entweder herumrennen oder schreien, oder mindestens die ganze Zeit vor sich hin brabbeln. Sollten Tante Nadine und Pia vielleicht nicht da sein? Ihre Hoffnung auf einen friedlichen Nachmittag stieg rapide an. Doch dann sah sie im Wohnzimmer Tante Nadine, die auf dem Sofa lag und schlief. Michaela wunderte sich. Vielleicht war Mom mit Pia unterwegs? Mom hatte gerade Urlaub, aber sie war ebenfalls nirgends zu sehen.

Michaela zuckte die Achseln. Naja, war ihr auch egal. Solange sie ihre Ruhe vor dieser kleinen Nervensäge hatte! Sie ging zu ihrem Zimmer und blieb wie angewurzelt stehen. Pia saß in ihrem Zimmer auf dem Fußboden. Sie hatte ihre Schreibtischschublade aufgezogen und sämtliche Papiere, die darin lagen, herausgeholt und auf dem Boden verteilt. Gerade war sie damit beschäftigt, ein Vokabelheft von Michaela in kleine Schnipsel zu zerreißen und diese künstlerisch auf dem Boden anzuordnen. Picasso saß neben ihr und freute sich sichtlich über das interessante Chaos.

Michaela blieb buchstäblich die Luft weg vor Entsetzen. Fassungslos nahm sie die schreckliche Szene in sich auf. Dann aber besann sie sich und schnappte sich Pia. Wutentbrannt hob sie das Mädchen auf und trug es ins Wohnzimmer zu seiner schlafenden Mutter. Pia, die das offensichtlich gar nicht gut fand, stimmte ein großes Geheul an, woraufhin Tante Nadine erschrocken aus dem Schlaf hochfuhr. „Was ist denn, mein Schatz?“, fragte sie und nahm das Mädchen tröstend in den Arm.

„Was ist? Das kann ich dir sagen!“, schrie Michaela wütend. „Dieses Biest hat mein ganzes Zimmer verwüstet und mein Vokabelheft zerrissen! Und wenn du nicht besser auf deine Tochter aufpasst, dann kannst du deine Sachen packen und noch vor Weihnachten wieder gehen!“

Nadine starrte sie entsetzt an. „Es … es tut mir leid, ich hatte die Nacht kaum geschlafen, weil Pia mich ständig aufgeweckt hat, und ich war so müde. Ich muss wohl einfach eingeschlafen sein.“

In diesem Moment kam Mom mit vollen Einkaufstaschen beladen nach Hause.

Sie stellte die Taschen ab und schaute von einem zum anderen, bemüht, die Situation zu erfassen.

Michaela hatte ein schlechtes Gewissen, denn Tante Nadine tat ihr irgendwie auch leid. Es musste anstrengend sein, wenn ein kleines Kind einen nachts ständig wachhielt. Überhaupt – sie selbst war Pia in ein paar Wochen wieder los, aber Tante Nadine, die konnte ihre Tochter nicht einfach so abschieben!

Trotzdem war Michaela immer noch so wütend, dass sie das Gefühl hatte, es keinen Moment länger aushalten zu können mit dieser kleinen Nervensäge im Haus. „Mom, Tante Nadine und Pia müssen wieder fahren!“, sagte sie deshalb mit Nachdruck. „Tante Nadine passt überhaupt nicht auf Pia auf und Pia hat mein ganzes Zimmer verwüstet! So geht das einfach nicht!“

„Michaela“, versuchte Mom zu beschwichtigen. „Ich sehe ein, dass du dich geärgert hast. Aber Gäste, die wir eingeladen haben, deshalb wieder rauszuschmeißen, das macht man nicht. Da müssen wir schon eine andere Lösung finden!“

„Ich hab' überhaupt niemanden eingeladen!“, schrie Michaela trotzig und rannte in ihr Zimmer. Sie zog die Tür hinter sich zu und schloss sorgfältig ab. Dann machte sie sich daran, das Chaos auf dem Boden aufzuräumen. Nach zehn Minuten war sie fertig und stellte fest, dass es schlimmer ausgesehen hatte, als es in Wirklichkeit war. Bis auf das Vokabelheft war nichts kaputtgegangen. Und das Vokabelheft, naja, es war vom letzten Schulhalbjahr, und Michaela war sowieso nicht der Typ, der freiwillig Vokabeln vergangener Schuljahre noch einmal wiederholte. Insofern war das Vokabelheft etwas, auf das sie gut verzichten konnte. Also war der Schaden, den Pia angerichtet hatte, doch nicht so groß. Dafür schlug Michaelas Gewissen heftig. Sie war vorhin nicht besonders nett zu Tante Nadine gewesen. Und natürlich hatte ihre Mutter recht, dass man sich Gästen gegenüber nicht so verhielt.

Trotzdem fiel es ihr schwer, einfach hinzugehen und sich zu entschuldigen. Eine Weile saß sie unentschlossen auf dem Sofa, dann überlegte sie, dass sie erst mal zu Nico fahren wollte. Vielleicht würde es ihr leichter fallen, sich zu entschuldigen, wenn sie sich ein bisschen abgelenkt hatte. Also zog sie sich Jacke und Schuhe an und machte sich auf den Weg.

Als sie bei Nico klingelte, öffnete Philipp die Tür, und er hatte den anderthalbjährigen Tim im Schlepptau, das jüngste Kind der Familie. Tim war nur mit einer Windel bekleidet. Sein Gesicht und seine Hände waren klebrig. Michaela sah ihn stirnrunzelnd an.

„Er wird gleich gebadet", erklärte Philipp.

Michaela nickte. Von Kleinkindern hatte sie im Moment die Nase voll! Komisch, sonst hatte sie es immer genossen, dass Nico so eine große, lebhafte Familie hatte. Doch jetzt war sie sich nicht mehr so sicher, ob sie das wirklich gut fand.

Als sie bei Nico im Zimmer angekommen war, platzte sie auch gleich mit der Frage heraus: „Nerven dich deine Geschwister nicht manchmal?"

Nico antwortete gleichmütig: „Manchmal schon, ja. Aber schau mal, hier!“ Er deutete auf sein Notebook, das er gerade hochgefahren hatte. Auf dem Bildschirm erschien eine neue Colorania-Mail. Sofort vergaß Michaela, was sie noch hatte sagen wollen. „Cool!“, meinte sie nur und begann zu lesen.

 Genau wie der Alte gesagt hatte, erreichten sie am Mittag die Stadt Moroh. Schon von weitem sahen sie, dass  die Stadt sehr groß war. Hohe Mauern umgaben sie. Emith verspürte eine gewisse Unruhe, als sie sich den Stadtmauern näherten. „Könnt ihr euch noch daran erinnern, was über die Stadt Moroh in der Wegbeschreibung stand?“, fragte er Johrin und Jotan, die neben ihm ritten.

„Keine Ahnung“, sagte Johrin. „Nur, dass wir da durch müssen, oder?“

Jotan zuckte nur mit den Schultern. Einen Augenblick überlegte Emith, seine Taube zu fragen. Doch sofort musste er daran denken, dass es sein persönliches Versagen war, die Wegbeschreibung nicht rechtzeitig auswendig gelernt zu haben. Und deshalb traute er sich nicht, sie in dieser Angelegenheit zu fragen. Nein, das musste jetzt auch ohne ihre Hilfe gehen. Er konnte ja schließlich nicht von der Taube erwarten, sein persönliches Versagen wieder gut zu machen, oder? Also straffte er sich und ritt auf das Stadttor zu.

Als sie es erreichten, trat ihnen ein bewaffneter Wächter entgegen. „Wer seid ihr und wohin seid ihr unterwegs?“, fragte er sie.

Gwinon antwortete: „Wir sind Reisende aus Colorania und möchten in eurer Stadt einkaufen, weil unsere Lebensmittelvorräte leider verdorben sind.“

Der Wächter nickte. „Willkommen in unserer Stadt", sagte er und ließ sie hinein.

„Um zum Markt zu gelangen, müsst ihr nur der Straße folgen, es ist nicht weit", fügte er noch hinzu.

Gwinon bedankte sich höflich und dann ritten sie los.

Als sie die Stadt betraten, fiel ihnen als erstes auf, dass die Luft irgendwie süßlich roch, als hätte jemand Parfüm vergossen. Das war etwas gewöhnungsbedürftig, aber es roch nicht schlecht.

Wachsam schauten sie sich um, als sie die große kopfsteingepflasterte Straße entlangritten. Man konnte nie wissen, was einen in einer fremden Stadt erwartete, also war Vorsicht durchaus angebracht. Doch bald waren sie so entzückt von dem, was sie sahen, dass sie die Vorsicht ganz vergaßen. Riesige, prächtige Villen standen zu beiden Seiten der Straße. Villen, wie sie sie noch nie gesehen hatten. Ja, selbst das prächtige Haus der Odrians wirkte dagegen wie eine Hütte armer Leute. Die Bewohner von Moroh mussten unermesslich reich sein!

Große Bauten mit mehreren Türmen und Säulen aus weißem Marmor schimmerten in der Sonne. Hohe palmenartige Gewächse standen davor. In den Gärten waren Springbrunnen mit wasserspeienden Steinfiguren. Fußwege waren mit bunten Mosaiksteinen verziert. In manchen Gärten standen Steinbänke, die ebenfalls mit Mosaiksteinen versehen waren, in manchen standen riesige Statuen. Überall waren prächtige Blumenbeete, die sehr gepflegt aussahen.

Emith ging zu einem der Beete und roch daran. Er fragte sich, ob der süßliche Duft, der überall in der Luft hing, vielleicht von den Blumen kam. Doch die Blumen rochen ganz anders.

Die sechs Coloranier rissen staunend die Augen weit auf. Eine solche Pracht kannten sie aus ihrem Heimatland nicht! Jedes einzelne Haus war so wunderschön, dass man es sich stundenlang ansehen konnte!

Schließlich erreichten sie, wie der Wächter gesagt hatte, den Markt. Auch hier gab es so viel zu sehen, dass sie aus dem Staunen nicht herauskamen. Riesige, bunte Stände auf beiden Seiten der Straße waren mit den unterschiedlichsten Waren bestückt. Zuerst kamen sie an der Abteilung für Stoffe und Schmuck vorbei. Da gerieten Cynthia und Sinayah fast in Verzückung. Noch nie in ihrem Leben hatten sie so herrliche, weiche und edle Stoffe gesehen, oder so hübschen Schmuck.

Ein Händler bemerkte gleich die Begeisterung der beiden Mädchen und hängte Cynthia einen weichen, glänzenden dunkelgrünen Stoff über. Ein zartes silbernes Muster war darauf gestickt. „Passt perfekt zu der Farbe deiner Augen, Mädchen", sagte er anerkennend.

Cynthia strahlte. Fast ehrfürchtig strich sie über den schönen Stoff.

„Ich lass ihn dir zum halben Preis, weil er dir so gut steht", bot der Händler ihr an.

Ein anderer Händler hängte Sinayah eine goldene Kette um, an der ein Anhänger mit einem roten Stein war, der wunderschön funkelte.

Emith ging in der Zwischenzeit zu einem Stand, bei dem Sättel und Zaumzeug von feinstem Leder angeboten wurden. Er konnte nicht anders, als darüber nachdenken, dass für ein Pferd wie Nachtwind eigentlich Zaumzeug und Sattel einer solchen Qualität angemessen wären.

Gwinon schaute sich in der Zwischenzeit prüfend um. Der süßliche Geruch, der ihnen schon am Anfang aufgefallen war, war hier auf dem Markt noch um ein Vielfaches stärker. Ja, er hing so schwer über ihnen, dass Gwinon das Gefühl hatte, er könne kaum atmen. Er wollte zu gern wissen, woher dieser Geruch kam. Doch seine Augen konnten nichts ausmachen, was die Ursache dafür sein konnte. Am liebsten hätte Gwinon sofort eingekauft und die Stadt so schnell wie möglich verlassen, denn er konnte den Geruch kaum noch ertragen. Ihm missfiel es, dass die anderen sich so viel Zeit beim Bummeln über den Markt ließen. Während Johrin und Jotan sich gerade feinste Lederstiefel anschauten, ermahnte Gwinon deshalb alle, sich doch erst mal auf das Wichtigste zu besinnen und etwas Essen einzukaufen. Für alles andere sei später noch Zeit, meinte er.

Seufzend gaben Cynthia und Sinayah den schönen Stoff und das Schmuckstück zurück, und auch die anderen wandten sich von den Angeboten ab, die sie gerade angeschaut hatten, und folgten Gwinon. Der führte sie geradewegs in den Bereich des Marktes, in dem allerlei Esswaren angeboten wurden. Auch hier kamen die Freunde aus dem Staunen nicht mehr heraus. Um sie herum wurden die verschiedensten Spezialitäten angeboten, die Auswahl war überwältigend.

Köstliche Düfte umgaben sie, die für eine Weile sogar stärker waren als der süße Geruch. Gebäcke in den verschiedensten Formen, Gewürze in vielen leuchtend bunten Farben, Obst und Gemüse gab es in großer Vielfalt. An anderen Ständen wurden gepökelte Fleischspezialitäten angeboten, die sehr appetitlich aussahen. Wieder an anderen gab es verlockende Süßwaren. Allen lief das Wasser im Mund zusammen. Gerade überlegten sie, was sie zuerst einkaufen sollten, da wurden sie von einer jungen Frau angesprochen: „Hallo, ihr Fremden. Kann ich euch helfen?

Ich weiß, es ist nicht leicht, sich hier zurechtzufinden, wenn man die Stadt nicht kennt."

Die sechs Freunde betrachteten die junge Frau, die mit ihnen sprach. Sie mochte etwa sechzehn, höchstens achtzehn Jahre alt sein, hatte lange schwarze Haare, die kunstvoll hochgesteckt waren, und braune Augen, die sie freundlich anschauten.

Gekleidet war sie in ein sehr vornehmes Gewand aus glänzendem dunkelrotem Stoff. An beiden Armen trug sie breite, goldene Armreifen. Sie war eine auffallende Schönheit.

„Also, ja, wir wollen uns eigentlich nur etwas zu Essen kaufen und dann weiterreiten", antwortete Gwinon. „Aber bei dem reichhaltigen Angebot ist es nicht so leicht, sich zu entscheiden."

„Ihr wollt nur Essen kaufen und dann weiterziehen?" Sie betrachtete kritisch die schmutzige Kleidung der Freunde und die Satteltaschen, die unter dem Wasser doch etwas gelitten hatten. „Ihr seht eigentlich so aus, als könntet ihr eine Erholungspause gut gebrauchen und eine neue Ausstattung für die weitere Reise. Kommt mit in mein Gasthaus und bleibt eine Nacht bei mir. Ich verspreche euch, ihr werdet euch wohlfühlen, und ich werde euch auch ein köstliches Essen anbieten. Morgen gehe ich dann mit euch auf den Markt, führe euch zu den besten Ständen und berate euch beim Einkaufen."

Sofort wuchs in allen der Wunsch, dieses Angebot anzunehmen. Es hörte sich einfach zu verlockend an, eine Nacht in einem Gasthaus dieser wunderschönen Stadt zu verbringen. Und ja, das Mädchen hatte recht. Nach allem, was sie hinter sich hatten, konnten sie eine Erholungspause wirklich gut vertragen!

Ohne die Tauben zu fragen, beschlossen sie, das Angebot anzunehmen und folgten der jungen Frau durch ein paar Seitenstraßen zu einem prächtigen Haus. Als sie jedoch das Gasthaus sahen, kamen ihnen Zweifel, ob sie die richtige Entscheidung getroffen hatten. Es sah nämlich so überwältigend aus, dass es sicher unerschwinglich teuer war, dort zu übernachten. Die junge Frau merkte, dass die Freunde zögerten, und fragte: „Was ist?"

Gwinon sagte: „Wir haben nur gerade überlegt, ob wir uns die Übernachtung in einem derart feinen Haus leisten können."

Doch das Mädchen lachte nur. „Macht euch darüber keine Gedanken", sagte sie, während sie einem Mann ein Zeichen gab. „Lasst die Pferde hier", wies sie sie an. „Unser Knecht wird sie bestens versorgen!" Sie zwinkerte dem jungen Mann noch einmal zu, während dieser herbeigeeilt kam. Dann wandte sie sich wieder den Coloraniern zu:

„Wir legen hier großen Wert auf Gastfreundschaft", fuhr sie fort. „Fremde, die einen so weiten Weg hinter sich haben, müssen nichts bezahlen. Ihr seid alle herzlich eingeladen." Sie lächelte die Freunde noch einmal so strahlend an, dass alle überwältigt waren von so viel Freundlichkeit. Erleichtert und glücklich betraten sie das vornehme Haus und fanden sich in einer Empfangshalle wieder, deren Wände blau und türkisfarben mosaikartig gekachelt waren. In der Mitte der Halle war ein Springbrunnen. An den Wänden hingen überall kunstvolle Kerzenleuchter und dazwischen Spiegel, die das Licht der Kerzen vervielfältigten. Alle staunten über die prächtigen Lichteffekte.

Auch im Haus roch es süßlich. Mittlerweile hatten sich die coloranischen Freunde schon fast daran gewöhnt. Aber befremdlich war es dennoch.

Die junge Frau führte sie geradewegs durch die Halle in einen gemütlich eingerichteten Gastraum. „Vater", rief sie schon von weitem. „Wir haben Besuch!"

Daraufhin kam ein großer, bärtiger Mann mit schwarzen Haaren und ebenso braunen Augen wie seine Tochter hinter einer Theke hervor, um die Ankommenden freundlich zu begrüßen. Er stellte sich mit lauter, dröhnender Stimme vor: „Hallo, ich bin der Rhenan. Meine Tochter Suleika habt ihr ja schon kennengelernt. Seid willkommen hier. Ich hoffe, ihr habt Hunger mitgebracht." Er deutete auf einen großen, runden Tisch in der Ecke, wo sie sich hinsetzen konnten. Wenig später brachte er das Essen und bald türmten sich Fleischpasteten, verschiedene Gebäcke, Käseteller, Salate und exotische Früchte auf dem Tisch. Alle langten mit großem Appetit zu. So nahrhaft die Brühe des Alten bei den Shan-Fällen auch gewesen war, das hier war unvergleichlich viel besser!

Suleika gesellte sich zu ihnen und bald entwickelte sich ein lebhaftes Gespräch mit ihr. Sie befragte die Freunde ausführlich nach ihrem Leben in Colorania, ihrer bisherigen Reise und dem Grund, warum sie sich überhaupt auf den weiten Weg nach Shantakan gemacht hatten. Als Emith antwortete, der König habe sie hierhergeführt, brach sie in lautes Lachen aus. „Der war gut", antwortete sie. „Ehrlich, so einen guten Witz habe ich lange nicht gehört!"

Die anderen schauten sich gegenseitig verdutzt an. Wieso lachte dieses Mädchen nur darüber? Diese Frage stand ihnen wohl allen ins Gesicht geschrieben. Schließlich hörte Suleika auf zu lachen und fragte: „Meintet ihr das etwa ernst?"

„Ja", antwortete Johrin. „Und ich frage mich, was daran so witzig sein soll!"

„Naja", antwortete Suleika und musterte sie aufmerksam. „Ich habe einfach noch nie gehört, dass der König so etwas macht!"

„Aha." Jetzt schauten die anderen Suleika ein wenig verunsichert an. „Aber den König kennst du doch schon, oder?", fragte Cynthia schließlich.

„O ja, natürlich", antwortete Suleika entschieden. „Jeder kennt hier den König. Wir lieben ihn alle!"

„Na dann ist ja gut", meinte Emith erleichtert, und die anderen stimmten ihm zu.

Doch plötzlich fiel Cynthia etwas auf. Bei Suleika war keine Taube zu sehen und bei ihrem Vater auch nicht. *Merkwürdig*, dachte sie. *Haben die Leute in Shantakan keine Tauben?* Sie versuchte, sich daran zu erinnern, ob der Alte bei den Shan-Fällen eine gehabt hatte, doch sie wusste es nicht mehr. Hatten die Händler auf dem Markt Tauben gehabt? Cynthia konnte sich nicht erinnern. Sie war auch viel zu sehr mit den schönen Waren beschäftigt gewesen, um darauf zu achten. Gerade wollte sie ihre Taube fragen, da kam Rhenan und tischte den Nachtisch auf, eine dampfende Süßspeise, die überaus köstlich aussah. Cynthia griff beherzt zu, wie alle anderen auch.

Nach einem ausgiebigen Essen und wirklich netter Tischgemeinschaft, führte Suleika ihre Gäste in die Zimmer, in denen sie schlafen sollten. Cynthia und Sinayah bekamen ein wunderschön eingerichtetes Zimmer zusammen, Gwinon bekam ein Zimmer für sich allein und Johrin, Jotan und Emith bekamen eins zu dritt. Alle staunten über die schönen, weichen Betten und die hübschen Möbel, mit denen die Zimmer ausgestattet waren. Doch auch hier roch es süßlich. Schließlich fragte Emith: „Suleika, woher kommt eigentlich dieser süße Geruch, der überall in der Luft hängt?"

„Welcher süße Geruch?", fragte Suleika erstaunt. „Ich rieche nichts!"

„Na der, nach dem es überall riecht. Wir haben es schon gerochen, als wir in die Stadt hineingeritten sind. Es riecht überall süß! Draußen, und auch hier drinnen!"

Aber Suleika zuckte nur mit den Achseln. „Ich weiß nicht, wovon ihr redet. Für mich riecht hier alles ganz normal!" Damit wünschte sie allen eine gute Nacht und ließ sie in ihren Zimmern allein.

Vor dem Schlafengehen fiel Cynthias Blick auf das Buch des Königs, das sie ausgepackt und neben ihr Bett gelegt hatte. Sie hatte, seit Meloman es ihr geschenkt hatte, jeden Morgen und jeden Abend darin gelesen. Doch heute stellte sie fest, dass sie schon zu müde zum Lesen war. Also schloss sie die Augen. Vor dem Einschlafen dachte sie noch einmal an den wunderschönen Stoff, den sie auf dem Markt gesehen hatte.

XII. Suleika und ihre Freunde

Am nächsten Morgen nach dem Aufwachen wollte Cynthia zum Buch des Königs greifen, um darin zu lesen, doch gerade in dem Moment klopfte es an die Tür und Suleika rief: „Kommt runter. Das Frühstück ist fertig. Und nach dem Frühstück gehen wir zum Markt und kaufen erst mal für euch ein!"

Also legte Cynthia das Buch wieder weg und zog sich schnell an, um zum Frühstück zu gehen. Sinayah beeilte sich ebenfalls, und wenige Minuten später betraten sie den Essraum, in dem nach und nach auch die anderen eintrafen.

Wieder gab es ein unbeschreiblich tolles und reichhaltiges Essen, und wieder gesellte sich Suleika zu ihnen, diesmal in Begleitung zweier weiterer junger Mädchen und eines jungen Mannes, die sie als ihre Freunde vorstellte. Sie waren ebenfalls sehr freundlich und hießen die Reisenden aus Colorania aufs Herzlichste willkommen. Interessiert erkundigten auch sie sich nach dem Sinn und Ziel ihrer Reise. Doch genau wie am Vorabend Suleika reagierten sie verständnislos, als die Freunde erzählten, der König habe sie hierher geführt. Wieder fragte Cynthia, ob sie den König überhaupt kennen würden, weil sie die Reaktion so komisch fand. Und genau wie Suleika antworteten alle ernsthaft, natürlich würden sie den König kennen und alle Bürger des Landes würden ihn lieben.

Als alle fertig gefrühstückt hatten, sagte Suleika: „Kommt, wir gehen zum Markt und kaufen für euch ein. Ihr könnt doch nicht mit einer solchen Ausstattung weiterreisen!" Naserümpfend betrachtete sie die schmutzige Kleidung ihrer Gäste, die an einigen Stellen schon sehr gelitten hatte.

Also erhoben sich die sechs Coloranier und folgten Suleika und ihren Freunden zum Markt. Wieder wurden sie geradezu erschlagen von den großartigen und reichhaltigen Angeboten, die es dort gab. Die Waren, die auf diesem Markt verkauft wurden, glichen in keiner Weise denen, die es in Colorania gab. Es war offensichtlich, dass Shantakan ein äußerst wohlhabendes Land war.

Eine ganze Weile konnten sie sich überhaupt nicht entscheiden, was sie überhaupt kaufen wollten. So schlenderten sie ziellos auf dem Markt umher und schauten sich erst einmal alles an. Schließlich mahnte Gwinon: „Los, wir müssen uns jetzt entscheiden, sonst werden wir nie fertig. Wir haben schon so viel Zeit verloren. Vergesst nicht, dass wir ja heute noch weiterreiten wollen!"

Daraufhin schaute Suleika ihn schmollend an: „Sag bloß, ihr wollt tatsächlich heute noch weiterreiten? Wir wollten heute Abend euch zu Ehren ein großes Fest geben! Da müsst ihr unbedingt noch bleiben!"

Doch Gwinon beharrte darauf, dass sie im Auftrag des Königs unterwegs seien und unbedingt weiter müssten.

Suleika lachte wieder ihr glockenhelles Lachen: „Der König liebt Feste genau wie wir! Er wird bestimmt nichts dagegen haben, wenn ihr noch einen Tag länger bleibt, um mit uns zu feiern! Kommt, es ist schon Zeit zum Mittagessen. Wir kehren heute im Gasthaus meines Freundes ein."

Ja, stimmt, dachten die Coloranier. So hatten sie den König eigentlich auch kennengelernt. Er war fröhlich und liebte Feste. Bestimmt hatte er nichts dagegen, wenn sie das Leben hier noch ein wenig genießen würden.

Ihr Entschluss, am selben Tag noch aufzubrechen, geriet ein wenig ins Wanken. Dass man auch die Tauben hätte fragen können, auf die Idee kam in dem Moment keiner von ihnen.

Plötzlich schien es ihnen, als ob der süße Geruch, der überall um sie herum war, noch intensiver geworden war. Er hatte schon fast eine betäubende Wirkung. Irgendwie fühlten sich alle müde davon.

Der junge Mann, den Suleika ihnen schon am Morgen vorgestellt hatte, übernahm nun die Führung und bald saßen sie in einem weiteren, vornehmen Gasthaus und wurden wiederum vorzüglich bewirtet. Es stellte sich heraus, dass Suleika einen großen Freundeskreis hatte, denn immer mehr Leute gesellten sich zu ihnen, die sie als ihre Freunde vorstellte. Alle saßen noch lange nach dem Essen zusammen, tranken Tee und aßen verschiedene Süßspeisen, lachten und unterhielten sich.

Das gute Essen und der süße Geruch hatten die Coloranier so müde gemacht, dass keiner von ihnen Lust hatte, so schnell wieder aufzustehen. Also ließen sie es zu, dass die Unterhaltung viel länger als beabsichtigt dauerte. Diesmal erzählten sie niemandem mehr, der König habe sie nach Shantakan geschickt. Sie hielten es für besser, diesen Umstand nicht mehr zu erwähnen, und wenn sie nach dem Grund ihrer Reise gefragt wurden, sagten sie nur noch, sie seien unterwegs nach Shayan, um dort jemanden zu besuchen. Das wurde allgemein akzeptiert.

Schließlich brachen sie wieder zum Markt auf. Suleika schlug vor, dass sie sich aufteilten. Sie selbst wollte mit den Mädchen einkaufen gehen, ihre Freunde dagegen mit den Jungen und Gwinon. Das hielten alle für eine gute Idee, da sie auf diese Weise Zeit sparen würden.

Die zwei Freundinnen von Suleika begleiteten die Mädchen und so zog bald eine fröhliche, lachende Gruppe los zu den Ständen mit Stoffen und Schmuck, die sie am Vortag bereits bewundert hatten. Sinayah und Cynthia waren bald umringt von vielen Leuten, die ihnen Vorschläge machten, was sie alles unbedingt kaufen sollten. Stoffe wurden ihnen übergeworfen, Schmuck umgehängt, glänzende Tücher umgebunden.

Suleika und die anderen Mädchen waren der Meinung, Sinayah und Cynthia bräuchten eine ganz neue Ausstattung an Kleidung und Schmuck.

Cynthia protestierte: „Nein, wir sind ja nur auf der Reise, da muss man nicht so schick aussehen, und Schmuck braucht man schon gar nicht. Eher Kleidung, die praktisch ist."

Suleika widersprach mit Nachdruck und sagte: „Nein, Cynthia, du bist so eine Schönheit, das wäre glatt Verschwendung, wenn du dich da nicht auch richtig schick anziehen würdest. Schau mal, der hier würde dir doch gut stehen!" Sie warf Cynthia den Stoff über, den diese schon am Vortag so bewundert hatte. Da sagte Cynthia nichts mehr und nickte nur.

Auch für Sinayah wurde ein passender Stoff gefunden. Doch damit gab Suleika sich nicht zufrieden. Sie suchte noch weitere Stoffe und verschiedene Schmuckstücke aus. Schließlich ließ sie alles einpacken, drückte den Händlern ein paar Münzen in die Hand und sagte: „So, jetzt müssen wir noch zum Schneider, damit der etwas Schönes daraus näht!" Ohne auf die Proteste von Cynthia und Sinayah zu achten, zog Suleika sie weiter, in eine Seitenstraße und hinein in ein Gebäude, auf dem mit goldenen Buchstaben „Schneiderei" stand.

Suleika legte die Stoffe auf den Tisch und beauftragte den Schneider, bei Cynthia und Sinayah Maß zu nehmen. Der Schneider, ein älterer Herr mit grauen Haaren und Nickelbrille, eilte gleich geschäftig mit einem Maßband hin und her, legte es bei den beiden Mädchen an und machte sich eifrig Notizen.

Als alles geklärt war, machten sich alle gemeinsam auf den Rückweg in das Gasthaus von Suleikas Vater. Dort trafen auch gerade Gwinon und die Jungen ein und gemeinsam ließen sie sich in der Gaststube zum Abendessen nieder. Keiner von ihnen sprach nun noch davon, dass sie eigentlich längst hatten aufbrechen wollen. Sie unterhielten sich nur noch über die Einkäufe und alles, was sie an diesem Tag erlebt hatten. Bald kamen immer mehr Leute zu Besuch, die Suleika eingeladen hatte, um sie mit ihren Gästen bekannt zu machen. „Doch das richtige Fest", erklärte sie, „findet morgen Abend statt, wenn ihr eure neue Kleidung bekommen habt!"

Wieder protestierte Gwinon: „Wir sind schon einen Tag länger geblieben, als wir wollten, morgen früh reisen wir mit Sicherheit ab!"

„Das geht nicht", widersprach Suleika. „Bis morgen früh ist der Schneider niemals fertig mit all dem, was wir bei ihm in Auftrag gegeben haben. Er hat mir versprochen, es bis morgen Abend, pünktlich zum Fest, fertig zu haben. Ihr wollt doch wohl nicht aufbrechen ohne die Sachen, die wir für euch gekauft haben! Und wenn ihr sowieso bis morgen Abend warten müsst, dann könnt ihr auch das Fest noch mitmachen und übermorgen früh erst aufbrechen! Es bringt ja wohl nichts, in der Nacht loszureiten!"

Gwinon seufzte. Irgendwie kam es ihm nicht richtig vor, den Aufbruch noch einmal zu verschieben. Aber Suleika hatte die besseren Argumente. Natürlich wäre es schade, wenn sie die Sachen, die der Schneider extra für sie nähte, nicht mitnehmen würden. Und natürlich konnten sie dann auch das Fest noch mitmachen, weil es keinen Sinn machte, abends aufzubrechen.

Er schaute der Reihe nach Emith, Johrin, Jotan und die Mädchen an. Keiner von ihnen wirkte auch nur im Geringsten enttäuscht bei der Aussicht, noch eine Nacht länger hier zu bleiben. Im Gegenteil, sie sahen ganz glücklich aus. Allen war anzusehen, dass sie es genossen, von Suleika und ihren Freunden so verwöhnt zu werden. Mit einem Seufzer musste Gwinon sich eingestehen, dass er es ebenso genoss, doch er fühlte sich nicht ganz wohl bei dem Gedanken.

XIII. Ein Fest mit bösen Folgen

Auch an diesem Abend und am nächsten Morgen las Cynthia nicht im Buch des Königs. Sie sprach auch kaum mit ihrer Taube. Nicht, dass sie es nicht wollte. Nein, sie war einfach zu beschäftigt dafür. Suleika hatte von morgens bis abends Programm geplant. Mal gingen sie auf den Markt, mal besuchten sie Freunde, mal besichtigten sie besonders schöne Villen in der Stadt. Ihr fiel immer etwas ein, was wirklich Spaß machte.

Den anderen ging es genau wie Cynthia. Auch sie hatten die Königsbücher achtlos in ihren Taschen liegen gelassen. Jotan wollte ja sowieso allem ausweichen, was mit dem König zu tun hatte. Und die anderen nahmen sich zwar immer wieder vor, in dem Buch zu lesen oder mit ihren Tauben zu sprechen, doch sie kamen einfach nicht dazu. Außerdem hatte der süße Duft noch eine Wirkung, die die sechs Freunde nicht sofort bemerkten, die aber dennoch da war: Er betäubte ihr Denken, fast wie eine Droge. Dadurch wurde ihr Erinnerungsvermögen getrübt, und alles, was mit dem König oder den Tauben zu tun hatte, verschwand nach und nach aus ihrem Gedächtnis. Sie konnten sich auch kaum noch an den Auftrag des Königs erinnern. Fiel er einem von ihnen doch mal wieder ein, schien er nicht mehr so wichtig zu sein.

Der Tag verging wie im Flug und der Abend nahte. Suleika sprach immer wieder davon, wie sehr sie sich auf das Fest freute. Doch kurz bevor es losgehen sollte, kam ein anderer besonderer Höhepunkt: Der Schneider lieferte die genähte Kleidung. Nicht nur die Mädchen, sondern auch Gwinon und die Jungen hatten etwas bei ihm bestellt, und so stand er mit einem riesigen Paket vor der Tür. Alle waren ganz aufgeregt beim Auspacken. Bald zogen sie sich in ihre Zimmer zurück, um sich umzuziehen. Cynthia hatte ein wunderschönes Kleid aus dem grün-silbernen Stoff bekommen. Es passte wie angegossen und der Stoff schmiegte sich weich und fließend an ihren Körper. Sinayah trug ein Kleid aus dunkelrotem glänzenden Stoff. Die beiden Mädchen bewunderten sich gerade im Spiegel, als Suleika an die Tür klopfte.

„Herein", riefen sie und ihre Freundin trat ein. Der Anblick von Cynthia und Sinayah entlockte Suleika einen entzückten Ausruf. „Jetzt fehlt nur noch eine perfekte Frisur für dich", sagte sie zu Cynthia und machte sich sofort daran, mit Kämmen und Spangen zu hantieren. Es stellte sich heraus, dass sie äußerst geschickt dabei war, und bald hatte sie Cynthias Haare zu einer kunstvollen Frisur hochgesteckt. Sinayahs kleine Zöpfe band sie zu einem Pferdeschwanz zusammen und flocht kunstvoll eine goldene Schleife hinein. Zufrieden betrachtete sie die beiden Mädchen. „Ihr seht hinreißend aus", stellte sie fest.

Cynthia und Sinayah nickten. In der Tat waren auch sie recht zufrieden mit ihrem Aussehen. Es war ein tolles Gefühl, so schön zurechtgemacht zu sein.

Dann war es bald soweit, dass das Fest beginnen sollte.

Als sie den geschmückten Gastraum betraten, waren die Mädchen ganz aufgeregt. Die Angestellten von Suleikas Vater hatten alles mit bunten Fähnchen geschmückt. Auf den Tischen standen silberne Kerzenleuchter. In der Mitte des Raumes hatte man alles freigeräumt, um eine Tanzfläche zu schaffen.

Bald kamen auch Gwinon, Emith, Johrin und Jotan aus ihren Zimmern. Sie sahen ebenfalls hinreißend aus in ihren neuen Gewändern. Alle nahmen zusammen an einem der Tische Platz und bekamen bald ein wunderbares Essen serviert.

Nach und nach kamen immer mehr Freunde und Bekannte. Bald war der Raum voller Leute. Mit ihnen füllte sich die Luft immer mehr mit dem süßen Geruch, so dass er wie eine schwere Glocke über allem hing. Doch die sechs Freunde aus Colorania hatten inzwischen aufgehört, herausfinden zu wollen, woher der Geruch kam.

Bald waren sie der Mittelpunkt der Gesellschaft. Alle umringten sie, wollten sie kennenlernen und mit ihnen reden. Cynthia und Sinayah ernteten viele bewundernde Blicke und Komplimente für ihr hübsches Aussehen.

Auf einmal ging ein Raunen durch die Menge. Die sechs Freunde folgten den Blicken der anderen und sahen, dass die Musiker eingetroffen waren: Zwei junge Männer mit Saiteninstrumenten und einer mit Trommel. Sie begannen, shantakanische Volkslieder zu singen und begleiteten diese mit ihren Instrumenten. Die Musik klang fremdländisch, wild und laut, war aber zum Tanzen sehr gut geeignet. Bald füllte sich die Tanzfläche.

In Shantakan war es üblich, dass immer ein Mann und eine Frau, oder ein Junge und ein Mädchen, zusammen tanzten. Dabei war es egal, wer wen zum Tanzen aufforderte. Bald wurde jeder von den coloranischen Gästen zum Tanzen aufgefordert.

Auch hier waren sie der Mittelpunkt: Es schien, als wolle jeder im Raum mindestens einmal mit den Gästen aus Colorania tanzen. Die Tänze waren wild und machten sehr viel Spaß. Ständig wurden Cynthia, Sinayah, Emith, Johrin und Jotan im Kreis herumgewirbelt. Auch Gwinon war des Öfteren auf der Tanzfläche zu sehen.

Nach einiger Zeit waren alle ganz erhitzt und außer Atem. Als sie das Gefühl hatten, bald nicht mehr zu können, kündigte Suleika an: „Und jetzt kommt das Spezialgetränk des Hauses – es erfrischt und macht Spaß! Wenn ihr das trinkt, kommt ihr erst so richtig in Feststimmung!" Damit begann sie, Getränke herumzureichen. Alle nahmen sich eins.

Keiner von den coloranischen Gästen achtete darauf, dass die Tauben ihnen warnende Blicke zuwarfen. In der Tat hatten sie die Tauben in den letzten Tagen so wenig beachtet, dass sie sie kaum mehr wahrnahmen. Nichtsahnend tranken sie.

Hier war die Mail zu Ende. „Fortsetzung morgen, 16.00 Uhr", stand darunter. Michaela und Nico plauderten noch eine Weile und verabredeten sich für den kommenden Tag zum Weiterlesen. Dann verabschiedete Michaela sich und fuhr wieder nach Hause. Sie aß mit Mom, Tante Nadine und Pia Abendbrot, doch die Stimmung war bedrückt. Nur Pia plapperte die ganze Zeit fröhlich vor sich hin, die anderen sagten nicht viel. Michaela fühlte sich mies, weil sie wusste, dass sie sich eigentlich bei ihrer Tante entschuldigen sollte, aber irgendwie fiel es ihr immer noch schwer. Schließlich war das Abendbrot vorbei und alle standen vom Tisch auf. Tante Nadine ging mit Pia ins Bad, um sie zu wickeln, und Michaela ging in ihr Zimmer.

Am nächsten Tag in der Schule traf Michaela Johnny. Sofort fiel ihr wieder ein, dass Emilia ihm irgendein Geheimnis anvertrauen wollte. Sie wollte am liebsten wissen, was für ein Geheimnis das war. Unwillkürlich schaute sie sich um, ob sie Emilia irgendwo sah, aber das war nicht der Fall. Johnny folgte ihrem Blick. „Wen suchst du?“, fragte er.

„Ach …“, Michaela wurde rot. Auf keinen Fall wollte sie sich anmerken lassen, wie neugierig sie war. Doch Johnny ließ nicht locker und fragte noch einmal.

Schließlich gab sie zu: „Emilia.“

Johnny hob fragend eine Augenbraue, dann sagte er: „Emilia ist nicht da. Es geht ihr nicht so gut.“

„Was hat sie?“, fragte Michaela. „Ist sie krank?“

„Nein, sie ist nicht krank“, antwortete Johnny nur. Dann spöttelte er: „Ist es jetzt deine christliche Nächstenliebe, dass du dich plötzlich so für Emilia interessierst, oder ist es reine Neugier?“

Michaela wurde wieder rot. Wie schaffte es Johnny nur ständig, Sachen so genau auf den Punkt zu bringen? Sie wusste selbst nicht, ob sie sich aus Neugier für Emilia interessierte oder aus Nächstenliebe, doch sie hoffte, dass letzteres der Fall war. Aber warum musste Johnny sie überhaupt immer wieder provozieren?

Mirko beschloss, so bald wie möglich noch einmal zu seiner Großtante zu fahren. Diesmal würde er die Zeichnungen seines Großvaters mitnehmen, die Zeichnungen des Jungen namens Emith. Auch wenn seine Großtante behauptet hatte, sie kenne keinen Emith, vielleicht wusste sie ja dennoch etwas über die Zeichnungen. Er musste nur eine günstige Gelegenheit abpassen. Hoffentlich gab es bald mal wieder einen Nachmittag, an dem die ganze Familie unterwegs war. Damit er dann bereit war, wollte er auf jeden Fall schon mal sein Fahrrad reparieren. Dann musste er nicht wieder das von Nico ausleihen. Er baute alles unten vor dem Haus auf, was er für die Reparatur brauchte. Von weitem sah er Michaela, die mit ihrem Fahrrad unterwegs war.

Er winkte ihr zu und sie machte einen Schlenker zu ihm. „Na, wohin des Wegs?“, fragte er sie.

„Zu Nico. Wir wollen Colorania weiterlesen. “

„Was wollt ihr weiterlesen?“, fragte er.

„Colorania. Du weißt schon, die Mails, die wir immer bekommen.“

„Ach so.“ Lesen interessierte Mirko nicht besonders, deshalb ging er nicht weiter auf dieses Thema ein.

„Und du reparierst dein Rad?“, fragte Michaela nach einer Weile.

„Ja. Ich möchte bald wieder meine Großtante besuchen.“

„Die, bei der du neulich auch warst?“

„Ja, genau.“

„Dann hast du sie wohl ziemlich gern!“

„Ja, naja ... also, genaugenommen ... möchte ich sie eigentlich etwas fragen“, stammelte Mirko.

Michaela wurde neugierig. „Hat das mit dem Jungen zu tun, den dein Opa gezeichnet hat?“ Sie konnte sich gut daran erinnern, dass Mirko versucht hatte, die Bilder vor ihr zu verstecken, aber sie hatte sie trotzdem gesehen. Aber er hatte ihr nichts dazu sagen können oder wollen.

„Ja“, gab Mirko zu. *Mit Emith,* dachte er im Stillen. Einen Moment überlegte er, ob er Michaela verraten sollte, dass er den Namen des Jungen herausgefunden hatte, aber dann ließ er es doch bleiben.

Michaela verabschiedete sich von Mirko und eine Viertelstunde später saß sie mit Nico zusammen vor dem Notebook und begann zu lesen.

 Das Getränk schmeckte köstlich, aber irgendwie fühlte sich Cynthia danach komisch. Ihr wurde ein bisschen schwindelig. Nichtsdestotrotz nahm sie noch ein Getränk, als Suleika ihr ein zweites anbot, und trank es wiederum schnell aus. Plötzlich merkte sie, wie sich alles um sie drehte. Sie schwankte und hielt sich an der nächstbesten Person fest, die neben ihr stand. Es war ein junger Mann, einer von Suleikas Freunden. „Nanu, die Dame. Was ist denn mit dir los?", fragte er. „Ach, ich glaube, du musst mal ein bisschen tanzen!" Er nahm Cynthia am Arm und führte sie auf die Tanzfläche. Gehorsam folgte sie ihm und hielt sich krampfhaft an ihm fest, weil sie das Gefühl hatte, umzukippen. Bald darauf wirbelte der junge Mann sie im Tanz herum. Cynthia hatte immer noch das Gefühl, sich nicht mehr lange auf den Beinen halten zu können. Sie war froh, dass sie sich an ihrem Tanzpartner festhalten konnte. Als sie sich kurz umschaute, sah sie, dass ihre Freunde ebenfalls auf der Tanzfläche waren. Alle lachten und hatten offensichtlich großen Spaß. Nachdem der Tanz zu Ende war, hatte Cynthia das Gefühl, alles würde sich weiter im Kreis drehen. Suleika kam vorbei und fragte: „Was ist, Cynthia, meine Liebe? Geht es dir nicht gut?" 

Cynthia antwortete: „Doch, schon, mir ist nur ein wenig schwindelig."

„Dagegen hilft nur eins", stellte Suleika fest. „Trink noch etwas!" Damit reichte sie Cynthia ein drittes Mal ihr Spezialgetränk. Nachdem Cynthia das getrunken hatte, bekam sie völlig weiche Knie, ja sie konnte plötzlich gar nicht mehr richtig sehen! Sie erschrak. War sie krank geworden? Oder hatte sie etwas nicht vertragen? Plötzlich fühlte sie sich sterbenselend und sie hatte nur noch einen Wunsch:

hinauszugehen an die frische Luft. Mit eiserner Willensanstrengung wankte sie nach draußen, doch gerade, als sie über die Schwelle ging, sackte sie in sich zusammen und blieb auf dem Boden liegen.

Sie konnte sich nicht mehr erinnern, wie sie in ihr Bett gekommen war, und sie konnte sich auch kaum noch an das Fest erinnern, als sie am nächsten Tag gegen Mittag aufwachte. Ihr Kopf dröhnte und sie fühlte sich fürchterlich. Mühsam drehte sie sich zu dem anderen Bett um, das in ihrem Zimmer stand und sah, dass Sinayah ebenfalls noch darin lag. Ob Sinayah sich auch so elend fühlte? Was war überhaupt los? Sie wusste es nicht.

Zur selben Zeit lagen auch Gwinon, Emith, Johrin und Jotan noch in ihren Betten. Gwinon hatte das Vorhaben, an diesem Tag nun wirklich aufzubrechen, endgültig aufgegeben. Und die Jungen fühlten sich in Moroh längst so wohl, dass sie den Aufbruch sowieso so weit wie möglich nach hinten schieben wollten.

Auch sie hatten alle viel zu viel von Suleikas Spezialgetränk getrunken und hatten nun ebenfalls Kopfschmerzen.

Im Laufe des Tages besuchte Suleika sie alle nacheinander und tröstete sie. „Das ist ganz normal nach so einer Feier", erklärte sie. „Dafür hatten wir doch wirklich viel Spaß, oder?"

Die coloranischen Freunde nickten nur. Sie wagten nicht, es zuzugeben, aber keiner von ihnen konnte sich noch so richtig an die Feier erinnern. Überhaupt fiel es ihnen schwer, sich zu erinnern, warum sie hier waren und wohin sie ziehen wollten.

Was der süße Duft schon die ganze Zeit in ihnen bewirkt hatte, war durch das Fest und Suleikas Spezialgetränk noch um ein Vielfaches verstärkt worden: Der Auftrag, mit dem sie nach Shantakan geschickt worden waren, war vollkommen in Vergessenheit geraten.

Keiner von ihnen reagierte erstaunt, als Suleika am Abend vorschlug, sie könnten doch für immer in Moroh bleiben. Im Gegenteil, sie selbst hatten auch schon darüber nachgedacht.

Suleika wusste von einem Haus in der Nähe, das bald frei würde. Bis es so weit sei, könnten sie bei ihr wohnen bleiben. Es sei für sie auch kein Problem, für alle von ihnen Arbeitsplätze zu besorgen, versicherte sie. Arbeit gäbe es in Moroh in Fülle – selbstverständlich nur Arbeit, die allen Spaß mache und nicht zu schwer sei. Alles, was sie sagte, vermittelte den Eindruck, als seien die sechs Freunde in einer Art Paradies angekommen. Was hätte ihnen Besseres passieren können? Es war vollkommen klar, dass es auf dieses wunderbare Angebot nur eine einzige Antwort geben konnte: Alle sechs stimmten einmütig zu, dass sie gern in Moroh bleiben wollten.

XIV. Nächtliche Warnung

Am nächsten Tag schmiedeten alle eifrig Pläne für die Zukunft. Suleika brachte sie wieder mit vielen verschiedenen Leuten zusammen und bald hatten alle Angebote für interessante Arbeitsplätze erhalten. Cynthia sollte bei dem Stoff-, und Sinayah bei dem Schmuckhändler mitarbeiten. Beide waren vollkommen entzückt über dieses wunderbare Angebot. Allein der Gedanke, den ganzen Tag mit diesen herrlichen Stoffen zu tun zu haben, ließ Cynthias Herz höher schlagen.

Emith und Johrin erhielten das Angebot, in einem der besten Pferdeställe der Stadt mitzuarbeiten. Sie würden den ganzen Tag mit den edelsten Pferden zu tun haben und durften diese sogar reiten. Auch sie waren ganz glücklich darüber. Jotan wurde bei dem Schneider angestellt. Er interessierte sich für die Arbeit mit Nadel und Faden und freute sich darauf, bald dort anzufangen.

Für Gwinon, der sein Leben lang Fischer gewesen war, war es zunächst nicht leicht, etwas zu finden, denn in Moroh gab es keine Fischerei. Es wurde jedoch Handel getrieben mit einer Stadt an der Küste, und bald wurde Gwinon angeboten, die Qualität der eingeführten Fische zu überprüfen, weil es da in der Vergangenheit manche Beschwerden gegeben hatte. Damit gab er sich zufrieden.

Suleika war überglücklich. „Ich freue mich so, dass ihr bleibt", sagte sie ein ums andere Mal. „Ihr habt mir von Anfang an gefallen. Freunde wie euch findet man nicht alle Tage!"

Cynthia wunderte sich ein wenig über diese Worte, denn sie fand eigentlich, dass Suleika ziemlich viele Freunde hatte. Aber sie dachte nicht weiter darüber nach.

Dieses Mädchen war so nett, dass sie ihr vollkommen vertraute, und sie fühlte sich sehr geschmeichelt, dass Suleika sie und die anderen Coloranier als so „besondere" Freunde ansah.

Am nächsten Tag geschah jedoch etwas, das Cynthias Vertrauen zu Suleika etwas erschütterte.

Alle hatten an diesem Tag an ihren neuen Arbeitsplätzen angefangen. Cynthia hatte es in der Tat großen Spaß gemacht, so viel mit den herrlichen Stoffen zu tun zu haben. Der Stoffhändler hatte sie auch oft gelobt und beteuerte immer wieder, dass er mit ihrer Arbeit sehr zufrieden sei.

Da er an diesem Tag jedoch eine besondere Familienfeier haben sollte und er Cynthia den Stand noch nicht ganz allein überlassen wollte, schloss er früher als sonst und schickte Cynthia nach Hause.

Als sie in Suleikas Gasthaus die Tür öffnete, waren weder Rhenan noch Suleika zu sehen. Cynthia ging durch das leere Haus in Richtung ihres Zimmers, als sie bemerkte, dass die Tür offen stand. Dabei war sie sich ganz sicher, dass sie sie am Morgen zugemacht hatte. Erstaunt trat sie in ihr Zimmer und sah Suleika, die sich an ihren Sachen zu schaffen machte. Suleika zuckte ein wenig zusammen, als sie Cynthia sah, doch sie beherrschte sich gleich wieder und sagte: „Hallo. Ich wollte hier gerade ein bisschen sauber machen!"

„Aha", antwortete Cynthia. Dann sah sie, dass Suleika ihr Königsbuch, und ebenso das von Sinayah in der Hand hielt.

„Was willst du damit?", fragte Cynthia.

„Die braucht ihr hier ja doch nicht! So etwas liest man in Moroh nicht!", antwortete Suleika mit Nachdruck und wollte damit aus dem Zimmer gehen.

In diesem Moment nahm Cynthia wieder den süßlichen Geruch wahr, den sie in der letzten Zeit schon gar nicht mehr bemerkt hatte. „Nein", rief sie. „Das gehört uns! Du darfst uns das nicht einfach wegnehmen!"

„Na, dann halt nicht", antwortete Suleika patzig und ließ die Bücher auf den Boden fallen. „Wenn ihr so etwas Altmodisches und Rückständiges hier lesen wollt, ist das euer Problem. Wir anderen beschäftigen uns mit so etwas nicht!"

„Aber ..." Cynthia dachte angestrengt nach. „Ihr habt doch gesagt, ihr liebt hier auch den König?" In dem Moment fiel ihr auf, dass sie lange nicht an den König gedacht hatte. Doch allein das Wort „König" auszusprechen bewirkte, dass sich der Nebel in ihrem Gehirn ein wenig lichtete. Plötzlich fiel ihr wieder ein, dass der König sie mit einem Auftrag nach Shantakan geschickt hatte. Eine gewisse Unruhe erfasste sie.

Suleika, die das anscheinend bemerkte, redete beschwichtigend auf sie ein: „Natürlich lieben wir den König. Und deshalb müssen wir nicht in diesem altmodischen Buch lesen. Das brauchen wir nicht. Wir wissen, dass der König uns liebt, und er liebt es, dass wir unser Leben genießen und so viel feiern. Übrigens, wie war dein erster Arbeitstag?"

Da wurden Cynthias Gedanken wieder zu den herrlichen Stoffen gelenkt, und sie fing an, begeistert zu erzählen. Am Abend, als alle wieder zusammen beim Abendessen saßen, hatte sie das Königsbuch und alles, was vorgefallen war, wieder vergessen.

In der Nacht hatte Gwinon einen Traum. Er war auf seinem Boot und fischte. Doch er hatte keinen Erfolg. Obwohl er sich die ganze Nacht abmühte, fing er nichts. Am Morgen fuhr er traurig und entmutigt ans Ufer zurück und traf dort einen Fremden. Der sagte zu ihm: „Fahr noch einmal hinaus und wirf die Netze auf der anderen Seite aus." Gwinon sagte zu ihm: „Das kann doch nicht funktionieren. Es ist schon hell, um diese Zeit kann man nichts mehr fangen. Wenn es schon in der Nacht nicht geklappt hat, dann jetzt erst recht nicht!" Doch irgendetwas in dem Blick des Fremden veranlasste ihn, ihm zu gehorchen. So fuhr er noch einmal aus, warf die Netze aus, und plötzlich fing er so viel, dass die Netze beinahe anfingen zu zerreißen!

Dann wachte er auf. Er rieb sich die Augen und dachte über seinen Traum nach.

Irgendwie kam er ihm bekannt vor, als ob er ihn schon einmal geträumt hatte. Aber dann fiel es ihm ein: Die Geschichte kam in einem Buch vor, das er, so schien es, vor langer, langer Zeit einmal gelesen hatte.

Gwinon versuchte, wieder einzuschlafen. Doch irgendwie ließ ihn der Traum nicht los. Er wälzte sich von einer Seite auf die andere. Es half nichts. Schließlich tastete er nach den Zündhölzern, die er auf seinem Nachttisch liegen hatte, und zündete eine Kerze an. Im flackernden Kerzenschein suchte er das Buch, das er so lange nicht in den Händen gehabt hatte. Doch er fand es nicht. Komisch, wo hatte er es nur? Er durchwühlte das ganze Zimmer, doch es war nicht da. Aber je länger er danach suchte, desto drängender wurde das Verlangen, es zu finden. Er hatte plötzlich das Gefühl, dass es wichtig war, dieses Buch zu finden. Fieberhaft überlegte er, wo er noch danach suchen oder wen er fragen konnte. Plötzlich fiel ihm ein, dass es eine Taube gab, an die er sich wenden konnte, wann immer er eine Frage hatte. Er schaute sich um. Sie war nirgends zu sehen. „Taube?", fragte er leise. Plötzlich erschien sie hell leuchtend in der Dunkelheit des Zimmers, so hell, dass Gwinon fast erschrak.

„Taube, ich hatte fast vergessen, dass es dich gibt", sagte er erschrocken.

„Ja, ihr habt das alle vergessen", antwortete die Taube. „Und jetzt wird es Zeit, dass ihr von hier wegkommt! Komm mit, ich zeige dir, wo du die Königsbücher finden kannst. Aber sei leise, damit du niemanden aufweckst."

Mit der Taube auf der Schulter schlich Gwinon durch den Flur in die große Eingangshalle und von dort in den Raum, in dem sie sich immer zum Essen trafen. Darin war ein großer Kamin und daneben ein Stapel Holz und andere brennbare Materialien. „Hier musst du suchen", flüsterte die Taube.

Daraufhin wühlte Gwinon in dem Stapel und fand dort tatsächlich vier Bücher des Königs. Auf einmal kam es ihm so vor, als hielte er einen lange vermissten Schatz in den Händen. Er nahm die Bücher schnell an sich und machte sich auf den Rückweg in sein Zimmer. Plötzlich hörte er ein Geräusch hinter sich. Erschrocken blieb er stehen. Dann hörte er Rhenans schneidende Stimme: „Was schleichst du nachts in meinem Haus herum? Ich könnte dich des Diebstahls bezichtigen!"

Gwinon drehte sich zu ihm um und antwortete ärgerlich. „*Ich* könnte *dich* des Diebstahls bezichtigen! Denn was ich hier bei dem Brennholz gefunden habe, ist zweifellos mein Eigentum und das meiner Freunde!"

„Wertlose Bücher, die ihr hier nicht mehr braucht!", erwiderte Rhenan scharf.

„Das sehe ich anders", entgegnete Gwinon, drehte sich wieder um und ging in sein Zimmer zurück. Wenn er den Blick gesehen hätte, mit dem Rhenan ihn bedachte, wäre ihm ein kalter Schauer über den Rücken gelaufen. Trotzdem war er erleichtert, als er wieder in seinem Zimmer angekommen war. Doch seine Erleichterung hielt nicht lange an, denn die Taube warnte ihn: „Ihr müsst so schnell wie möglich von hier weg, denn ihr seid in höchster Gefahr!"

XV. Jotans Entscheidung

Den Rest der Nacht schlief Gwinon nicht mehr. Sobald der Morgen dämmerte, lief er zu den Zimmern seiner Freunde und rief sie alle zusammen. Er erzählte ihnen, was er in der Nacht erlebt hatte, und dass seine Taube ihm befohlen hatte, so schnell wie möglich die Stadt zu verlassen.

Da fiel Cynthia wieder ein, was sie mit Suleika erlebt hatte. „Ja", rief sie aufgeregt, „das stimmt! Unsere Königsbücher wollte sie auch wegnehmen!"

Die anderen reagierten nicht sehr begeistert. „Ich fühle mich hier eigentlich ganz wohl", sagte Johrin.

Auch Sinayah fragte enttäuscht: „Meinst du wirklich, wir sollen all das Gute, was wir hier bekommen haben, aufgeben?"

Emith sagte gar nichts und Jotan sagte schlicht: „Ich gehe hier nicht weg!"

Gwinon versuchte es noch einmal: „Denkt an den Auftrag des Königs!"

Als er das Wort „König" erwähnte, ging ein Ruck durch alle und es schien, als wachten sie aus einem Schlaf auf. Plötzlich fiel Emith etwas auf. „Wo ist eigentlich meine Taube?", fragte er.

„Ja, stimmt!", sagte nun auch Cynthia. „Und meine!"

Auf einmal erinnerten sich alle daran, dass sie Tauben hatten, und begannen, mit ihnen zu sprechen. Außer Jotan. Er stand auf und verließ wütend den Raum. Als er den Flur betrat, lief ihm Suleika über den Weg. „Wohin des Weges, mein Lieber?", fragte sie ihn fröhlich.

„Ach, ich wollte weg von den anderen", sagte er.

„Warum denn?", fragte sie und musterte ihn besorgt.

„Ach, egal."

Doch Suleika ließ nicht locker. „Jotan", sagte sie mit sanfter Stimme. „Du bist mir der Liebste von allen. Wenn die anderen dich ärgern, sollst du wissen: Ich halte immer zu dir!" Sie berührte ihn sanft an der Schulter.

Durch Suleikas Worte geschmeichelt sagte Jotan: „Die anderen nerven in der Tat gerade. Sie reden mit Tauben ..." Sein Gewissen schlug heftig, als er das sagte. Es kam ihm so vor, als hätte er den König nun endgültig verraten.

„Mit Tauben?" Suleika sah alarmiert aus. „Gut, dass du mir das gesagt hast", zischte sie und ihre Augen verengten sich zu Schlitzen. Plötzlich sah sie gar nicht mehr so nett aus.

Jotan erschrak und fragte sich einmal mehr, ob er das Richtige getan hatte.

In der Zwischenzeit hatte Gwinon alle anderen überzeugt, dass es wichtig war, Moroh so schnell wie möglich zu verlassen. Alle waren sich einig, dass Suleika nichts davon mitbekommen durfte. Denn sie spürten, Suleika würde sie nicht gehen lassen. Deshalb wollten sie so tun, als sei nichts gewesen, und an diesem Tag ganz normal zur Arbeit gehen. Um die Mittagszeit, wenn die Händler eine Pause einlegten, wollten sie sich alle treffen und dann zum Stadttor hinausreiten, ohne sich von Suleika zu verabschieden.

Doch es kam alles anders. Schon beim Frühstück begegneten sie einer wutschnaubenden Suleika. „Was habe ich alles für euch getan", schrie sie. „Und so dankt ihr mir das!"

Die Coloranier sahen sie erstaunt an. „Ich weiß nicht, wovon du sprichst", sagte Gwinon vorsichtig.

„Na, dass ihr diese rückständigen Bücher zurückgeholt habt und mit Tauben redet!" Sie spuckte das Wort „Tauben" regelrecht aus.

„Wer sagt dir denn, dass wir mit Tauben sprechen?", fragte Emith vorsichtig. Dann fiel sein Blick auf Jotan. Sein Bruder war errötet und Emith wusste Bescheid. Er runzelte die Stirn.

Suleika verließ den Raum. Die Freunde frühstückten zusammen, aber irgendwie schmeckte es ihnen nicht. Als sie fertig waren, gingen sie in ihre Zimmer, um ihre Sachen zu packen. Sie spürten, dass sie jetzt umso schneller wegmussten und beschlossen, nicht mehr bis zum Mittag zu warten. Jotan weigerte sich, seine Sachen zu packen, also packte Johrin für ihn mit. Als sie fertig waren, nahmen sie ihre Sachen und wollten Suleikas Haus verlassen. Jotan folgte ihnen zögernd.

Doch gerade als sie aus der Tür heraustraten, kamen Suleika und mehrere ihrer Freunde und verstellten ihnen den Weg.

„Wohin wollt ihr?", fragte Suleika mit hochgezogenen Augenbrauen. Ihr Blick war kalt. „Zur Arbeit ja offensichtlich nicht!" Sie deutete auf die gepackten Taschen.

Gwinon beschloss, es im Guten zu versuchen. „Suleika, wir sind dir wirklich sehr dankbar, dass du uns so herzlich aufgenommen und so wunderbar bewirtet hast, und für alles, was du sonst noch für uns getan hast. Aber wir haben uns daran erinnert, dass wir einen Auftrag haben, den wir erfüllen müssen, und deshalb müssen wir jetzt leider weiterziehen."

„Einen Auftrag?" Einer der jungen Männer kam etwas näher und sah Gwinon höhnisch an. „Wir brauchen in Shantakan keine Coloranier mit einem Auftrag. Wer hat euch denn den Auftrag gegeben?"

„Der König", antwortete Gwinon mit fester Stimme. Daraufhin brachen alle in schallendes Gelächter aus. „Die sind verrückt!", stellte schließlich einer der Männer fest. In der Zwischenzeit gesellten sich immer mehr Leute dazu.

„Was machen wir denn mit den Verrückten?", fragte einer der neu hinzugekommenen Männer und kam näher.

„Wie wär's mit einer schönen Tracht Prügel?", schlug ein anderer vor.

„Halt, wir wollen sie erst noch mal befragen zu ihrem sogenannten Auftrag!", sagte ein großer, breiter Kerl und drängte sich zu ihnen durch. Er baute sich bedrohlich vor Gwinon auf. „Der König hat euch also einen Auftrag gegeben", stellte er noch einmal fest.

Gwinon nickte.

„Wie spricht denn der König zu euch?", fragte er. „Zu mir hat er noch nie gesprochen. Und das kann er auch nicht. Er ist doch gar nicht da! Wie kann ein König sprechen, der weit weg ist?"

Die anderen lachten und stimmten ihm zu. Doch Gwinon antwortete: „Er spricht durch sein Buch und durch die Tauben zu uns!"

„Durch Tauben?" Der große Kerl schlug sich auf die Schenkel und brach in dröhnendes Gelächter aus. „Durch Tauben", wiederholte er noch einmal und keuchte vor Lachen. „Wer hat denn so was schon gehört? Tauben, die sprechen können! Wie lustig!" Wieder lachte er laut und dröhnend, und die anderen lachten auch.

Gwinon antwortete mutig: „Es sind keine normalen Tauben, es sind besondere Tauben, die der König uns geschenkt hat!"

Doch alles, was er sagte, löste nur noch mehr Gelächter aus. In dem Moment hörte es sich selbst in seinen eigenen Ohren irgendwie lächerlich an.

Jotan stand still daneben und hörte zu. Die Argumente der anderen klangen so logisch. Natürlich konnten Tauben normalerweise nicht sprechen. Und ein König, der nicht persönlich anwesend war, auch nicht, so viel war klar. Vielleicht hatte er sich tatsächlich alles, was er früher mit dem

König erlebt hatte, nur eingebildet. Diese Gedanken erleichterten ihn ungemein. Denn wenn er sich alles nur eingebildet hatte, war er auch nicht am König schuldig geworden, oder?

Inzwischen hatte die Menge sie umringt und die ersten begannen schon, die Coloranier zu schlagen, zu schubsen und zu treten. Besonders Gwinon, der so mutig vom König erzählt hatte, musste heftige Schläge einstecken. Der große Kerl, der vor ihm stand, ließ so unerwartet und plötzlich seine Faust in Gwinons Gesicht krachen, dass er zu Boden fiel. Blut floss aus seinem Mund.

Zur selben Zeit trat ein junger Mann zu Cynthia, die entsetzt zugeschaut hatte und nun versuchte, sich zu Gwinon durchzukämpfen. „Hey", sagte er und hielt sie am Arm fest. „Wir kennen uns doch!"

„Ich glaube nicht!", entgegnete Cynthia und versuchte, sich von ihm loszureißen. Der Blick, mit dem er sie musterte, gefiel ihr überhaupt nicht.

„Komm schon", sagte er und hielt sie noch fester. „Bei der Feier hast du mit mir getanzt und es hat dir Spaß gemacht! Wir könnten wieder tanzen und noch andere Dinge tun, die Spaß machen!"

Cynthia erschrak. Mit *dem* hatte sie getanzt? Sie konnte sich nicht daran erinnern! Sie musterte den Jungen. Er mochte etwa siebzehn oder achtzehn sein. Sie war sich nicht sicher, ob sie ihn überhaupt schon mal gesehen hatte. Und was meinte er mit „anderen Dingen, die Spaß machten"? Cynthia schauderte und versuchte wieder, sich loszureißen. Doch er packte sie nur noch fester. Sie schaute sich verzweifelt nach Hilfe um, doch alle ihre Freunde wurden selbst hart bedrängt und von Suleikas Freunden würde ihr keiner helfen, das war ihr inzwischen klar. Sie bekam schreckliche Angst. „Taube, hilf mir", flüsterte sie. Die Taube antwortete: „Vertrau mir."

Der Junge hielt Cynthia immer noch fest. Er nickte einem anderen neben sich zu. „Nimm du die andere!", forderte er sie auf. Dieser nickte und packte Sinayah am Arm. Gemeinsam zogen sie die beiden wild protestierenden Mädchen von den anderen weg. Gwinon lag noch immer stöhnend am Boden, und Emith und Johrin wurden auch so sehr von den anderen bedrängt, dass sie gar nichts davon mitbekamen. Jotan stand entsetzt daneben und wusste nicht, was er tun sollte, doch als er sah, dass Cynthia und Sinayah weggeführt wurden, kam Leben in ihn. „Lasst die Mädchen", schrie er. Doch Suleika packte ihn am Arm. „Den Mädchen wird nichts geschehen. Mach dir keine Sorgen um sie. Die beiden sind Freunde von mir, sie werden ihnen nichts tun. Komm, Jotan, bleib bei mir." Suleikas schöne Augen blickten ihn flehend an. Einmal mehr stellte er fest, dass dieses Mädchen einfach hinreißend aussah. Mühsam wandte er den Blick von ihr ab und sah, dass Gwinon von einigen Kerlen heftig getreten wurde. Emith stand mit dem Rücken zur Wand und man schlug auf ihn ein. Johrin ging es genauso. Jotan schluckte. Er wusste nicht, was er tun sollte.

Hier war die Mail zu Ende. Michaela und Nico redeten noch ein wenig miteinander, dann machte Michaela sich auf den Rückweg.

Auch an diesem Abend aß sie mit Mom, Tante Nadine und Pia Abendbrot. Doch die Stimmung war immer noch gezwungen. Michaela war wieder froh, als sie sich in ihr Zimmer zurückziehen konnte.

Ala Michaela am nächsten Tag von der Schule nach Hause kam, waren Tante Nadine und Pia nicht da. Mom erzählte, sie wollten den Nachmittag auf dem Spielplatz verbringen. Na, auch gut. Dann hatte Michaela wenigstens ihre Ruhe.

Eine Tante flippt aus

Die Gelegenheit für Mirko, noch einmal zu seiner Großtante zu fahren, kam schneller als erwartet. Seine Eltern kündigten an, sie wollten wieder in ein Möbelgeschäft fahren, und seine Geschwister waren für den Nachmittag beide verabredet. *Perfekt,* dachte Mirko und machte sich bereit, loszufahren. Wie gut, dass er sein Fahrrad repariert hatte!

Sorgfältig packte er die Zeichnungen von dem Jungen in seinen Rucksack und dazu eine Pralinenschachtel, die er gestern noch schnell gekauft hatte. Dann fuhr er los. Diesmal wusste er ja zumindest schon mal, wo Tante Lieselotte wohnte, und so bog er zielstrebig in die richtige Straße ein, als er in dem Dorf angekommen war.

Wieder fiel Mirko auf, wie ungepflegt das Haus aussah. Sein Herz pochte aufgeregt, als er die kleine Treppe zur Haustür hinaufstieg und auf den Klingelknopf drückte. Wie beim letzten Mal musste er eine ganze Weile warten, bevor sich die Tür öffnete. Doch dann erschien seine Großtante Lieselotte. Diesmal trug sie eine bonbonfarbene, zerknitterte Kittelschürze und darunter eine weiße Bluse, deren Kragen einen vergilbten Rand hatte. Mirko schluckte und setzte wieder sein strahlendstes Lächeln auf. „Hallo, Großtante Lieselotte“, sagte er. „Kennst du mich noch?“, fragte er überflüssigerweise, denn seine Großtante hatte längst die Tür weit geöffnet und bat ihn mit einer Geste herein.

Wie beim letzten Mal, riss er erst mal wieder eins der Fenster weit auf. Die Luft in dem Haus war nicht zu ertragen. „Großtante, du musst ab und zu mal lüften“, sagte er tadelnd, doch um einen freundlichen Plaudertonfall bemüht.

Seine Großtante nickte nur gleichmütig. Sie schlurfte voran in ihr Wohnzimmer und Mirko folgte ihr.

Wieder glitt sein Blick über die schäbigen Möbel und er fragte sich, wer wohl älter war, seine Großtante oder ihre Wohnzimmerausstattung. „Funktioniert der Fernseher eigentlich noch?", fragte er neugierig, als sein Blick wieder auf das Modell fiel, das so aussah, als hätte es bereits alle beiden Weltkriege überstanden. Doch er wusste, dass die meisten Leute erst viel später Fernseher besessen hatten. Zur Zeit der Weltkriege jedenfalls noch lange nicht.

„Nun ja, zwei Programme gehen noch. Und das reicht mir auch", sagte Tante Lieselotte gleichmütig.

„Zwei Programme nur?", rief Mirko erschrocken. Er konnte sich nicht vorstellen, wie man mit so wenigen Fernsehprogrammen auskommen konnte.

„Na früher, als ich in deinem Alter war, da hatten wir noch gar keinen Fernseher", erzählte Tante Lieselotte und schaute versonnen in die Ferne, als würde sich vor ihren Augen selbst ein unsichtbarer Film abspielen.

Mirko wartete gespannt, was sie noch sagen würde. Dazu war er ja gekommen, dass sie ihm von früher erzählte. Doch seine Tante sagte nichts mehr. Also fragte er nach einer Weile: „Und was habt ihr so gemacht, ohne Fernseher?" Er konnte sich das wirklich nicht vorstellen. Naja, ohne Fernseher vielleicht, aber damals gab es ja auch noch keine Computer und Handys. Alles das, womit er und die anderen in seinem Alter sich in ihrer Freizeit beschäftigten, hatte es damals nicht gegeben. „War das nicht langweilig?", fragte er.

„Langweilig? Ganz im Gegenteil, mein Lieber. *Jetzt* ist es langweilig. Jeder glotzt nur noch vor sich hin! Früher, da hat man noch was zusammen gemacht. Was haben wir gespielt, dein Opa und ich. Ach, das waren schöne Zeiten!"

Wieder schwieg sie so lange, dass Mirko befürchtete, sie wäre in eine Art Trance-Zustand verfallen. Darum fragte er: „Was habt ihr denn gespielt?"

Doch sie antwortete nicht. Mirko rutschte unruhig auf seinem Stuhl hin und her. Er wusste nicht, was er tun sollte. Auf einmal fiel ihm etwas ein. Er zog Opas Zeichnungen aus seinem Rucksack. Sein Herz klopfte aufgeregt. Würde er jetzt endlich eine Antwort bekommen?

„Großtante Lieselotte?", fragte er und stupste sie leicht an ihre Schulter. Sie wandte ihm ihren Blick zu. Er hielt ihr die Zeichnungen hin und fragte: „Großtante, weißt du, wen Opa da gezeichnet hat?"

Mirko hatte sich vorher alles Mögliche ausgemalt, wie seine Tante darauf reagieren könnte. Aber mit dem, was jetzt geschah, hatte er nicht gerechnet. Das überstieg sein Vorstellungsvermögen!

Etwa zur selben Zeit trafen sich Michaela und Nico wieder zum Lesen. Anscheinend schickte Mister H. ihnen jetzt immer nachmittags neue Mails, genau passend nach der Hausaufgabenzeit. *Eigentlich ganz angenehm,* dachte Michaela. *Er weiß, wann Schüler Zeit haben zum Lesen …* „Vielleicht ist es ja doch der Hausmeister", murmelte sie vor sich hin. „Der weiß jedenfalls über Schüler Bescheid!"

Diesmal saßen sie wieder mal bei Michaela im Zimmer. Michaela hatte Nico erzählt, dass sie „sturmfreie Bude" hatte, also ihre nervige Nichte nicht da war. Sie konnten deshalb auch bei ihr in Ruhe lesen.

Picasso hatte sich zwischen sie aufs Sofa gequetscht und lag nun gemütlich direkt vor Michaelas Laptop. Nico betrachtete ihn stirnrunzelnd. „Ich finde, er ist wirklich fett geworden. Du gibst ihm zu viel zu fressen", stellte er fest.

„Quatsch", widersprach Michaela heftig. Warum musste Nico in letzter Zeit nur immer auf Picasso rumhacken? Wütend öffnete sie ihr E-Mail-Programm und begann zu lesen, ohne noch ein weiteres Wort zu Nico zu sagen.

Suleika redete leise auf Jotan ein: „Komm, ich weiß, du gehörst eigentlich zu uns. Deine Brüder und Freunde sind nette Leute, aber sie sind ein bisschen verrückt. Wir meinen es nur gut mit ihnen und wollen ihnen diese Verrücktheit austreiben!"

Jotan fragte zornig: „Wenn ihr es gut meint, wieso behandelt ihr sie dann so grausam?"

„Ach komm, die Jungs wollen auch mal ein bisschen Spaß. Ab und zu prügelt man sich halt."

„Ein bisschen Spaß?", fragte Jotan empört. „Sieh doch mal, wie Gwinon aussieht! Wenn ich dir wirklich etwas bedeute, dann beende das Ganze jetzt hier, und zwar sofort!"

Suleika warf ihm einen prüfenden Blick zu. „Das ist nicht so einfach", antwortete sie. „Doch komm mit und hilf mir."

Gemeinsam kämpften sich Suleika und Jotan zu Gwinon durch. Sie versuchten, ihm aufzuhelfen. Gwinon stöhnte. Aus seinem Mund lief noch immer Blut. Sein neues Gewand, das der Schneider ihm genäht hatte, war zerrissen und mit Blut beschmiert.

Als die anderen sahen, dass Suleika Gwinon half, ließen sie von ihm und auch von Emith und Johrin ab. Jotan atmete erleichtert auf. Er betrachtete seine Brüder. Sie sahen auch nicht sehr viel besser aus als Gwinon. Sicher würden sie eine Weile brauchen, bis sie sich davon erholt hatten. Plötzlich fiel ihm wieder ein, dass Cynthia und Sinayah von zwei jungen Männern weggeschleppt worden waren. „Was ist mit den Mädchen?", fragte er.

Suleika zuckte die Schultern. „Keine Ahnung. Aber mach dir keine Sorgen. Die Jungs in dieser Stadt sind eigentlich ganz in Ordnung. Es wird ihnen nichts Böses geschehen!"

Ganz in Ordnung? Na, das hat man ja gesehen, dachte Jotan grimmig. Doch sofort wurde er wieder abgelenkt, denn nun trat Rhenan aus dem Haus, gefolgt von einem anderen, wichtig aussehenden Herrn. Er baute sich vor Gwinon, Johrin und Emith auf und sagte mit lauter, dröhnender Stimme: „Bürger der Stadt Moroh. Ich habe Grund, Anklage gegen diese Herren zu erheben. Sie waren Gäste in meinem Haus und ich habe sie vorzüglich bewirtet. Doch gestern Nacht fand ich diesen Mann", er deutete auf Gwinon, „wie er in meinem Haus herumschnüffelte mit der Absicht, mir Sachen zu entwenden!"

Daraufhin ergriff der andere Mann das Wort. Jotan erkannte ihn als den Pferdestallbesitzer, bei dem Emith und Johrin angestellt waren. „Das kann ich nur bestätigen", bekräftigte er lautstark. „Diese beiden jungen Männer arbeiten bei mir im Pferdestall. Und erstens sind sie heute nicht zur Arbeit erschienen, obwohl wir einen Vertrag abgeschlossen haben, und zweitens fehlen, seit sie bei mir arbeiten, einige wertvolle Gegenstände in meinem Haushalt. Sie müssen als Diebe angesehen und als solche verurteilt werden!"

Gwinon und den Jungen blieb vor Empörung die Luft weg. Das durfte ja wohl nicht wahr sein! Doch ihnen wurde keine Gelegenheit gegeben, sich zu verteidigen. Wie aus dem Nichts tauchten plötzlich sechs Männer in dunkelblauen Gewändern auf. Je zwei griffen sich einen von ihnen. Dann führten sie sie weg.

Jotan starrte ihnen mit weit aufgerissenen Augen nach. Dann wandte er sich empört an Suleika: „Was soll das denn jetzt? Wir müssen etwas unternehmen!"

Doch Suleika antwortete: „Wieso? Wenn sie gestohlen haben, ist es doch nur gerecht, dass sie dafür bestraft werden!" Sie schaute Jotan mit ihren großen braunen Augen unschuldig an. „Du solltest jetzt besser zur Arbeit gehen", sagte sie dann. „Bevor du auch noch Ärger mit deinem Boss bekommst. Und heute Abend sehen wir uns dann wieder." Sie zwinkerte ihm zu. Jotan fühlte sich geschmeichelt, dass dieses hübsche Mädchen ihn anscheinend so gern mochte. In diesem Augenblick verspürte er nur einen Wunsch: Er wollte um nichts in der Welt aus dieser Stadt weg. Er wollte bei Suleika bleiben.

Dann kamen ihm wieder Zweifel, als er daran dachte, wie grausam seine Brüder und Gwinon behandelt worden waren. Doch immerhin hatte Suleika auch geholfen, den ganzen Aufruhr gegen sie zu beenden.

Also ob sie seine Gedanken lesen konnte, legte sie ihre Hand auf seine Schulter und sagte leise: „Mach dir keine Gedanken um deine Brüder und Gwinon. Ich werde mich für sie einsetzen, dass sie nicht zu hart bestraft werden."

Jotan warf ihr einen dankbaren Blick zu. Dann dachte er wieder an die Mädchen. Suleika hatte gesagt, ihnen würde nichts passieren. Seufzend beschloss er, ihr auch in dieser Angelegenheit zu vertrauen. Er konnte jetzt sowieso nichts weiter für sie tun. Also konnte er ebenso gut zur Arbeit gehen.

XVI. Im Brunnenschacht

Berolunth schlug die Augen auf. Einen Moment lang wusste er nicht, wo er war. Das einzige, was er wusste, war, dass ihm alles weh tat und er schrecklichen Durst hatte. Er versuchte, sich aufzurichten, doch das ging nicht, denn sein ganzer Körper war gefesselt und er war durch den Hunger und Durst zu geschwächt. Also versuchte er wenigstens, sich herumzudrehen. Das gelang ihm. Nun lag er nicht mehr auf dem Bauch, sondern auf der Seite. Und jetzt schlug er seine Augen auf und konnte sehen, dass er sich mitten im Wald befand. Damit kam auch die Erinnerung wieder zurück. Er hatte den Hinweis bekommen, dass auf seine Freunde ein Anschlag verübt werden sollte. Also war er dorthin geritten und hatte den Anschlag gerade so verhindern können. Doch drei Kerle hatten ihn überwältigt und gefangen genommen.

Eine ganze Weile hatten sie ihn mit sich gezerrt. Aber dann hatten sie anscheinend beschlossen, ihn einfach im Wald liegen zu lassen. Da hatte er dann gelegen. Und schließlich hatte er geschlafen. Nun war er wieder wach und überlegte fieberhaft, wie er sich befreien konnte. Es gefiel ihm gar nicht, dass er seinen Freunden nicht beistehen konnte auf ihrer gefährlichen Reise. Plötzlich hörte er ein Geräusch neben sich. Er drehte den Kopf ein wenig zur Seite und sah sein Pferd. „Du treuer Kerl", sagte er gerührt. „Hast du mich wiedergefunden?"

Sein Pferd war in Panik geflohen, als die Männer ihn überwältigt hatten. Berolunth hatte gedacht, er würde es nie wiedersehen. Und nun hatte es tagelang den Wald durchstreift und ihn schließlich gefunden! Doch was nützte es ihm? So vollkommen gefesselt konnte er doch nicht auf sein Pferd steigen und wegreiten.

Als ob sein Pferd seine Gedanken verstehen konnte, fing es an, an seinen Fesseln herumzubeißen. „Guter Kerl", sagte Berolunth und drehte sich so hin, dass seine Hände in die Nähe des Pferdemauls kamen. „Du musst hier beißen", sagte er. Anscheinend verstand das Pferd, denn es fing an, die Fesseln an seinen Händen durchzubeißen. Berolunth wartete ungeduldig, bis die Fesseln endlich so weit durchgebissen waren, dass er seine Hände befreien konnte. Dann setzte er sich auf und wickelte sich rasch die Fesseln von seinem restlichen Körper ab. Er verlor keine Zeit und stieg, so schnell er in seinem geschwächten Zustand konnte, auf sein Pferd. Dieses lief sofort los. Und wieder wunderte er sich, wie schlau das Tier war, denn es führte ihn geradewegs zu einer Quelle, aus der er trinken konnte. Dankbar ließ Berolunth sich vom Pferderücken gleiten und stillte seinen großen Durst. Nun fühlte er sich schon viel besser. Er klopfte seinem Pferd auf den Hals. „Du bist wirklich ein toller Kerl", sagte er anerkennend. Dann schaute er sich nach etwas Essbarem um. Er sah ein paar Wurzeln und Kräuter. Suchend tastete er nach seinem Schwert. Das hatten die drei Männer ihm weggenommen. Doch sein Messer hatten sie ihm gelassen. Er schnitt einige Kräuter und essbare Wurzeln damit ab und aß gierig. Als sein gröbster Hunger gestillt war, stieg er wieder auf sein Pferd. „So, mein Guter", sagte er zu dem Tier. „Auf nach Shantakan!"

Der Alte war glücklich. Dem Jungen ging es wieder gut und die beiden verbrachten viele glückliche Tage miteinander wie Vater und Sohn. So wie er es sich immer gewünscht hatte. Naja, zumindest was seine Person anbetraf, war das

Wort „glücklich" zutreffend. Was den Jungen anbetraf ... Der Alte seufzte. Der Junge fühlte sich wohl bei ihm, o ja, er liebte ihn. Und trotzdem war nicht zu übersehen, dass er unter dem Verlust seines Gedächtnisses litt. Nachts weinte er im Schlaf. Manchmal schrie er auch laut auf und der Alte wusste nicht, wie er ihn trösten konnte. Ja, er wusste ja selbst nichts über die Vergangenheit des Jungen. Schon mehr als einmal hatte er sich gefragt, ob es richtig gewesen war, die Coloranier, die nach dem Jungen gefragt hatten, anzulügen. Wenn diese Fragen in ihm aufstiegen, sagte er sich immer, er habe es nur getan, weil er den Jungen beschützen wollte. Aber tief in seinem Innern wusste er, dass er es eigentlich gemacht hatte, weil er ihn für sich behalten wollte.

Michaela und Nico wurden durch einen lauten Schrei vom Lesen abgelenkt. „Das ist Pia", sagte Michaela genervt. „Sie müssen früher vom Spielplatz zurückgekommen sein." Mit einem Blick aus dem Fenster sagte sie: „Naja, ist ja auch kein Wunder bei dem Wetter!"

„Macht nichts", sagte Nico fröhlich. „Ich wollte deine Tante und deine Cousine sowieso gerne mal kennenlernen!"

Michaela starrte ihn entgeistert an. Doch Nico kümmerte sich nicht darum. Er stand auf und öffnete Michaelas Zimmertür. „Hallo", sagte er freundlich zu Tante Nadine und Pia und ging ein paar Schritte auf sie zu. Michaela stand ebenfalls auf und lehnte sich an den Türrahmen. Sie wollte das Schauspiel beobachten, das sich jetzt abspielen würde. Doch zu ihrer großen Überraschung fremdelte Pia diesmal überhaupt nicht. Nico, der sich hingehockt hatte, um mit ihr auf Augenhöhe reden zu können, hatte anscheinend sofort ihr Vertrauen gewonnen. Michaela spürte einen Stich von Eifersucht.

Bald hatte Nico Pia auf dem Arm und war in ein lebhaftes Gespräch mit Nadine verwickelt. Michaela stand daneben und fühlte sich irgendwie blöd. Sie hatte kaum noch mit Nadine geredet, seit sie ihren Wutanfall gehabt hatte. Plötzlich fiel ihr ein, wie Emith und die anderen nicht mehr mit ihren Tauben gesprochen hatten und dadurch in eine unheilvolle Situation gekommen waren. Komisch, warum fiel ihr das ausgerechnet jetzt ein? Die Situation war ja wohl überhaupt nicht zu vergleichen, dachte sie trotzig. Immerhin hatte sie ein Recht gehabt, auf Nadine und Pia sauer zu sein, und deshalb wollte sie einfach nicht mit ihnen reden. Allerdings musste sie zugeben, dass sie seitdem genauso wenig gebetet hatte, wie die Coloranier in der Geschichte mit ihren Tauben geredet hatten. Doch es fiel ihr auch irgendwie schwer. Beides fiel ihr schwer – wieder zu beten und auf Nadine und Pia zuzugehen. Umso blöder fand sie es jetzt, dass Nico sich so angeregt mit ihrer Tante unterhielt. „Komm“, drängte sie und zupfte ihn am Ärmel. „Lass uns wieder lesen!“

„Gleich“, sagte er und unterhielt sich weiter.

Michaela ging in ihr Zimmer zurück. Sie kochte vor Wut. Hatten sich alle gegen sie verschworen? Hielt Nico jetzt schon zu ihrer Feindin? Plötzlich erschrak sie selbst bei dem Gedanken, dass sie Nadine jetzt schon als ihre Feindin bezeichnete. Sie setzte sich aufs Sofa und atmete erst mal tief durch. Natürlich konnte sie Nico nicht verbieten, sich mit ihrer Tante zu unterhalten.

Als er einige Augenblicke später in ihr Zimmer kam, hatte sie sich wieder einigermaßen beruhigt.

„Deine Tante ist echt nett“, sagte Nico dann, als er sich neben sie aufs Sofa setzte.

Michaela sagte nichts dazu. Einen Augenblick später fingen sie wieder an zu lesen.

 Gwinon, Emith und Johrin wurden in einen alten Brunnenschacht gestoßen. Der Sturz war schmerzhaft und fügte  ihren ohnehin schon geschundenen Körpern weitere Verletzungen zu. Alle drei lagen stöhnend auf dem Boden. Keiner von ihnen mochte sich bewegen, keiner von ihnen sagte etwas. Emith konnte sich nicht erinnern, dass es ihm schon einmal so schlecht gegangen war. Sicher, er war schon oft geschlagen worden, auch gefesselt und gefangen genommen. Viele gefährliche Situationen hatte er bereits durchgestanden. Er wusste, der König hatte ihm immer geholfen. Trotzdem fühlte er sich besonders mies. Denn er wusste, dass er selbst schuld war an seiner unheilvollen Situation. Wenn er an die letzten Tage zurückdachte, konnte er es gar nicht mehr verstehen, wie er sich so dermaßen hatte verführen lassen können. Seit er diese Stadt betreten hatte, hatte er sich von ihrem Reichtum und allem, was sie an Bequemlichkeiten und Vergnügungen bot, regelrecht einwickeln lassen wie in ein Spinnennetz. Er hatte nur noch Augen gehabt für das, was die Stadt ihm alles bieten konnte. Darüber hatte er vernachlässigt, im Buch des Königs zu lesen und mit der Taube zu sprechen, bis zu einem Punkt, an dem er alles, was er mit dem König bereits erlebt hatte, vollkommen vergessen hatte! Emith war wirklich entsetzt. Nie hätte er sich vorstellen können, dass ihm so etwas jemals passieren konnte! Er kannte den König doch mittlerweile recht gut und hatte schon so viel mit ihm erlebt, und er liebte ihn eigentlich mehr als alles andere in seinem Leben.

Oder doch nicht? Diese Frage musste er sich jetzt unwillkürlich stellen. In den letzten Tagen war sein ganzes Wünschen und Trachten nur auf sein persönliches Vergnügen und auf den Erwerb neuer Sachen ausgerichtet gewesen. Er verstand sich selbst nicht mehr. Zu seinen heftigen körperlichen Schmerzen kam ein seelischer Schmerz, der fast noch schlimmer war. So hatte er, ein Freund des Königs, wieder einmal schändlich versagt.

Gerade als seine Traurigkeit so schlimm war, dass er es kaum noch aushalten konnte, sprach seine Taube ihn an. „Du solltest aufhören, dir Vorwürfe zu machen!", sagte sie.

„Aber ich habe mich schrecklich verhalten", antwortete Emith.

„Ich weiß. Aber der König hat dir vergeben", sagte die Taube schlicht.

Emith schluckte. Schon so oft hatte er erfahren, dass der König immer bereit war, zu vergeben. Ja, er hatte sich sogar selbst dafür bestrafen lassen, damit ihm, Emith, vergeben werden konnte. Und was für eine harte Strafe war das gewesen! Emith erinnerte sich nur zu gut an die Nacht, als der König auf dem Todesfelsen von den Schwarzen Rittern grausam geschlagen und schließlich umgebracht wurde.

Nie würde er das vergessen. Das alles hatte der König getan, weil er ihn, Emith, liebte! Emith begann zu weinen. Und er selbst hatte wegen ein paar Vergnügungen und schöner Dinge, die er in Moroh gesehen hatte und die er hatte genießen wollen, so treulos gehandelt! Ihm wurde wieder einmal bewusst, wie wenig er die Liebe und Vergebung des Königs verdiente.

„Der König liebt dich nicht, weil du es verdient hast, sondern einfach, weil er Liebe ist", sagte die Taube leise.

Emith weinte immer noch, doch jetzt weinte er nicht mehr, weil er traurig war. Er spürte, wie die Liebe des Königs in sein verwundetes Herz hineinfloss. Und das tat so gut.

„Genauso liebt er auch die Menschen von Moroh", erklärte die Taube weiter. „Und früher haben sie den König auch gekannt und geliebt", sagte sie.

Emith war überrascht. „Echt?", fragte er.

„Ja", wiederholte die Taube, „Moroh war eine blühende Stadt, in der die Menschen glücklich waren und den König liebten. Doch das ist viele Generationen her. Von denen, die jetzt hier leben, hat niemand den König wirklich kennengelernt. Sie alle glauben nur an irgendwelche Geschichten, die man sich über ihn erzählt. Geschichten, die ein bisschen Wahrheit und viele Lügen enthalten."

„Wie kann das sein?", fragte Emith.

„Der Schwarze Meister ist ein Meister der Verführung und er tut alles, um Menschen vom König wegzuführen. Erinnerst du dich an den süßen Geruch in der Stadt?", fragte die Taube.

Emith nickte.

„Seit vielen Generationen hat der Schwarze Meister den Leuten von Moroh unzählige süße Lügen erzählt, viele, viele süße Lügen. Er hat ihnen vorgegaukelt, sie würden glücklich werden, wenn sie sich auf seine Bedingungen einlassen.

Vergnügungen und Reichtum seien das Wichtigste, was man im Leben braucht, hat er ihnen erzählt. Und über den König hat er viele falsche Dinge und ein paar Halbwahrheiten verbreitet. All diese Lügen hängen in der Luft der Stadt wie ein süßer, aber unheilvoller Duft. Denn wenn man zu viel davon einatmet, vergisst man die wirklich wichtigen Dinge im Leben."

Emith nickte. Oh ja, das kannte er! Er hatte tatsächlich, je länger er in der Stadt war, desto mehr Wichtiges vergessen. Nicht nur Wichtiges, sondern das, was ihm eigentlich am

Wichtigsten überhaupt im Leben war, nämlich alles, was mit dem König, der Taube und seinem Auftrag zusammenhing!

Doch eine Frage hatte er noch: „Warum hat der Schwarze Meister eigentlich auch hier Macht?“, fragte er. „Ich dachte, sein Machtbereich erstreckt sich nur auf Colorania. Hier ist doch alles schon immer farbig und bunt gewesen?“

„Der Schwarze Meister versucht ständig, seine Macht zu vergrößern. Er hat hier mehr Einfluss, als du denkst. Das wirst du später noch merken. Und je mehr er hier beeinflussen kann, desto stärker wird auch seine Macht wieder in Colorania werden. Somit ist der Kampf, den du hier kämpfst, auch ein Kampf um dein eigenes Land. Darum war es so wichtig, dass ihr dem Hilferuf gefolgt seid.“

Der Hilferuf. Jetzt fiel er Emith wieder ein. „Wie kommen wir jetzt hier raus und weiter nach Shayan?“, fragte er.

„Warte ab. Hilfe ist unterwegs“, antwortete die Taube.

Plötzlich fiel ihm noch etwas ein. „Wenn man mit den Leuten hier über den König spricht, sagen sie alle, sie lieben ihn. Lügen sie denn, wenn sie das sagen?“

„Nein. Aber sie kennen ihn eigentlich gar nicht. Wie ich schon sagte, sie haben nur etwas von ihm gehört und glauben, dass es ihn irgendwo gibt. Aber mach dir keine Sorgen“, sagte die Taube. „Eines Tages werden die Menschen hier den König kennenlernen. Er liebt sie und hat sie nicht aufgegeben.“

„Das ist wirklich schön“, sagte Nico. „Dass der König niemanden aufgibt. Aber dass Emith und alle anderen sich in Moroh so schnell verführen ließen und ihre Freundschaft mit der Taube und dem König so vernachlässigt haben, ist schon krass! Und dass sie es noch nicht mal gemerkt haben!"

Michaela zuckte mit den Schultern. Darüber hatte sie noch gar nicht nachgedacht. Aber jetzt musste sie daran denken, dass sie sich immer noch ihrer Tante Nadine gegenüber schuldig fühlte. Und seit diesem Zeitpunkt hatte sie auch kaum noch in der Bibel gelesen und gebetet. War sie auch dabei, ihre Freundschaft mit Gott zu vernachlässigen? Das wollte sie auf gar keinen Fall! Nein, ihre Beziehung zu Gott war ihr zu wichtig! Sie wollte nicht den gleichen Fehler machen wie Emith und die anderen in Moroh. Also beschloss sie, dass sich etwas ändern musste: Sie würde jetzt alles wieder gut machen! Ab sofort würde sie ganz besonders nett zu Nadine und Pia zu sein. Und wenn sie das tat, würde es ihr sicher auch wieder leichter fallen, zu beten und in der Bibel zu lesen!

Als Nico weg war, ging sie ins Wohnzimmer. Sie unterhielt sich die ganze Zeit mit ihrer Tante und spielte zwischendurch mit Pia.

Am Abend, als sie dann wieder in ihr Zimmer ging, fühlte sie sich etwas besser. Eigentlich war es sogar ganz nett gewesen mit den beiden.

Doch das Beten fiel ihr trotzdem noch schwer. Irgendwie hatte sie immer noch das Gefühl, versagt zu haben. Vielleicht musste sie ja noch ein bisschen länger nett zu Tante Nadine und Pia sein, bevor dieses Gefühl wieder wegging.

Einige Straßen weiter saß Mirko in seinem Zimmer und dachte noch einmal über den Nachmittag nach. Er hatte zwar immer noch nicht herausgefunden, wer dieser Emith war, aber Großtante Lieselottes Reaktion auf die Zeichnungen war unbeschreiblich gewesen. Sie hatte nur einen kurzen Blick darauf geworfen und dann aufgeschrien, ja, sie war regelrecht schluchzend zusammengebrochen. Dann hatte sie irgendetwas weinend gestammelt. Mirko hatte nicht genau verstehen können, was, aber er hörte, dass sie immer wiederholte: „Meine Sünden holen mich wieder ein. Meine Sünden von damals holen mich wieder ein!"

Mehr war aus ihr nicht herauszubringen. Mirko hatte befürchtet, seine Großtante habe einen Nervenzusammenbruch. Er hatte ernsthaft überlegt, ob er einen Krankenwagen rufen sollte. Aber sie war ja nicht krank. Dann hatte er überlegt, ob es auch so eine Art psychiatrischen Notdienst gab, den man rufen konnte. Ob seine Tante vielleicht von denen abgeholt werden musste? Doch schließlich hatte er entschieden, erst mal abzuwarten, und das war wahrscheinlich die klügste Entscheidung gewesen, denn nach einer ganzen Weile hatte sie sich schließlich beruhigt und in vernünftigem Tonfall gesagt: „Du musst jetzt fahren. Kannst du mich bitte allein lassen? Ich brauche jetzt Ruhe."

Mirko hatte genickt und sich erhoben. Auch wenn er enttäuscht war, dass er wieder nicht viel herausgefunden hatte, musste er einsehen, dass es das Beste war, wenn er jetzt fuhr. Letzten Endes war er ja auch erleichtert, dass Großtante Lieselotte sich wieder von ihrem Anfall erholt hatte.

Was ist mit Emilia los?

Am nächsten Morgen in der Schule hielt Michaela wieder nach Emilia Ausschau. Doch sie war nirgendwo zu sehen. Fehlte sie immer noch? Langsam fing sie an, sich Sorgen zu machen. Sie mochte Emilia zwar nicht besonders, aber das kam ihr nun doch komisch vor. Noch einmal versuchte sie, Johnny zu befragen, aber von ihm war kein Sterbenswörtchen zu erfahren. Schließlich ging sie in der zweiten Pause sogar zu Emilias Zwillingsschwester Veronika, die sie genauso wenig leiden konnte. „Ist deine Schwester krank?", fragte sie besorgt.

Doch Veronika antwortete nur patzig: „Und wenn schon, seit wann interessiert dich das?" Dann drehte sie sich um und ging weg. Michaela schaute ihr wütend nach. Aber eigentlich hätte sie sich ja gleich denken können, dass sie von der keine Antwort bekommen würde.

Als sie nach der Schule nach Hause kam, war Tante Nadine mit Pia wieder auf dem Spielplatz. Doch heute hätte es ihr gar nicht so viel ausgemacht, wenn die beiden zu Hause gewesen wären. Michaela hatte sich ja vorgenommen, ihr Versagen wiedergutzumachen.

Außerdem hatte sie am vergangenen Abend so ein nettes Gespräch mit ihrer Tante geführt, dass sie sie jetzt schon fast ein bisschen mochte. Und Pia … nun ja. Auch an Pia würde sie sich noch gewöhnen.

Aber nun, da es in der Wohnung ruhig war, nutzte Michaela die Ruhe, um schnell Hausaufgaben zu machen. Sie wollte anschließend wieder zu Nico und mit ihm gemeinsam weiterlesen.

Eine Stunde später saß sie dann auch mit ihm zusammen in seinem Zimmer vor dem Notebook und las.

XVII. In höchster Gefahr

Cynthia und Sinayah wurden von den beiden jungen Männern in ein Haus am anderen Ende der Stadt gebracht. Sie waren in dieser Gegend noch nie gewesen. Genau wie in vielen anderen Wohngebieten der Stadt standen hier prächtige Häuser und imposante Villen. Auch das Haus, in das sie jetzt gebracht wurden, war riesengroß und luxuriös eingerichtet.

Die Jungen führten die beiden Mädchen in einen großen, gut ausgestatteten Wohnraum und schlossen die Tür sorgfältig hinter ihnen zu. „Nehmt Platz, verehrte Gäste", sagte einer der beiden fröhlich und wies den Mädchen Plätze auf den Sesseln zu. Zögernd setzten sie sich. Daraufhin ging er in den hinteren Teil des Raumes und kam mit einer großen Flasche und vier Gläsern wieder. Er goss alle vier Gläser voll und sagte: „Trinkt, und fühlt euch hier wie zuhause."

Cynthia roch an dem Getränk. Es roch so ähnlich wie das Spezialgetränk von Suleika. Nie im Leben würde sie das anrühren. Auch Sinayah weigerte sich. „Könnte ich bitte lieber etwas Wasser haben?", fragte sie.

„Hier gibt's nur das", antwortete der Junge. „Ihr könnt es ruhig trinken, es ist wirklich gut!"

Die Mädchen schüttelten stumm die Köpfe. „Vielen Dank", sagte Cynthia und erhob sich. „Dann gehe ich lieber und hole mir Wasser aus dem Brunnen." Sie ging Richtung Tür. Sinayah erhob sich ebenfalls und wollte ihr folgen. Doch sofort sprangen beide Jungen auf. Mit einem freundlichen Lächeln, aber mit einer Stimme, die alles andere als freundlich klang, sagte der größere von beiden: „Nicht doch, meine Damen. So schnell lassen wir unsere Gäste nicht gehen. Wir haben nicht so oft so schöne Damen im Haus."

Bei diesen Worten und bei dem Klang seiner Stimme lief Cynthia ein eiskalter Schauer über den Rücken. Eins war klar: Sie waren in allerhöchster Gefahr.

Sheerin war ein sonnengebräunter Junge mit dunklen Locken und ebenso dunkelbraunen Augen. Er hatte sein Leben lang in Moroh gelebt und kannte die Stadt und deren Bewohner gut. Sein Vater war einer der angesehensten Männer der Stadt. Bisher hatte Sheerin ihm immer vertraut und nie einen Grund gehabt, an seiner Aufrichtigkeit zu zweifeln. Doch heute war das anders.

„Vater, was für Gegenstände in deinem Haushalt fehlen dir denn?", fragte er. Er hatte gar nichts davon mitbekommen, dass irgendetwas vermisst wurde, und er war sich ganz sicher, dass sein Vater sofort ein großes Drama daraus gemacht hätte, wenn wirklich irgendetwas weg gewesen wäre.

Sein Vater antwortete ausweichend: „Was interessiert dich das, mein Sohn? Es fehlen halt ein paar Sachen."

„Aber was, Vater?"

Der Vater geriet ins Stocken. „Also ... zum Beispiel Schmuck von deiner Mutter, und anderes."

Nun wurde Sheerin noch stutziger. Seine Mutter lebte schon seit einigen Jahren nicht mehr, und soweit er wusste, wurde ihr Schmuck in einem Tresor aufbewahrt.

Dieser Tresor war so gut gesichert, dass nicht einmal Sheerin wusste, wie man dort hineinkam. Der einzige, der das wusste, war sein Vater selbst.

Er beschloss, die Sache erst mal auf sich beruhen zu lassen. Denn er hatte noch andere Fragen. „Du, Vater, gibt es sprechende Tauben?", fragte er.

Sofort wurde sein Vater zornig. „Hör auf, über solchen Quatsch nachzudenken! Natürlich gibt es keine sprechenden Tauben", stieß er mit einer solchen Heftigkeit hervor, dass Sheerin erschrak. In seinem ganzen zehnjährigen Leben hatte er den Vater noch nie so wütend erlebt. Das bestärkte ihn aber nur noch mehr in der Vermutung, dass dieser ihm nicht die Wahrheit sagte.

Sheerin war vorhin bei der Versammlung dabei gewesen, als die Leute den Mann und die beiden Jungen verprügelt hatten. Und er hatte gehört, was der Mann über den König erzählt hatte, über seinen Auftrag und über die Taube, mit der er sprach. Und irgendwie hatten diese Worte ihn berührt. Ja, sie hatten ihn so sehr berührt, dass sie ihn nicht mehr losgelassen hatten. Die ganze Zeit hatte er darüber nachdenken müssen. Er wünschte sich so sehr, dass er auch mal mit dem König sprechen konnte. Ja, er wollte auch so eine Taube gern mal sehen. Doch dann hatte er erlebt, wie sein eigener Vater die beiden Jungen angeklagt hatte, ihn bestohlen zu haben. Und er hatte die Jungen angeschaut und sofort gewusst, dass das keine Diebe sein konnten! Nein, diese Jungen waren ehrlich, das spürte Sheerin. Und sein Vater war in diesem Fall nicht ehrlich, das spürte er auch. Aber warum? Sheerin war verunsichert. Es war ein schreckliches Gefühl, seinem eigenen Vater nicht mehr vertrauen zu können.

Cynthia und Sinayah hatten große Angst. Die freundliche Maske war von den beiden jungen Männern abgefallen und nun taten sie nicht mehr so, als seien die Mädchen ihre Gäste und sie die zuvorkommenden Gastgeber. Sie kamen näher und die Mädchen wichen zurück, bis sie mit dem Rücken zur Wand standen.

Cynthia zitterte, als der Junge, der dicht vor ihr stand, zischte: „Dass eins klar ist: Ihr seid hier, um genau das zu machen, was ich sage!" Sein Atem roch faulig und Cynthia wandte angewidert ihr Gesicht ab. Innerlich schrie sie: „König, hilf mir!"

Plötzlich läutete es an der Tür. Sofort ließen die beiden Jungen von den Mädchen ab. Einer von ihnen blieb jedoch in ihrer Nähe stehen, um sicherzugehen, dass sie nicht fliehen konnten, während der andere die Tür öffnete.

Ein Mann stand davor und sagte: „Ich soll euch von eurem Vater sagen, ihr sollt sofort zum Markt kommen. Er braucht eure Hilfe." Sein Blick fiel auf die Mädchen und er grinste. „Ich sehe, ihr habt gerade Besuch. Nun, der muss wohl ein wenig auf euch warten. Ihr sollt euch beeilen!" Damit verschwand er wieder.

Die beiden jungen Männer schimpften vor sich hin. „Der Alte ist aber auch ein Sklaventreiber", schimpfte der eine. Nachdenklich fügte er hinzu: „Was machen wir in der Zwischenzeit mit den Mädels?"

„Wir sperren sie auf dem Dachboden ein!", schlug der andere vor.

„Gute Idee!" Sofort griffen sie die Mädchen wieder und zerrten sie eine Treppe hoch. Sie durchquerten eine Etage und stiegen eine zweite Treppe hoch, bis sie in ein geräumiges Zimmer kamen, an dessen Decke sich eine Dachbodenluke befand. Eine schmale Leiter führte nach oben.

Einer der beiden ging vor und öffnete die Luke. Die Mädchen versuchten, die Gelegenheit zu nutzen und sich von dem anderen, der sie festhielt, loszureißen. Doch der Junge erwies sich als stärker. Er packte die beiden so fest, dass sie vor Schmerz aufschrien. „So läuft das hier nicht, meine Damen!", zischte er.

In der Zwischenzeit hatte der andere die Luke geöffnet und war wieder heruntergekommen. Nun befahlen sie den Mädchen, die Leiter hinaufzusteigen. Sinayah ging als Erste und Cynthia folgte ihr. Nachdem sie durch die Luke geklettert waren, schloss der Junge sie hinter ihnen und schob sorgfältig den Riegel vor. „Angenehmen Aufenthalt da oben", sagte er und lachte hämisch.

Cynthia und Sinayah schauten sich um. Sie befanden sich auf einem staubigen Dachboden, der mit altem Gerümpel vollgestellt war. Überall hingen Spinnweben. Mäusedreck lag auf dem Boden. Sinayah rümpfte die Nase. „Wo sind wir denn hier gelandet?", flüsterte sie angewidert.

„Die Frage ist eher: Wie kommen wir hier raus?", fragte Cynthia und schaute sich aufmerksam um. Sie entdeckte ein kleines Dachfenster hoch oben. „Ob wir das öffnen können?", fragte sie.

„Keine Ahnung. Aber es ist doch sowieso viel zu hoch. Da kommen wir nie im Leben raus. Und wenn, dann sind wir auf dem Dach. Und wie kommen wir da wieder runter?", fragte Sinayah skeptisch.

„Egal. Ich will alles tun, um hier wegzukommen. Da stürze ich noch lieber vom Dach, als dass ich bei diesen Kerlen bleibe!", sagte Cynthia mit Bestimmtheit und sah sich nach geeigneten Gegenständen um, die sie zum Klettern benutzen konnten. Beherzt griff sie nach einem Tisch. „Komm, hilf mir!", forderte sie Sinayah auf.

Gemeinsam rückten sie den Tisch unter das Fenster. Doch das reichte noch nicht. Sinayah sah eine große Holzkiste. „Vielleicht geht die", schlug sie vor. Cynthia nickte und gemeinsam versuchten sie, die Kiste hochzuheben. Es ging nicht. Sie war zu schwer. Aufmerksam schauten sie sich um, doch sie fanden nichts, was geeignet gewesen wäre. Seufzend öffnete Cynthia die Kiste. Sie war voller Bücher. „Los, schnell, räumen wir sie aus", sagte sie. Sofort machten sich die beiden Mädchen an die Arbeit. Es dauerte viel zu lange, bis sie die Kiste endlich leergeräumt hatten. „Na hoffentlich hält ihr Vater die beiden wirklich gut beschäftigt", murmelte Sinayah nervös.

Endlich stand die Kiste auf dem Tisch. Cynthia kletterte hoch und versuchte, das Fenster zu öffnen. Doch so sehr sie auch daran rüttelte, es ging nicht auf. Irgendwo schien es zu klemmen. „Versuch du es mal", bat Cynthia verzweifelt, woraufhin Sinayah sich mit aller Kraft dagegenstemmte. Doch auch sie bekam es nicht auf. Jetzt stellten sie sich zu zweit auf die Kiste, was eine ziemlich wackelige Angelegenheit war. Doch auch zusammen bekamen sie das Fenster nicht auf. Frustriert stiegen sie wieder nach unten.

„Oder geht die Luke vielleicht auf, durch die wir gekommen sind?", schlug Sinayah vor. Mit vereinten Kräften versuchten die Mädchen es nun dort. Aber sie mussten bald erkennen, dass auch sie sich nicht öffnen ließ. Es gab scheinbar keine Möglichkeit, aus ihrem Gefängnis zu entkommen.

Sheerins Vater hatte Besuch bekommen. Wenn Vater Besuch bekam, wurde Sheerin meistens nach draußen geschickt. Sein Vater wollte mit seinen Besuchern gern allein sein. Das hatte Sheerin nie großartig gestört, denn er liebte es, draußen zu sein, in der Natur und bei den Pferden. Doch heute war das anders. Heute wollte er hören, was Vater und sein Besucher zu besprechen hatten. Erst recht, nachdem Sheerin gesehen hatte, dass der Besucher Rhenan war, der Mann, der den anderen Fremden des Diebstahls angeklagt hatte.

Sheerin tat so, als würde er willig nach draußen gehen, schlich aber heimlich ins Haus zurück. Leise blieb er vor der geschlossenen Tür stehen, hinter der sein Vater und Rhenan sich unterhielten. Die Stimmen drangen nur gedämpft zu ihm. Doch einzelne Wortfetzen konnte er verstehen.

„Das mit dem Diebstahl war eine brillante Idee", sagte Rhenan.

Sheerin hielt empört die Luft an. *Eine brillante Idee!* Nun hatte er es mit eigenen Ohren gehört, dass alles gelogen war!

„Wir werden auf Höchststrafe plädieren, dann sind wir sie ein für alle Mal los!", sagte sein Vater gerade.

Sheerin erschrak. Er hätte nie gedacht, dass sein Vater so gemein sein konnte!

„Meine Tochter hatte es ja fast geschafft, sie dazu zu bringen, sich unserem Lebensstil anzupassen. Aber dann sind sie doch wieder in diese rückständigen Ideen verfallen!", meinte Rhenan verächtlich.

Sheerin hatte genug gehört. Empört drehte er sich um und wollte sich hinausschleichen. Tränen der Wut rannen über seine Wangen. Für ihn war gerade eine Welt zusammengebrochen. Sein Vater, dem er immer vertraut hatte, war in Wirklichkeit ein hinterhältiger Lügner! Das musste man erst mal verdauen! Vor lauter Verzweiflung gab Sheerin einen Augenblick nicht acht und stieß mit seinem Fuß gegen eine Metallfigur, die im Flur stand. Die Figur fiel scheppernd um. Sheerin blieb vor Schreck wie angewurzelt stehen, als sein Vater und Rhenan aus dem Zimmer gepoltert kamen.

Er hatte seinen Vater noch nie so außer sich vor Zorn gesehen. Vorhin hatte er ja schon gedacht, ihn noch nie so wütend erlebt zu haben, aber *das* war jetzt wirklich noch eine Steigerung. „Du hast uns belauscht!", stellte der hochgewachsene Mann fest, und seine Stimme klang kalt.

Sheerin bekam Angst und wich zurück. „Ich ... ich wollte gerade wieder raus ...", stammelte er. Doch er kam nicht dazu, noch mehr zu sagen.

Sein Vater herrschte ihn an: „Wenn du schon wie ein mieser Feigling lauschst, dann bleib jetzt stehen und ertrage deine Strafe wie ein Mann!"

Sheerin wagte nicht, sich zu bewegen, während sein Vater seinen Gürtel abschnallte. Mit einer Hand packte er Sheerin am Arm und in der anderen hielt er den Gürtel. Und dann schlug er zu. Mit unerbittlicher Härte krachte der Gürtel auf Sheerin nieder, bis er schluchzend am Boden lag und sein Vater, nach einer schrecklich langen Zeit, fand, dass er seinen Sohn angemessen bestraft hatte.

„Liebe Taube, zeig uns bitte, wie wir hier herauskommen", bat Cynthia verzweifelt.

Die Taube deutete auf eine große Eisenstange. „Versuch es damit", sagte sie.

Cynthia nahm die Stange und versuchte, mit ihr das Fenster aufzustemmen. Doch es ging noch immer nicht. „Es geht einfach nicht!", wimmerte sie.

„Gib nicht auf, versuche es noch einmal", forderte die Taube sie auf. Und plötzlich hörte sie ein Knacken. Mit neuem Mut stemmte sie sich erneut dagegen und nun sprang das

Fenster auf. Die Mädchen jubelten. Doch noch waren sie nicht in Sicherheit. Jetzt erst kam der wirklich gefährliche Teil: Sie mussten auf das Dach klettern und dann zusehen, wie sie von dort irgendwie nach unten kommen konnten.

Cynthia ging wieder als erste. Vorsichtig streckte sie ihren Kopf aus dem Fenster und schaute sich um. Zum Glück war die Gegend hier nicht so belebt. Kein Mensch war auf der Straße zu sehen. Doch es war schwindelerregend tief bis da unten. Wie sollten sie jemals von dem Dach runterkommen?

Trotzdem rief sie Sinayah leise zu, dass alles klar sei, und dann kletterte sie vorsichtig hinaus auf das Dach, bis ganz nach oben. Dort konnte sie sich rittlings hinsetzen. Als sie das geschafft hatte, wartete sie auf Sinayah. Bald war ihre Freundin ebenfalls bei ihr. Nun saßen sie beide in schwindelerregender Höhe und überlegten, wie es weitergehen konnte! Cynthias Blick fiel auf das Nachbarhaus. Das Dach war etwas niedriger. Vielleicht, wenn sie dort irgendwie hingelangen könnten …

Cynthia rutschte vom Dach herunter, bis ihre Füße in der Regenrinne Halt fanden. Bis zum nächsten Haus war es eigentlich gar nicht so weit. Das musste mit einem Sprung zu schaffen sein.

Sie schluckte, nahm all ihren Mut zusammen und sprang. Wie geplant landete sie auf dem niedrigeren Dach, doch ihre Füße glitten ab und sie verlor den Halt. Mit beiden Händen hielt sie sich am Fensterrahmen eines offenen Dachfensters fest, in der Hoffnung, dass niemand in dem Zimmer hinter dem Fenster war. Von dort zog sie sich wieder hoch, bis ihre Füße einigermaßen Halt gefunden hatten. Sinayah landete auch auf dem Dach und hielt sich am Schornstein fest.

Das nächste Haus, das in Frage kam, hatte eine Dachterrasse. Durch das, was sie schon geschafft hatten, ermutigt, wagten die beiden Mädchen auch jetzt wieder den Sprung und landeten sicher auf der Dachterrasse. Doch wie sollte es von hier aus weitergehen? Sie schauten sich nach allen Seiten um, aber kein anderes Haus stand nahe genug, dass sie auf das nächste Dach hätten springen können. So blieb nur eins: Irgendwie mussten sie versuchen, durch das Haus nach unten zu kommen. Cynthia sah, dass die Terrassentür nur angelehnt war. Vorsichtig schlich sie hin und lauschte, ob man dahinter Geräusche hören konnte. Es war nichts zu hören. Trotzdem pochte ihr Herz aufgeregt, als sie vorsichtig nach der Türklinke griff. Noch nie war sie einfach so in ein fremdes Haus eingedrungen! Sie kam sich plötzlich vor wie ein Einbrecher. Doch Sinayah hinter ihr flüsterte: „Nun mach schon, wir haben keine andere Wahl!"

Cynthia zögerte immer noch. „Was ist, wenn sie uns erwischen?", fragte sie zaghaft.

„Na los, wir sind jetzt schon so weit gekommen, jetzt können wir sowieso nicht mehr zurück!", flüsterte Sinayah wieder. Cynthia nickte. Dann öffnete sie zögernd die Tür.

XVIII. Berolunth beim Hüter der Shan-Fälle

Berolunth kannte den Weg nach Shantakan gut. Seine frühere Tätigkeit hatte ihn öfter bis an die Grenze geführt und gelegentlich auch in das Land selbst.

Bald hatte er die Hochebene Sha erreicht und ritt am Ufer des Shan entlang bis zu der Stelle, wo einst die Brücke gewesen war. Mit Bestürzung stellte er fest, dass sie nicht mehr da war. Da er ein sehr guter Spurenleser war und sich in diese Gegend nicht viele Leute verirrten, fand er bald heraus, dass seine Freunde am Ufer des Shan entlanggeritten waren und den Fluss unterhalb der Shan-Fälle durchquert hatten. Er folgte ihren Spuren.

Als er den Fluss ebenfalls durchquert hatte, wollte er schon weiterreiten, da entdeckte er etwas, was ihn stutzig machte. Mit gerunzelter Stirn stieg er vom Pferd. Das musste er noch einmal genauer untersuchen. Sorgfältig schaute er sich um. Doch die Botschaft war klar, auch wenn er nicht verstehen konnte, warum: Seine Freunde waren wieder zurückgeritten, in die entgegengesetzte Richtung. Was hatte das zu bedeuten? Waren sie in Schwierigkeiten? Seinen geübten Sinnen war nicht entgangen, dass die Spuren der drei Männer, die ihn überwältigt hatten, ebenfalls hierher geführt hatten. Hatten die drei seinen Freunden am Ende doch noch Schwierigkeiten bereitet? Sorgenvoll schaute Berolunth sich um. Es gab nirgendwo einen weiteren Hinweis. So blieb ihm nichts anderes übrig, als weiterhin den Spuren zu folgen in der Hoffnung, seine Freunde bald wohlbehalten wiederzutreffen.

Der Alte blickte prüfend zum Horizont. Schon wieder ein Reiter. „Schnell, mein Sohn, versteck dich", befahl er dem Jungen, der neben ihm stand.

Doch der blieb regungslos stehen. „Ich habe keine Lust, mich immer zu verstecken, wenn jemand kommt", widersprach er trotzig. „Warum muss ich mich immer verstecken?"

Der Alte machte eine ungehaltene Handbewegung. „Los, schnell, es ist nur zu deiner eigenen Sicherheit! Solange wir nicht wissen, wer du bist, ist es besser so!"

Schmollend trollte sich der Junge in die Hütte und dort in sein Zimmer, während der Alte wartete, um den ankommenden Reiter zu begrüßen.

„Seid gegrüßt, ehrenwerter Hüter der Shan-Fälle". Berolunth verneigte sich leicht vor dem Alten, der regungslos vor seiner Hütte stand.

„Seid gegrüßt, Reisender", grüßte der Alte höflich zurück, doch in seinem Blick lag Misstrauen, wenn nicht sogar Feindseligkeit.

„Darf man bei euch mit einer warmen Mahlzeit rechnen?", fragte Berolunth. Er wusste, dass man nach den Gesetzen des Landes Shantakan eine solche Bitte niemals jemandem abschlagen durfte. Umso erstaunter war er, als er in dem Gesicht des Alten einen gewissen Widerwillen sah. Nur einen flüchtigen Augenblick lang, dann hatte sich der Alte wieder unter Kontrolle und antwortete höflich: „Selbstverständlich. Kommt herein."

Berolunth trat in die Hütte ein und nahm im Halbdunkel einen Tisch und eine Sitzbank wahr, und dahinter noch eine weitere Tür. Er nahm Platz auf der Bank und beobachtete den Alten, der sich auf der anderen Seite der Hütte an einer Kochstelle zu schaffen machte. Höflich begann er ein Gespräch mit ihm: „Wie ist es denn so, hier ganz allein zu leben? Ist es nicht ein wenig einsam?"

„Gewiss, aber so ist es mir beschieden", antwortete der Alte.

„Kommen hier denn ab und zu Leute vorbei?", fragte Berolunth.

„Selten", kam die Antwort.

„Und was macht Ihr so allein den lieben langen Tag?", wollte Berolunth wissen.

„Dieses und jenes", war die ausweichende Antwort.

Berolunth stöhnte innerlich. Den Alten in ein Gespräch zu verwickeln kam ihm ungefähr so vor, als versuche man, einen Eisklotz im Schnee zu schmelzen.

Plötzlich war ihm, als habe er hinter der Tür ein leises Geräusch vernommen. Sofort waren alle seine Sinne in Alarmbereitschaft. Hatte der Alte etwas zu verbergen?

Der Alte beobachtete ihn scharf. Dann sagte er gleichmütig: „Der Wind macht in dieser Hütte manchmal die komischsten Geräusche."

Berolunth glaubte ihm kein Wort. Doch er ließ sich nichts anmerken und sagte: „Ich kann mir vorstellen, dass man, wenn man so ganz alleine lebt, auf jedes Geräusch genau achtet."

Der Alte nickte nur. Danach schwiegen beide. Doch Berolunth kam es so vor, als klappere der Alte jetzt extra laut mit seinem Kochgeschirr. Berolunth achtete genau darauf, ob noch ein weiteres Geräusch hinter der Tür zu hören sein würde, doch das war nicht der Fall.

Bald füllte ein köstlicher Duft den Raum. Berolunths Magen fing an zu knurren. Die Kräuter und Wurzeln im Wald waren zwar immerhin etwas gewesen, aber es war schon Tage her, dass er eine vernünftige Mahlzeit gehabt hatte. Doch es dauerte noch eine Weile, bis das Essen fertig war. Dann aber füllte der Alte einen Teller mit dampfender Brühe und stellte ihn vor Berolunth auf den Tisch. Hungrig begann dieser, die Brühe zu löffeln und stellte bald fest, dass sie überaus lecker und nahrhaft war. „Ich muss schon sagen, diese Brühe ist außerordentlich gut", sagte er anerkennend, und zum ersten Mal sah er so etwas wie ein Lächeln auf dem Gesicht des Alten.

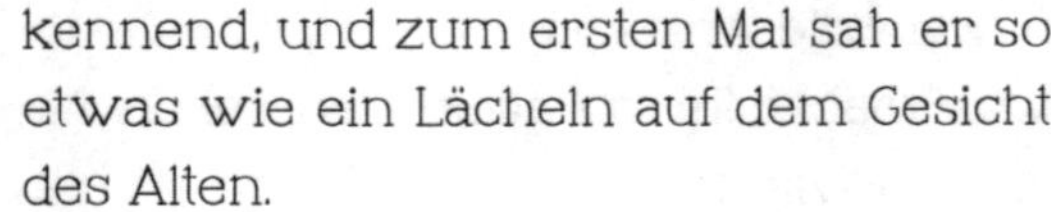

Hier war die Mail zu Ende. Michaela plauderte noch eine Weile mit Nico, dann machte sie sich auf den Weg nach Hause.

Am nächsten Morgen in der Schule machte Michaelas Klassenlehrerin, Frau Buttermann, eine Ankündigung: „Wir werden nächste Woche wichteln. Jeder zieht jetzt einen Zettel mit einem Namen und für diese Person besorgt ihr dann ein Geschenk, sagen wir, im Wert von fünf bis zehn Euro." Danach gab sie einen Korb herum mit Zetteln.

Michaela verdrehte die Augen. Jedes Jahr mussten die Lehrer wieder auf die Idee kommen, zu wichteln. Und man musste sich ein möglichst kreatives Geschenk ausdenken für jemanden, dem man sonst nie im Leben etwas geschenkt hätte!

Als Michaela ihren Zettel gezogen hatte, stöhnte sie noch mehr. Da hatte sie natürlich ausgerechnet mal wieder die Person gezogen, mit der sie am wenigsten anfangen konnte. Wie sollte es auch anders sein! Ausgerechnet Freddy Schröder! Mit dem hatte sie noch nie ein Wort gewechselt. Freddy war ein blasser, pickliger Junge mit langen strähnigen Haaren, die immer so aussahen, als könne er sie ruhig einmal mehr waschen. Er trug stets schwarze Klamotten und in den Pausen hörte er mit seinem MP3-Player immer Heavy Metal, und zwar so laut, dass man es trotz Kopfhörer auch in zwei Metern Entfernung noch hören konnte. Was sollte sie dem bloß schenken?

Ihre erste Idee war ein Hörgerät. Das konnte er wahrscheinlich gut gebrauchen. Wenn nicht jetzt, dann auf jeden Fall später, wenn er in der Lautstärke weiter Musik hören würde. Aber ihr war natürlich klar, dass man ein Hörgerät nicht für fünf Euro bekommen konnte. Also musste sie sich was anderes überlegen. Ein Heavy Metal-MP3-Download. Aber damit kannte sie sich nicht so gut aus. Metal war nicht so ihre Richtung. Also war das auch nichts. Michaela überlegte, ob Freddy wohl Schokolade mochte. Die konnte man ja eigentlich immer verschenken. Doch dann fiel ihr ein, dass der arme Kerl davon wahrscheinlich nur noch mehr Pickel bekommen würde. Nee, das konnte sie also auch nicht machen. Dabei kam ihr aber eine andere Idee: eine Pickelcreme. Doch den Gedanken verwarf sie gleich wieder. Das würde er vielleicht als beleidigend empfinden. Aber ein Shampoo. Das war's! Ein Shampoo konnte er auch gut vertragen, und das konnte man verschenken, ohne dass es einen gleich beleidigte. Vielleicht zusammen mit einem Duschgel. Genau, das würde sie machen.

Nach der Schule traf sie Nico. Als er sie fragte, ob sie am Nachmittag zusammen lesen wollten, sagte sie: „Ja, gern. Aber erst ein bisschen später. Ich muss heute erst mal in die Drogerie, ein Wichtelgeschenk besorgen. Wir wichteln in der Klasse."

„Ach so", meinte Nico. „Ja, wir wichteln auch. In der Klasse, im Fußballverein und in der Jugendgruppe der Gemeinde. Außerdem wichteln wir noch in der AG und unter den Mitarbeitern der Sonntagsschulklassen! Also habe ich letzte Woche gefühlte fünfundzwanzig Wichtelgeschenke besorgt und mein letztes Taschengeld dafür ausgegeben."

„Oh!" Michaela schaute ihn mitleidig an. Plötzlich kam es ihr gar nicht mehr so schlimm vor, ein Shampoo für Freddy Schröder zu kaufen.

Am Nachmittag machte Michaela sich auf den Weg zur Drogerie. Sie riss die Augen weit auf, als sie sah, dass scheinbar die halbe Klasse dort versammelt war. Anscheinend war sie nicht die einzige, die die Idee hatte, ihr Wichtelgeschenk dort zu besorgen.

Das war ihr dann doch zu blöd. Shampoo und Duschgel würde sie auch im Supermarkt bekommen. Also verließ sie den Laden wieder und ging zum nächstgelegenen Supermarkt.

Dort suchte sie in der Drogerie-Abteilung nach den geeigneten Sachen. Doch das war nicht so einfach. Sie kannte sich mit Herren-Duschgel einfach nicht aus. Beim Shampoo ging es ja noch. Da wählte sie einfach eins mit der Aufschrift: Für stark fettendes Haar. Aber beim Duschgel, was sollte sie da nehmen? Was Sportliches? Der Typ wirkte überhaupt nicht sportlich. Egal. Sie nahm einfach irgendeins und ging damit zur Kasse.

Als sie alles bezahlt hatte, packte sie die Sachen in ihre Tasche und wollte sich auf den Weg zu Nico machen. Doch plötzlich sah sie Emilia auf der anderen Straßenseite. Mit gesenktem Kopf und ungekämmten Haaren. Michaela wurde von Mitgefühl erfasst. Das war ja kaum noch mit anzusehen, wie dieses Mädel aussah! Für einen Moment wünschte sie sich fast die alte zickige und total durchgestylte Emilia wieder zurück. Sie überlegte, ob sie einfach mal auf sie zugehen und sie fragen sollte, was mit ihr los war. Doch da bog Emilia in einen kleinen Seitenweg ab.

Kurzentschlossen folgte Michaela ihr. Natürlich mit einem gewissen Abstand. Sie wollte nicht, dass Emilia sie sofort sah.

Der Weg führte am Spielplatz vorbei. Dort hielt Emilia an und ging zielstrebig auf eine junge Frau zu. Die beiden umarmten sich und setzten sich gemeinsam auf eine Bank in die Nachmittagssonne, die für diese Jahreszeit ungewöhnlich warm schien. Michaela riss die Augen weit auf, als sie sah, mit wem Emilia sich nun angeregt unterhielt. Konnte das wirklich sein? Noch einmal blinzelte sie und schaute, ob sie wirklich richtig gesehen hatte. Aber es gab keinen Zweifel: Die Frau, mit der Emilia sich dort getroffen hatte, war Tante Nadine! Unwillkürlich hielt Michaela nach Pia Ausschau. Passte Nadine überhaupt auf sie auf? Doch die Kleine spielte friedlich im Sandkasten des Spielplatzes. Viele Kinder waren bei diesem ungewöhnlich milden Wetter dort. Pia fühlte sich in ihrer Gesellschaft sichtlich wohl.

Michaela kehrte um. Auf keinen Fall wollte sie von Emilia oder auch nur von Nadine oder Pia gesehen werden. Die ganze Zeit überlegte sie, woher, um alles in der Welt, Tante Nadine und Emilia sich kennen konnten! Doch so sehr sie auch überlegte, ihr kam einfach keine Idee!

Noch als sie bereits mit Nico vor dem Notebook saß und anfangen wollte zu lesen, musste sie darüber nachdenken. Nico, der merkte, dass sie mit ihren Gedanken woanders war, fragte: „Was ist los?"

Michaela zuckte zusammen. „Ach nichts", murmelte sie. Was ging sie überhaupt Emilia oder Tante Nadine an?

Schließlich lasen sie gemeinsam die neue Mail, die pünktlich am Nachmittag gekommen war.

XIX. Sheerin

Sheerin kauerte noch immer im Flur und weinte. Er hatte sich nicht die Mühe gemacht, aufzustehen, nachdem sein Vater endlich aufgehört hatte, ihn zu verprügeln. Wozu auch? Sein Leben war gelaufen! Die einzige Person, zu der er gehörte, hatte sich als Feind herausgestellt. Nicht nur, dass sein Vater ihn so grausam verprügelt hatte wie noch nie zuvor. Nein, es war vielmehr, dass Sheerin plötzlich etwas Böses in ihm wahrgenommen hatte. Etwas, was er nie zuvor gesehen hatte. Etwas, das ihm Angst machte. Er war völlig verunsichert. Wenn er seinem Vater, den er sein ganzes Leben lang geliebt und bewundert hatte, nicht mehr vertrauen konnte, wem dann überhaupt noch? Das ganze Leben kam ihm plötzlich so sinnlos vor. Er weinte und weinte, bis er keine Tränen mehr hatte. Danach blieb er regungslos auf dem Boden liegen. Sein Rücken, seine Arme und seine Beine taten ihm weh. Überall hatte sein Vater ihn geschlagen, ja selbst im Gesicht hatte er ihn einmal getroffen mit dem Gürtel. Danach hatte Sheerin seine Arme schützend vor sein Gesicht gehalten. Niemals hätte er gedacht, dass sein Vater ihn einmal so schlagen würde! Doch viel mehr als in seinem Körper tat es in seiner Seele weh. Er fühlte sich, als wäre sein ganzes Leben zerstört.

Der Raum, den Cynthia und Sinayah mit klopfenden Herzen betraten, war anscheinend ein Schlafzimmer. Vorsichtig schauten sie sich nach allen Seiten um. Sie atmeten auf, als sie feststellten, dass niemand im Zimmer war.

In einer Ecke des Raumes stand ein großes Himmelbett mit rot-golden gemusterten Vorhängen. Diese waren jetzt jedoch aufgezogen und das Bett zerwühlt. Über einem großen, gepolsterten Stuhl hingen einige Gewänder. Ein aufgeschlagenes Buch lag auf einem hölzernen Nachttisch. Die Wände waren, passend zum Himmelbett, rot-golden tapeziert und auf dem Fußboden lag ein riesiger, dunkelrot gemusterter Teppich. Dieser war so weich, dass die Füße der Mädchen regelrecht darin versanken. Wieder staunten sie über den Reichtum, den sie hier sahen. Doch sofort erinnerten sie sich wieder daran, dass alle diese Menschen in der Stadt Moroh den König anscheinend nicht wirklich kannten. Und für beide stand fest: Sie würden sich nicht mehr von diesem Reichtum blenden lassen. Kein Reichtum dieser Welt war es wert, ihn gegen die Beziehung zum König einzutauschen!

Leise schlichen sie durch das Schlafzimmer und öffneten eine weitere Tür. Sie führte in ein Treppenhaus. Mit heftig klopfenden Herzen schlichen Cynthia und Sinayah die Treppe hinunter. Sie durchquerten einen holzgetäfelten Flur, von dem viele weitere Türen in verschiedene Zimmer führten. Einige der Türen standen offen, andere waren verschlossen. Die Mädchen fühlten sich sehr unbehaglich, denn sie wussten nicht, in welchem der Zimmer vielleicht Leute sein konnten. Plötzlich hörten sie tatsächlich Schritte hinter einer der Türen. Ohne zu überlegen liefen sie schnell zu einer großen Holztruhe, die in dem Flur stand, und versteckten sich dahinter. Der Spalt zwischen Truhe und Wand war schmal und die Mädchen waren froh, dass sie beide dünn genug waren, um hineinzupassen. Aber es war eng und da die Truhe insgesamt nicht hoch genug war, um die Mädchen vollständig zu bedecken, mussten sie sich sehr verrenken, um nicht gesehen zu werden. Cynthia brach der kalte Schweiß aus. Sie hatte sich so unangenehm verdreht, dass sie wusste, sie würde das nicht lange aushalten. Innerlich schrie sie zu ihrer Taube um Hilfe.

Sinayahs linker Fuß fing an einzuschlafen. Auch sie hoffte inständig, dass sie bald wieder hinter der Truhe hervorkommen konnten. Angestrengt lauschten sie. Schritte gingen im Flur hin und her. Schließlich wurden sie leiser und die Mädchen hörten, wie eine Tür geschlossen wurde. Das war für sie der Startschuss. Schnell krochen sie hinter der Truhe hervor und schlichen wieder zur Treppe. So leise, wie sie konnten, stiegen sie die Stufen hinunter ins Erdgeschoss. Sie standen in einem großen, dunklen Flur. Hinter einer der Türen hörten sie Männerstimmen, die gedämpft miteinander redeten. Sie erschraken. Die Stimmen hörten sich erregt und zornig an. Wie zornig würden sie erst klingen, wenn sie wüssten, dass jemand unerlaubt in ihr Haus eingedrungen war?

Angstschauer jagten ihnen den Rücken hinunter bei der Vorstellung, die Männer könnten jeden Augenblick die Tür öffnen und sie sehen. Voller Panik schauten sie sich um und suchten die Ausgangstür, als sie innehielten und wie angewurzelt stehenblieben. Denn plötzlich nahmen sie direkt vor sich im Flur eine Bewegung wahr. Sie erschraken fürchterlich, denn sie hatten vorher nicht bemerkt, dass außer ihnen jemand hier war. Doch jetzt stieg ihre Angst ins Unermessliche.

Während Sheerin regungslos auf dem Boden lag und über seine verzweifelte Lage nachdachte, kam ihm plötzlich ein Gedanke: Wenn es den König, von dem diese Leute gesprochen hatten, tatsächlich gab, konnte er ihm dann vielleicht helfen?

An diesen Gedanken klammerte er sich wie an einen Lichtstrahl in der völligen Finsternis. Er wusste, es gab für ihn keinen Ausweg. Aber wenn es diesen König tatsächlich gab, und wenn es diese Tauben gab ... Wenn sie zu den Menschen sprechen konnten, dann, ja vielleicht dann ... konnte der König einen Ausweg schaffen, wo es eigentlich keinen gab?

Bei diesem Gedanken setzte er sich auf. Und dann flüsterte er leise: „König, wenn es dich tatsächlich gibt und du mich hören kannst, dann hilf mir bitte!"

Direkt nachdem er das gesagt hatte, hörte er plötzlich ein leises Geräusch auf der Treppe. Erschrocken schaute er nach oben, halb in der Erwartung, den König zu sehen. Doch er sah etwas ganz anderes: Zwei Mädchen schlichen leise die Treppe hinunter. Zuerst war er enttäuscht. Doch dann sah er etwas, das sein Herz schneller schlagen ließ: Jedes der beiden Mädchen hatte eine weiße Taube auf der

Schulter. Er war so fasziniert, dass er regungslos sitzen blieb und die Mädchen mit den Tauben einfach nur anstarrte. Neugierig beobachtete er sie, während sie die Treppen hinunterstiegen und sich umschauten. Er sah, dass die beiden Mädchen sehr ängstlich aussahen. Das wunderte ihn. *Ich glaube, wenn ich eine solche Taube hätte, würde ich mich nie mehr fürchten,* dachte er. Doch dann wurde ihm klar, dass die Mädchen sich tatsächlich in einer äußerst brenzligen Situation befanden. Wenn sein Vater die beiden hier erwischen würde ... Sheerin vermochte sich nicht vorzustellen, was der mit ihnen anstellen würde. Also beschloss er blitzschnell, dass er den beiden helfen musste. Er stand auf und die Mädchen blieben wie angewurzelt stehen. Natürlich, sie hatten ihn vorher nicht bemerkt und erschraken jetzt. Schnell flüsterte er ihnen zu: „Ihr braucht keine Angst vor mir zu haben. Kommt mit, ich bringe euch hier raus!"

So leise er konnte, schlich er voran und die Mädchen folgten ihm. Er beschloss, sie nicht durch die vordere Eingangstür nach draußen zu bringen, sondern durch die Hintertür.

Dort war die Wahrscheinlichkeit, von jemandem gesehen zu werden, geringer. Nachdem er die Tür geöffnet hatte, schaute er sich um. Die Luft war rein. Er gab den Mädchen ein Zeichen und sie folgten ihm über den Hof zu einem der Pferdeställe. Bevor sie eintraten, sagte er zu den Mädchen: „In den Pferdeställen sind immer viele Leute beschäftigt, die sich um die Pferde kümmern. Tut einfach so, als wäre es ganz normal, dass ihr da durch geht. Ihr seid meine Besucher!"

Dann öffnete er die Tür zum Stall und trat ein. Die Mädchen folgten ihm. Tatsächlich waren im Stall viele Menschen beschäftigt. Doch die meisten kümmerten sich nicht großartig um den Jungen und die beiden Mädchen. Nur ein Junge rief erschrocken: „Hey Sheerin, wie siehst du denn aus? Ist was passiert?"

Sheerin tastete erschrocken nach dem roten Striemen in seinem Gesicht. Zusammen mit den Tränenspuren musste er tatsächlich schrecklich aussehen. Er antwortete leise: „Reden wir später darüber. Ich muss mich jetzt erst mal um meinen Besuch kümmern!" Damit ging er weiter und die Mädchen folgten ihm, beobachtet von dem Jungen, der ihnen mit weit aufgerissenen Augen hinterher starrte.

Sheerin führte die Mädchen aus dem Stallgebäude heraus, durch eine Sattelkammer in eine große Scheune. Sie gingen hindurch und ließen sich in einer Ecke der Scheune im Heu nieder. „Hier dürften wir ungestört sein", sagte Sheerin. „Und jetzt erzählt mir bitte alles über euch – warum ihr hier seid, und wohin ihr wollt. Und bitte erzählt mir auch alles über den König und die Tauben!"

XX. Unerwartete Begegnungen

Inzwischen hatte sich tiefe Dunkelheit über Moroh gelegt. Die Straßen der Stadt waren verlassen und alles war still. Eine Mondsichel stand am Himmel, doch ihr Licht drang nicht bis nach unten in den Brunnenschacht hinein.

Gwinon fühlte sich fürchterlich. Die Schläger hatten ihn übel zugerichtet. Er hatte das Gefühl, dass jeder einzelne Teil seines Körpers ihm wehtat. In seinem Mund hatte er den Geschmack von Blut. Ihm war speiübel. Doch was ihn noch stärker belastete, war das Gefühl, versagt zu haben.

Er war doch der Älteste der Gruppe, der einzige Erwachsene. Er hatte die Verantwortung gehabt, auf die anderen aufzupassen. Erst recht, wo Berolunth nicht dabei sein konnte. Es hatte allein an ihm gelegen. Und er hatte es nicht geschafft. Er und die beiden Jungen waren in diesem Brunnenschacht. Wo Jotan war, wusste er nicht. Wo Jakob war, sowieso nicht. Und das Schlimmste war: Er hatte auch keine Ahnung, was mit den beiden Mädchen passiert war! Waren sie in Sicherheit? Würde er sie je wiederfinden, wenn er irgendwie die Gelegenheit bekommen würde, hier rauszukommen?

Was am Anfang ein wichtiger und spannender Auftrag des Königs gewesen war, hatte sich zur größten Niederlage seines Lebens entwickelt. Nun war alles verloren. Wie grauer Nebel hüllten Niedergeschlagenheit und Verzweiflung ihn ein, schlimmer, als er es jemals vorher erlebt hatte. Er spürte, wie die Taube mit ihm reden wollte, doch er konnte sie nicht verstehen. Irgendwie drang ihre Stimme nicht zu ihm durch. Der Verzweiflungsnebel um ihn herum war einfach zu stark.

Plötzlich spürte er, wie Emith eine Hand auf seine Schulter legte. Wie gut tat ihm diese Berührung. Sie zeigte ihm, dass er nicht allein war.

Nach dem Essen beschloss Berolunth, dass er nun ein Risiko eingehen und den Alten nach seinen Freunden fragen sollte. „Sind hier vor kurzem ein Mann, vier Jungen und zwei Mädchen aus Colorania vorbeigekommen?", fragte er unvermittelt und beobachtete den Alten scharf.

Doch der Alte antwortete nur gleichmütig. „Und wenn es so wäre, welchen Grund könnte es geben, dass ich euch darüber Auskunft geben müsste?"

„Nur den einen, dass das meine Freunde sind und ich Grund zur Annahme habe, dass sie in Gefahr sein könnten", erwiderte Berolunth.

Jetzt hatte er die Aufmerksamkeit des Alten. „Ja, es ist vor kurzem eine Gruppe aus Colorania bei mir gewesen, auf die eure Beschreibung zutrifft", sagte er vorsichtig.

„Sie haben ebenfalls bei mir gespeist und sind anschließend nach Moroh weitergezogen."

„Nach Moroh?" Berolunth runzelte die Stirn. Die Stadt hatte nicht den besten Ruf.

„Sie hatten ihre Lebensmittelvorräte verloren und wollten in Moroh neue einkaufen", erklärte der Alte. Er verschwieg wohlweislich, dass nicht vier, sondern drei Jungen bei ihm gewesen waren. Und dass ein Junge jetzt noch da war. Doch in seinem Inneren kämpfte es. Sollte er dem Fremden vertrauen? Und sollte er ihm von dem Jungen erzählen? Würde er den Jungen dann verlieren?

Doch plötzlich geschah etwas, womit er nicht gerechnet hatte. Die Tür öffnete sich und der Junge kam vorsichtig heraus. Er stand mit zerzausten Haaren vor ihnen und starrte den Fremden mit großen Augen an. Berolunth starrte den Jungen ebenfalls an. „Jakob?", fragte er verunsichert.

Er kannte Jakob nicht besonders gut, denn Jakob war bei den bisherigen Reisen nicht dabei gewesen. Aber er war ihm gelegentlich begegnet. Und die Ähnlichkeit mit Johrin und Jotan war auch unverkennbar. Je länger er den Jungen betrachtete, desto sicherer war Berolunth, dass es Jakob sein musste. Doch warum reagierte der Junge so komisch?

„Jakob ...", murmelte der Junge nachdenklich. „Jakob." Er schaute Berolunth zögernd an, als suche er nach irgendeiner Information in seinem Gesicht.

Berolunth war irritiert. Erkannte der Junge ihn nicht? Er schaute prüfend von Jakob zu dem Alten und wieder zurück. Schließlich erklärte der Alte zögernd: „Ich fand den Jungen halbtot im Strom. Er ist mit der Brücke in die Tiefe gestürzt. Nur ein Baumstamm, der sich zwischen zwei Steinen verkeilt hatte, hielt ihn davor zurück, die Shan-Fälle heruntergetrieben zu werden. Er hat bei dem Unfall sein Gedächtnis verloren. Vielleicht könnt Ihr ihm helfen, es wiederzuerlangen."

Berolunth schluckte. Das waren keine guten Nachrichten. Jakob die Brücke herabgestürzt? Er dankte im Stillen dem König, dass er Jakobs Leben bewahrt hatte. Doch was war mit den anderen? Noch einmal wandte er sich an den Alten: „Aber die anderen sind ganz sicher hier gewesen und dann nach Moroh geritten?"

Der Alte nickte. „Ja. Sie haben auch nach dem Jungen gesucht", gab er zu. „Aber ich habe ihnen nichts verraten, weil ich mir nicht sicher war, ob ich ihnen trauen kann. Denn kurz vorher waren schon mal drei Männer da, die komische Fragen stellten, und die wirkten alles andere als vertrauenswürdig!"

Berolunth blickte alarmiert auf. „Drei Männer?", fragte er. „War einer von ihnen besonders groß?"

Der Alte nickte.

„Das sind die Männer, die uns nach dem Leben trachten. Die aller Wahrscheinlichkeit nach auch die Brücke zerstört haben." Er wandte sich nun wieder Jakob zu. „Was machen wir denn jetzt mit dir?", fragte er. „Ich schätze, ich muss dir erst mal einiges über dich erzählen."

„Wie wär's, wenn Ihr heute Nacht mein Gast bleibt, genau wie der Junge?", schlug der Alte vor. „Ich habe zwar nicht viel Platz, aber es wird schon irgendwie gehen."

„Ich brauche nicht viel Platz und ich nehme Euer Angebot gerne an", sagte Berolunth und wandte sich dann an Jakob: „Und nun wollen wir mal versuchen, deinem Gedächtnis auf die Sprünge zu helfen."

Auf einmal nahm Gwinon auch die Stimme der Taube wieder wahr. Sie forderte ihn auf: „Schau mich an!"

Mühsam drehte er den Kopf in ihre Richtung. Jede Bewegung tat ihm weh.

Doch als er in ihre Augen sah, sah er den König darin. Und plötzlich fühlte er sich wie hineingezogen in diese Augen. Er schien hineinzufliegen, während er gleichzeitig seinen Körper im Brunnenschacht liegen sah. Dann verschwamm alles um ihn herum, und als er wieder klar sehen konnte, stand er vor dem König auf einer wunderschönen grünen Wiese im Sonnenschein. Er erschrak, denn all sein Versagen wurde ihm auf der Stelle wieder bewusst. So konnte er doch nicht vor den König treten. Schnell wollte er sich umdrehen und weglaufen, ja, er wollte sich verstecken. Doch der König sagte: „Gwinon."

Etwas in seiner Stimme veranlasste Gwinon, doch stehenzubleiben. Der König trat auf ihn zu. Vorsichtig hob Gwinon den Kopf und sah ihm in die Augen. Und da sah er etwas, was er ganz und gar nicht erwartet hatte: Der König weinte. Große Tränen flossen aus seinen Augen und glitzerten wie Diamanten auf seiner Wange. Da konnte Gwinon nicht anders, er musste auch weinen. Er fiel dem König in die Arme und die Tränen des Königs flossen auf ihn herab. Gwinon spürte, dass der König nicht weinte, weil er über Gwinons Versagen traurig war, sondern er weinte voll Mitgefühl mit ihm. Plötzlich schien es ihm, als würden diese Tränen zu einer warmen Dusche, die sowohl über ihn floss als auch in ihn hinein. Und diese Dusche hatte eine heilende Wirkung. Gwinon fühlte, wie in seinem Inneren eine Last von seiner Seele gewaschen wurde. Außerdem spürte er, wie seine Schmerzen nachließen. Er fühlte sich so gut, dass er am liebsten nie wieder aus dieser Umarmung des Königs weggehen wollte. Doch irgendwann verschwamm erneut alles vor Gwinons Augen und er lag wieder auf dem Boden des Brunnens. Aber etwas war anders als vorher: Er wusste wieder, dass der König ihn liebte und ihn niemals aufgeben würde, egal, wie sehr er auch versagt haben mochte. Und noch etwas stellte er fest: Ihm tat nichts mehr weh. Erstaunt setzte er sich auf. Auch diese Bewegung schmerzte nicht. Der König hatte ihn geheilt! Vor lauter Freude fing er an, ein Lied für den König zu singen. Emith und Johrin blickten ihn erstaunt an. Da flüsterte ihm die Taube ins Ohr: „Leg deine beiden Hände auf Emith und Johrin."

Gwinon gehorchte, und in dem Moment spürte er, wie ein warmer Strom durch seine Hände floss, der ihn irgendwie an die Tränendusche des Königs erinnerte. Einen Augenblick später setzten auch Emith und Johrin sich auf und stimmten in das Lied des Königs mit ein. Sie hörten erst

auf zu singen, als sie oben am Rand des Brunnens ein Geräusch hörten.

Auf dem Rückweg von Nico machte Michaela einen kleinen Umweg. Sie wollte sehen, ob Emilia und Tante Nadine immer noch auf dem Spielplatz waren. Zwar konnte sie es sich nicht vorstellen, aber irgendwie musste sie sich einfach noch mal vergewissern.

Michaela freute sich schon wieder auf den Frühling. Sie mochte es überhaupt nicht, dass es immer schon so früh dunkel wurde. Wenigstens wurde die Umgebung durch viele Lichterketten erleuchtet, die in den verschiedensten Farben überall an den Häusern strahlten. Gerade kam sie an einer Ecke vorbei, die besonders auffallend geschmückt war. Es waren jedes Jahr die gleichen Häuser, die am buntesten erstrahlten. Michaela fragte sich, ob deren Besitzer einen Wettbewerb miteinander hatten. Insbesondere zwei Häuser, die direkt nebeneinander standen, sahen so aus, als wollten ihre Bewohner sich gegenseitig ausstechen.

Amüsiert beobachtete Michaela einen Seilbahn fahrenden Weihnachtsmann, der das Dach hoch und runter gezogen wurde, und einen blinkenden Rentierschlitten, der auf dem leider nicht schneebedeckten Rasen hin und her fuhr, diverse bunt blinkende Sterne und grinsende Plastikschneemänner mit leuchtenden Nasen.

Dann kam sie in Gegenden mit etwas weniger Lichterglanz, und schließlich bog sie in den dunklen Weg ein, der zum Spielplatz führte. Natürlich war jetzt kein Mensch mehr dort. Um die Zeit ging man einfach nicht mehr auf den Spielplatz. Aber dann sah Michaela auf dem Weg vor sich einen glühenden Zigarettenstummel. Neugierig schaute sie hin. Irgendjemand musste ihn gerade erst dorthin geschmissen haben. Michaela beobachtete, wie er ausging. Alles war still um sie herum. Plötzlich bekam sie Angst und sie fand es gar nicht mehr gut, hier ganz allein im Dunkeln zu sein. Schnell wollte sie nach Hause gehen. Doch plötzlich hörte sie leise Stimmen hinter einem Gebüsch. Der Weg machte gerade eine Biegung und die Sicht auf seinen weiteren Verlauf wurde vom Gebüsch verdeckt. Michaela blieb wie angewurzelt stehen. Sie hörte eine flehende Mädchenstimme: „Bitte, das kannst du nicht machen!"

War das nicht tatsächlich Emilias Stimme? Michaela hielt den Atem an.

„Und ob ich das kann!", sagte eine tiefe Stimme. „Kommt, Jungs!"

Daraufhin knatterten Motoren auf, und plötzlich kamen vier Typen mit Motorrädern um die Ecke gerast. Michaela musste schnell zur Seite springen, sonst hätten sie sie glatt überfahren. Sie keuchte erschrocken. Dann ging sie um die Ecke und hielt nach Emilia Ausschau. Doch sie war nirgendwo zu sehen.

Als der Lärm der Motorräder verklungen war, konnte Michaela Schritte hören, die sich hastig entfernten. Sie schaute in die Richtung und sah, wie jemand rasch weglief. Doch sie konnte nicht erkennen, ob es Emilia war. Zögernd drehte sie sich um und ging nach Hause.

Als sie zu Hause angekommen war, beobachtete sie ihre Tante scharf. Vor kurzem hatte sie angefangen, sie zu mögen, doch jetzt fragte sie sich, ob Nadine etwas vor ihr zu verbergen hatte. Was hatte sie mit Emilia und der ganzen Sache zu tun? Und woher kannten die beiden sich?

Doch ihre Tante verhielt sich wie immer. Ihr war nichts anzumerken. Entweder wusste sie nicht, dass Emilia irgendein Geheimnis hatte, oder sie war eine gute Schauspielerin, entschied Michaela.

Schockierende Enthüllungen

Der nächste Tag war ein Samstag und somit erfreulicherweise schulfrei. Zu ihrer Überraschung sah Michaela, dass Nadine sich gleich nach dem Frühstück in der Küche zu schaffen machte.

„Nanu? Was machst du denn da?“, fragte sie neugierig.

„Ich habe beschlossen, dass ich mich ja auch mal nützlich machen kann! Und da ich die letzten Tage mit ansehen musste, dass ihr euch ziemlich ungesund ernährt, habe ich beschlossen, dass ich ab jetzt die Zubereitung des Essens übernehme!“

„Oh.“ Michaela wusste nicht, was sie sagen sollte. Sie hatten sich in der letzten Zeit eigentlich gesünder ernährt als sonst, denn jetzt, wo ihre Mutter Urlaub hatte, gab es wenigstens jeden Tag Selbstgekochtes statt Fertiggerichte.

Schließlich sagte sie einfach: „Das ist ja nett von dir.“

Mirko beobachtete interessiert, wie sich die Wohnung immer mehr füllte. Onkel, Tanten, Cousins und Cousinen trafen in großer Anzahl ein. Manchmal nervte es ihn, dass er so eine große Verwandtschaft hatte, aber manchmal genoss er es auch. Heute wurde der Geburtstag seines Vaters gefeiert und so kamen alle wieder einmal zusammen. Mirko hatte sich immer gefragt, wie sein Vater als Kind damit klargekommen war, so kurz vor Weihnachten Geburtstag zu haben. Aber heute beschäftigte ihn etwas anderes. Heute wollte er die Gelegenheit nutzen, um Nachforschungen anzustellen. Jetzt waren endlich mal wieder alle zusammen und er wollte unbedingt mehr über Tante Lieselotte in Erfahrung bringen.

Ungeduldig wartete er die ganzen Gratulationen ab und half sogar freiwillig seiner Mutter, damit sie das Essen schneller auf den Tisch bringen konnte.

Schließlich waren alle im Esszimmer versammelt. Das war etwas kleiner als das frühere und die ganzen Leute passten kaum hinein. Irgendwie schafften sie es dann doch, alle unterzubringen. Doch bereits nach einer Viertelstunde fand Mirko die Luft in dem Raum so schneidend, dass sie ihn unwillkürlich an Großtante Lieselotte erinnerte. Das bestärkte ihn natürlich in seinem Anliegen. Während er ein Fenster öffnete, überlegte er, wie er es am geschicktesten anstellen konnte, nach seiner Großtante zu fragen.

Schließlich wartete er einen Augenblick ab, in dem eine allgemeine Redepause entstand und sagte: „Ich frage mich, warum ihr Großtante Lieselotte nie zu solchen Festen einladet!"

In dem Moment, als er das sagte, wurde ihm auch schon bewusst, dass er es doch nicht so geschickt angestellt hatte wie beabsichtigt. Die Atmosphäre fühlte sich ungefähr so an, als habe er gerade eine Ladung Dynamit gezündet. Alle starrten ihn augenblicklich an. Mehrere Stirnen runzelten sich, Augenbrauen zogen sich in die Höhe. Ein betretenes Schweigen breitete sich aus. Schließlich ergriff sein Vater das Wort. „Sohn", sagte er. „Du hast wirklich die seltene Gabe, Unpassendes zu unmöglichen Zeiten zu sagen."

Ein paar der Besucher lächelten jetzt ein wenig gezwungen, während andere ihn immer noch anstarrten. Schließlich fingen einzelne wieder an zu sprechen. Keiner von den Besuchern ging auf Mirkos Frage ein.

Mirko wurde wütend. Er fand es schlichtweg unfair, dass niemand aus der Familie bereit war, ihn über die Vergangenheit aufzuklären! Aber so schnell würde er nicht aufgeben! Er war fest entschlossen, die Wahrheit herauszufinden!

Als Essenszeit war, rief Nadine Michaela und ihre Mutter in die Küche. Die ganze Anrichte war noch voller Obst- und Gemüseschalen und Kochutensilien, und der Fußboden übersät mit Tupperwaren und anderen Küchengegenständen, mit denen Pia in der Zwischenzeit gespielt hatte. Doch der Esstisch war festlich gedeckt. Nadine eilte geschäftig hin und her und holte verschiedene Schüsseln und Gläser, deren Inhalt nicht zu identifizieren war.

„Zuerst kommt das Getränk", erklärte sie und reichte jedem ein Glas mit einer undefinierbaren grau-cremigen Flüssigkeit.

Michaela rümpfte die Nase. „Was ist das?", fragte sie vorsichtshalber.

„Gurke-Paprika-Kartoffel-Radieschen-Smoothie", erklärte Tante Nadine mit stolzgeschwellter Stimme.

„Ich mag keine Radieschen", maulte Michaela, worauf ihre Mutter ihr einen tadelnden Blick zuwarf, der so viel besagte wie: „Wenn du noch ein einziges meckerndes Wort sagst, bekommst du nichts zu Weihnachten", oder so ähnlich.

Daraufhin riss Michaela sich zusammen und nippte vorsichtig an ihrem Getränk. Sie bemühte sich, das Gesicht nicht zu sehr zu verziehen, aber sie war sich nicht sicher, ob ihr das gelang.

Unterdessen stellte Nadine eine Schüssel mit dampfendem Essen auf den Tisch. Nach dem, was sie als Getränk fabriziert hatte, wagte Michaela kaum noch, sich auszumalen, was es wohl zu Essen geben mochte.

Als Nadine jedem eine große Portion auf den Teller klatschte, konnte sich Michaela nicht vorstellen, was das sein sollte. So etwas hatte sie noch nie gesehen. „Und … was ist das?", fragte sie gedehnt.

„Geröstetes Nori mit Chili-Soße", erklärte Nadine.

„Was, um alles in der Welt, ist denn Nori?", fragte Michaela.

„Seegras", erwiderte Nadine schlicht. „Ist sehr gesund, weil es viel Jod enthält."

Michaela bemerkte, dass jetzt selbst Mom skeptisch aussah. Sie warf ihr einen verzweifelten Blick zu. Ihre Mutter erwiderte den Blick und ihre Augen schienen zu sagen: „Okay, ich nehme das mit dem Weihnachtsgeschenk zurück, aber bitte beleidige deine Tante nicht, sie hat sich doch so viel Mühe gegeben!"

Michaelas Blick wanderte sehnsüchtig zu dem Breigläschen von Pia. In dem Moment hätte sie selbst mit ihr gerne getauscht.

Dann aber riss sie sich zusammen und fing an zu essen. Zu ihrer großen Überraschung schmeckte das Essen nicht so furchtbar, wie sie es sich vorgestellt hatte. Nur dem Smoothie konnte sie nach wie vor nichts abgewinnen. Sie ließ ihn einfach stehen, was Nadine mit einem Stirnrunzeln quittierte. Dafür gab es hinterher einen Nachtisch, der ihr sogar recht gut schmeckte. Kokosnusspudding mit Chiasamen. Während Michaela den Pudding löffelte, hielt Nadine einen Vortrag darüber, wie gesund Chiasamen seien. Michaela hörte nur mit halbem Ohr zu, denn sie rechnete aus, wie viele solcher Mahlzeiten sie noch über sich ergehen lassen musste, bis Nadine wieder abreiste. Aber der Pudding hatte wirklich gut geschmeckt, das musste sie ja zugeben. Er hätte für ihren Geschmack noch ein wenig süßer sein können, aber dafür, dass er gesund war, war er ganz okay.

Nach dem Essen kam Nico zu ihr. Eine Weile redeten sie mit Tante Nadine und halfen ihr, die Küche in Ordnung zu bringen. Schließlich saßen sie zusammen und lasen die nächste Colorania-Mail.

XXI. Auf der Flucht

Sheerin hatte den Mädchen mit großen Augen zugehört. Was sie über den König und die Tauben erzählten, hatte ihn völlig in den Bann gezogen. Als sie geendet hatten, gab es für Sheerin nur eins: Er wollte auch so eine Taube und er wollte auch den König kennenlernen.

Als er diese Bitte äußerte, fragte Cynthia sogleich den König durch ihre Taube: „Bitte, lieber König, könntest du auch Sheerin eine Taube schicken?"

Einen Augenblick später sahen die drei begeistert, wie eine weiße Taube angeflogen kam und sich auf Sheerins Schulter niederließ. Sheerin war außer sich vor Freude. Er streckte seine Hand aus und die Taube setzte sich darauf, so dass er sie von allen Seiten betrachten konnte. „Und du bleibst jetzt tatsächlich bei mir?", flüsterte er voller Ehrfurcht.

„Ja, ich bleibe jetzt für immer bei dir", antwortete sie.

Sheerin konnte sein Glück kaum fassen. Immer wieder schaute er die Taube an. Plötzlich sah er etwas in ihren Augen und er hielt vor Staunen den Atem an. Er sah zum ersten Mal den König. Obwohl er ihn noch nie zuvor gesehen hatte, wusste er sofort, dass es der König war. Niemand musste es ihm sagen. Der König sah wunderbar aus und er schaute ihn mit so viel Liebe an, dass Sheerin anfing zu weinen.

Früher hatte ihn sein Vater manchmal liebevoll angeschaut, aber so viel Liebe, wie er jetzt in diesen Augen sah, hatte er noch nie zuvor gesehen. Plötzlich wurde ihm klar, dass es dieser König wert war, dass er sein ganzes bisheriges Leben hinter sich ließ, um ihm zu folgen.

Da erschien ein anderes Bild in den Augen der Taube. Derselbe König, den er eben gesehen hatte, stand gefesselt auf einem Felsen und wurde von Schwarzen Rittern brutal geschlagen, so brutal, dass Sheerin vor Entsetzen den Atem anhielt.

Und die ganze Zeit, während der König weiter und weiter geschlagen wurde, hielt er die Augen auf Sheerin gerichtet und schien zu sagen: „Sheerin, ich liebe dich. Und ich weiß, wie es sich anfühlt, Schmerzen zu haben. Vertrau mir, ich werde immer zu dir halten."

Da begann Sheerin noch mehr zu weinen und er schwor sich, sein ganzes Leben lang diesem wunderbaren König zu dienen.

Plötzlich richtete der König sein Wort an ihn: „Sheerin, ich habe einen Auftrag für dich."

Sheerins Herz klopfte aufgeregt. Der König hatte einen Auftrag für ihn! Wie sehr er sich darüber freute! „Jawohl, mein König", sagte er. „Was kann ich für dich tun?"

„Führe die Mädchen und ihre Freunde so schnell wie möglich aus der Stadt hinaus!", forderte der König ihn auf.

Sheerin schluckte. Das war nicht gerade ein leichter Auftrag. Er überlegte, wie er das am geschicktesten anstellen konnte. Doch er wollte den König auf keinen Fall enttäuschen. „Jawohl, mein König", sagte er wieder, wie ein Soldat, der mit seinem Vorgesetzten redet. „Auftrag wird ausgeführt!" Und in dem Moment kam ihm auch eine Idee.

Gwinon, Johrin und Emith schauten überrascht nach oben, als drei Köpfe zu ihnen hinunterschauten und eine Strickleiter herabgeworfen wurde. Sie konnten die Gesichter nicht erkennen, sahen aber drei leuchtende Tauben auf den Schultern und freuten sich. Dann hörten sie Cynthias

Stimme: „Steigt die Strickleiter rauf, schnell, wir bringen euch hier raus!"

Das ließen sich die drei nicht zweimal sagen! So schnell sie konnten, machten sie sich auf den Weg nach oben.

Cynthia stellte ihnen Sheerin kurz vor, doch sie verloren keine Zeit für lange Erklärungen. Alle wussten, wie wichtig es war, jetzt so schnell wie möglich aus der Stadt herauszukommen.

Sheerin schlich voran. Wie gut, dass er die Stadt wie seine Westentasche kannte. Und er kannte auch die Gegenden, die er eigentlich nicht hätte kennen sollen, wenn es nach seinem Vater gegangen wäre. Doch er war als Kind nicht immer gehorsam gewesen und hatte mit seinen Freunden die ganze Stadt durchstreift, jeden Winkel. Und auch das Stadtviertel, in das er seine neuen Freunde jetzt führte. Ein Stadtviertel, das es in einer Stadt wie Moroh eigentlich nicht geben sollte.

Als die Coloranier sahen, wie es hier aussah, waren sie entsetzt. „Ich dachte, alle Leute sind hier reich?", flüsterte Emith.

„Die meisten schon, aber nicht alle."

Cynthia schaute sich um mit einer Mischung aus Mitleid und Abscheu. Die Häuser hier waren verfallen, Farbe blätterte von den Wänden, Müll lag auf den Straßen. Ratten huschten hin und her und suchten in dem Müll, der überall herumlag, nach Essbarem. Es war nicht zu übersehen, dass die Menschen, die hier lebten, bettelarm waren.

Plötzlich blieb Sheerin wie angewurzelt stehen. „Psst", machte er. Dann befahl er ihnen, sich hinter einer Mauer zu ducken. So schnell sie konnten, ließen sie sich dahinter nieder. Cynthia unterdrückte einen Aufschrei, als etwas über ihren Fuß huschte. Sie schüttelte sich. Diese Ratten waren einfach widerlich! So schnell wie möglich wollte sie hier weg! Sheerin lauschte noch eine Weile, und als alles still blieb, gab er ihnen das Signal, dass sie wieder aufbrechen konnten.

Sie schlichen kreuz und quer durch dunkle, stinkende Seitenstraßen und schmale Gassen.

„Wo führst du uns eigentlich hin?", frage Johrin nach einer Weile.

„Zu der einzigen Stelle, wo wir unentdeckt die Stadt verlassen können", antwortete Sheerin, während er sich wachsam nach allen Seiten umschaute. „Ich hoffe, ich finde das richtige Haus. Ich bin seit Jahren nicht mehr dort gewesen."

Er blieb stehen und überlegte. Dann kletterte er über einen Steinhaufen. „Kommt mit", forderte er sie leise auf. „Ich glaube, da drüben ist es!" Zielstrebig ging er auf ein Haus zu und öffnete vorsichtig die Eingangstür.

„Sind die Türen hier denn gar nicht abgeschlossen?", wunderte sich Sinayah.

„In diesen Häusern gibt's nichts zu stehlen", erklärte Sheerin, während er ihnen die Tür aufhielt. „Und so etwas Teures wie Türschlösser können sich die Menschen hier auch gar nicht leisten."

Als alle in dem dunklen, übel riechenden Treppenhaus standen, ging Sheerin eine Treppe nach unten in den Keller. Dort öffnete er wieder eine Tür und schaute sich aufmerksam um. Nach einer Weile sagte er kleinlaut: „Ich glaube, das war doch das falsche Haus!"

Alle drehten sich um und wollten gerade das Haus verlassen, als sie eine drohende Stimme hörten: „Was habt ihr hier zu suchen?"

Jotan saß mit Suleika und mehreren ihrer Freunde in einem der vielen Wirtshäuser der Stadt. Die Stimmung war ausgelassen. Alle aßen wieder von den besten Spezialitäten der Stadt und tranken viele süße Getränke, die angeblich ein angenehmes Vergessen auslösen sollten. Und vergessen wollte Jotan. Er wollte die ganze elende Vergangenheit vergessen. Sein Versagen an Jakob, mit dem alles angefangen hatte. Sein Versagen an Johrin, Emith und Gwinon, die jetzt des Diebstahls verdächtigt wurden. Sein Versagen an den Mädchen, von denen er immer noch nicht wusste, wo sie nun waren. Sein Versagen an dem König selbst – halt, er wollte ja nicht mehr an den König denken! Suleika hatte ihm beigebracht, dass es nicht zeitgemäß war, den König näher zu kennen. In früheren Zeiten, lange bevor Jotan überhaupt geboren wurde, sollte es Leute gegeben haben, die den König persönlich kannten. Doch heutzutage nicht mehr!

Jotan atmete tief durch. Er wiederholte innerlich immer wieder die Worte von Suleika. Denn wenn sie recht hatte, dann hatte er wenigstens am König nicht versagt. Und damit war er eine große Last los! Die Last, an seinen Geschwistern und Freunden versagt zu haben, war schon schwer genug. Die konnte er auf diese Art nicht loswerden. Darum trank er noch eins von diesen hilfreichen Getränken. Er hoffte, dadurch alles vergessen zu können. Doch plötzlich geschah etwas, das ihm das ganze Geschehen ruckartig wieder ins Gedächtnis rief. Ein Mann öffnete die Tür und rief mit lauter Stimme: „Die Gefangenen sind aus dem Brunnen entkommen! Wir müssen einen Verräter in der Stadt haben! Los, helft mit! Durchkämmt die ganze Stadt! Fragt überall herum, wir müssen sie unbedingt so schnell wie möglich finden!"

Nico und Michaela wurden beim Lesen unterbrochen, als sie im Flur lautes Kreischen hörten. Erschrocken riss Michaela die Zimmertür auf. Nadine spielte mit Pia Fangen und die Kleine kreischte vor Vergnügen.

Als Nadine sah, dass Michaela und Nico dastanden, fragte sie erschrocken: „Oh, stören wir euch?"

Michaela wollte gerade mit Ja antworten, aber Nico kam ihr zuvor. „Nein, überhaupt nicht", antwortete er.

Nadine strahlte zufrieden. „Na, dann ist ja gut", meinte sie und jagte Pia weiter durch den Flur.

Michaela beobachtete sie kopfschüttelnd. „Macht dir das Spaß?", fragte sie nach einer Weile.

„Spaß?" Nadine hielt mitten in der Bewegung inne und sagte erstaunt: „Na, das Fangenspielen an sich nicht unbedingt. Aber siehst du nicht, wie glücklich Pia dabei ist? Und nichts macht mich glücklicher als zu sehen, dass es ihr gut geht!"

Michaela sah ihr nachdenklich zu, wie sie fortfuhr, mit Pia im Flur herumzujagen.

Am Abend, als alle Gäste weg waren, stellte Mirkos Vater ihn zur Rede. „Warum musstest du mir den Geburtstag verderben, indem du Tante Lieselotte erwähntest?", fragte er missmutig. „Keiner von meinen Gästen wollte an sie erinnert werden. Und ich frage mich, wie du überhaupt darauf kommst, an sie zu denken!"

„Und ich frage mich, wie ihr alle darauf kommt, *nicht* an sie zu denken! Ich meine, immerhin gehört sie zur Familie!", erwiderte Mirko hitzig.

„Es war ihre eigene Entscheidung, mein Sohn. Sie wollte genauso wenig mit uns zu tun haben, wie wir mit ihr. Sie war einfach schon immer ein wenig schrullig!", erklärte der Vater, immer noch mit schärferem Tonfall, als er für gewöhnlich anschlug.

Plötzlich schaltete sich Mirkos Mutter ein und sagte zu seiner großen Überraschung mit leiser Stimme: „Vielleicht hat der Junge in diesem Fall aber sogar recht. Keiner von uns hat sich jemals die Mühe gemacht, zu versuchen, den Kontakt wieder herzustellen", sagte sie.

Mirkos Vater schaute seine Frau wie vom Donner gerührt an. „Aber Moni", schimpfte er entrüstet. „Du weißt doch, dass sie nicht richtig im Kopf ist ..."

„Wer sagt denn das?", widersprach Mirkos Mutter hitzig. „Nur weil sie eine Zeit lang in der Psychiatrie war, heißt das doch wohl nicht, dass sie *nicht richtig im Kopf* ist! Was für Vorurteile hast du eigentlich?" Nun klang sie richtig wütend. Mirko schaute interessiert zwischen seinen Eltern hin und her. Das Gespräch wurde ja immer interessanter. Tante Lieselotte war also eine Zeit lang in der Psychiatrie gewesen. Das war ja schon mal eine interessante Information.

Und dass seine Eltern jetzt anfingen, sich ihretwegen zu streiten, bestätigte Mirko in der Annahme, dass die ganze Geschichte um seine Großtante weit mehr Zündstoff in sich barg, als er bisher vermutet hatte. Doch die größte Bombe ließ sein Vater jetzt platzen, als er mit eisiger Stimme sagte: „Ach ja? Und dass sie einen Mord auf dem Gewissen hat, ist das etwa auch ein Vorurteil?"

Mirko schnappte vor Entsetzen nach Luft.

Als Nadine Pia genug gejagt hatte, ließ sie sich mit ihrer Tochter im Wohnzimmer vor dem Fernseher nieder. Michaela und Nico gingen wieder in Michaelas Zimmer und lasen weiter.

XXII. In großer Angst

Alle hielten erschrocken an. Vor ihnen stand ein langer, dünner Kerl, der sie finster anstarrte. Doch Sheerin sagte furchtlos: „Komm schon, lass uns durch. Wir haben uns im Haus geirrt!"

Der Kerl grinste und bewegte sich nicht von der Stelle. „Welches Haus suchst du denn?", fragte er. „Unter Umständen könnte ich euch helfen." Er musterte den Jungen von oben bis unten. Sein Blick blieb an dem goldenen Fingerring hängen, den Sheerin an seiner Hand trug. Sheerin schluckte. Das war der Siegelring seines Vaters. Die einzige Erinnerung, die er an sein Zuhause mitnehmen wollte.

„Kannst du uns überhaupt helfen?", fragte er.

„Ich kenne diese Gegend wie meine Westentasche, wie man so schön sagt. Mal abgesehen davon, dass ich keine Weste besitze. Aber vielleicht kann ich mir ja bald eine leisten!" Er grinste noch breiter und streckte seine Hand nach dem Ring aus.

„Hände weg", sagte Sheerin frech. „Erst musst du beweisen, dass du uns wirklich helfen kannst, und dann können wir meinetwegen über den Ring reden!"

In dem Moment hörten sie draußen Pferdehufe und leise Stimmen. Alle erschraken. Sie hätten eigentlich längst weg sein müssen. Suchte man etwa schon nach ihnen?"

Sheerin senkte seine Stimme zu einem so leisen Flüstern, dass man es kaum hören konnte: „Zeig uns den Weg zu dem Haus mit dem Gang unter der Mauer!"

Der Kerl nickte und bedeutete ihnen, ihm zu folgen. Sie warteten kurz, bis von den Reitern nichts mehr zu hören war. Dann verließen sie das Haus und schlichen, so leise sie konnten, auf die Straße zurück. Sie duckten sich an der Mauer entlang und bogen in eine weitere Straße ein. Auf einmal hörten sie wieder Reiter, die sich von hinten näherten. Schnell huschten sie in einen weiteren Hauseingang und versteckten sich in dem stinkenden Hausflur. Die Reiter hielten an. Plötzlich vernahm Sheerin zu seinem großen Schrecken die Stimme seines Vaters, der sagte: „Ich schäme mich so für meinen Sohn, dass er sich mit Verrätern zusammengetan hat!"

Eine andere Stimme antwortete: „Das glaube ich dir gern. Aber wir werden sie bestimmt bald finden und dann kannst du alles aus ihm herausprügeln. Ich bin mir sicher, das wirst du gut hinkriegen!" Er lachte hämisch.

Sheerins Vater antwortete nachdenklich: „Ich weiß nicht. Ich hab' ihn heute schon so verprügelt wie noch niemals zuvor. Das scheint nicht viel genützt zu haben."

„Mach dir nichts draus", kam die Antwort. „Dann musst du halt *noch* härter prügeln. Irgendwann wirst du ihn kleinkriegen."

„Du hast recht. Ich werde ihn kleinkriegen. Und jetzt werde ich ihn erst mal finden!" In der Stimme seines Vaters lag finstere Entschlossenheit.

Sheerin lief ein eiskalter Schauer über den Rücken. Er zitterte am ganzen Körper. Und gleichzeitig war er tief empört. War das sein Vater, von dem er immer geglaubt hatte, dass er ihn lieben würde? Und jetzt ging es ihm nur noch darum, ihn *kleinzukriegen*? Ihm wurde speiübel. Plötzlich spürte er eine sanfte Berührung an seiner Wange. Die Taube. Er hatte in dem Moment fast schon wieder vergessen, dass sie da war. Doch jetzt tröstete ihre Berührung ihn. Er atmete tief durch.

„Vielleicht haben sie sich in einem der Häuser versteckt?", überlegte Sheerins Vater. Sheerin erschrak noch mehr. Unwillkürlich wich er ein Stück nach hinten.

Auch die anderen hielten den Atem an. Alle flehten insgeheim den König an, sie zu beschützen.

Plötzlich sagte der andere Mann, mit dem Sheerins Vater unterwegs war: „Das glaube ich nicht. Hier ist doch keiner. Komm, lass uns woanders suchen."

Wortlos trieben die beiden ihre Pferde an und ritten weiter. Die leisen, aber aus tiefstem Herzen kommenden Seufzer der Erleichterung von sechs Leuten in einem stinkenden Hausflur nahmen sie nicht wahr.

Als die Reiter weit genug weg waren, schlichen die sechs Freunde, angeführt von dem langen, dünnen Kerl, aus dem Haus heraus auf die Straße. Der Dünne führte sie zielstrebig weiter, an anderen verfallenen Häusern vorbei und in eine weitere dunkle Straße. Dann hielt er vor einem Haus an. „Hier ist es", sagte er. „Gib mir den Ring."

„Moment, erst will ich sehen, ob es stimmt", sagte Sheerin und verschwand im Keller. Einen Augenblick später war er wieder da und zog den Ring vom Finger. „Alles klar", sagte er und gab ihn dem Dünnen, woraufhin der mit einem zufriedenen Grinsen in der Dunkelheit verschwand.

„Los, kommt schnell", forderte Sheerin sie auf.

Sie folgten ihm in den Keller. Dort sahen sie eine geöffnete Falltür. „Hier müssen wir rein", sagte Sheerin und ließ sich nach unten gleiten. Cynthia sah angewidert in das dunkle Loch. „Gibt es da Ratten?", fragte sie.

„Egal, wir haben keine andere Wahl", erwiderte Emith. „Los, komm." Er stieg hinterher. Zögernd folgten ihm schließlich die beiden Mädchen, danach Johrin und als letzter Gwinon.

Der Gang war eng, feucht und dunkel. Doch die Tauben erleuchteten alles hell, so dass die sechs Freunde gut sehen konnten. Leider blieb ihnen dadurch auch nicht erspart, große Spinnen, Ratten, Mäuse und anderes Ungeziefer zu sehen. Ein paarmal kostete es insbesondere Cynthia sehr viel Überwindung, weiterzugehen. Doch wenigstens war der Gang nicht zu lang, schon nach kurzer Zeit ging es wieder bergauf, und alle sechs stiegen wohlbehalten und erleichtert aus dem Gang hinaus an die frische Luft. Hinter ihnen lag die Stadtmauer und vor ihnen freies Feld. Unzählige Sterne glitzerten am Himmel. Sheerins Herz klopfte aufgeregt. Noch nie war er aus der Stadt herausgekommen und er war gespannt auf die Abenteuer, die vor ihm lagen. Begeistert wollte er losstapfen. Doch die anderen blieben unschlüssig stehen. Jetzt, wo sie ihr drängendstes Problem gelöst hatten, nämlich aus der Stadt herauszukommen, wurde ihnen erst bewusst, dass sie noch eine Menge anderer Probleme hatten: Sie hatten keine Pferde mehr und sie hatten nichts zu essen und zu trinken dabei.

XXIII. Ein Wiehern in der Nacht

Am nächsten Morgen wachte Jotan mit Kopfschmerzen auf. Er hatte viel zu viel von dem Zeug getrunken, das ihm angeblich helfen sollte, seine Probleme zu vergessen. Doch alle seine Probleme waren noch da, er hatte nicht ein einziges vergessen. Und Suleika, die am vergangenen Morgen noch davon gesprochen hatte, dass Jotan ein ganz besonderer Freund für sie sei, hatte ihn gestern Abend gar nicht beachtet. Wie sehr wünschte er sich, er könne die ganze

Zeit noch einmal zurückdrehen und einfach wieder mit seinen Brüdern unbeschwert in Colorania sein. Jetzt war er hier in Moroh und seine Brüder und Freunde waren weg. Ob es ihnen gut ging? Ob sie es geschafft hatten, aus der Stadt zu entkommen?

Er zog sich an und ging runter in den Essraum. Dort traf er Suleika, die ihn mit eisigem Blick begrüßte. „Deine feinen Freunde sind weg", teilte sie ihm mit. „Sie sind spurlos verschwunden. Anscheinend haben sie es irgendwie geschafft, die Stadt zu verlassen! Selbst die Mädchen sind weg. Ich weiß nicht, wie sie das gemacht haben!"

Jotan jubelte innerlich vor Erleichterung. Wenigstens waren sie in Sicherheit! Nun hatte er eine Sorge weniger. Doch gleich verschwand seine Erleichterung wieder, als Suleika zu ihm sagte: „Hast du irgendwas mit ihrem Verschwinden zu tun? Bist du etwa auch zum Verräter geworden? Ich sage dir eins: Wenn ich herausfinden sollte, dass du irgendwas damit zu tun hast, dann werde ich dir das Leben so dermaßen zur Hölle machen, dass du dir wünschst, niemals geboren worden zu sein!" Damit drehte sie sich um, verließ das Haus und knallte die Tür hinter sich zu. Jotan blieb wie betäubt auf seinem Stuhl sitzen.

Gwinon, Johrin, Emith, Sheerin und die beiden Mädchen waren die ganze Nacht gewandert. Die Stadt Moroh war jetzt nicht mehr zu sehen. Vor ihnen lag eine weite Ebene. Nirgends gab es Anzeichen dafür, dass Dörfer oder Städte vor ihnen lagen. Da sich keiner von ihnen hier auskannte, wussten sie auch nicht, ob es für sie demnächst irgendeine Möglichkeit geben würde, sich etwas zu Essen oder zu Trinken zu kaufen. Das einzige, was die Tauben ihnen gesagt hatten, war, dass sie weiter Richtung Osten gehen und dem König vertrauen sollten. Doch nun taten ihnen die Füße weh und sie waren erschöpft vom Laufen, und natürlich vor Hunger und Durst. Cynthia schrie die ganze Zeit innerlich: „König, bitte hilf uns!"

Dazu kam die Trauer, dass sie nun auch noch Jotan zurückgelassen hatten. Erst hatten sie Jakob verloren, dann Jotan. Ganz abgesehen von Berolunth. Die meisten von ihnen fragten sich, was auf dieser Reise noch alles passieren würde, und wie viele von ihnen es überhaupt schaffen würden, am Ziel anzukommen.

Emith schwieg die meiste Zeit und sah vollkommen unglücklich aus. Ihm war erst nach der dramatischen Flucht klar geworden, dass der Aufenthalt in Moroh ihn, zusätzlich zu dem Verlust seiner beiden Brüder, einen weiteren hohen Preis gekostet hatte: Er hatte seinen geliebten Hengst Nachtwind zurücklassen müssen und es war nicht damit zu rechnen, dass er ihn jemals wiedersehen würde.

Auch alle anderen trauerten um den Verlust ihrer Pferde, aber Emith traf es am härtesten, denn er hatte zu dem Tier eine ganz besondere Beziehung. Er konnte sich überhaupt nicht vorstellen, wie sein Leben ohne ihn weitergehen sollte. Während sie sich Schritt für Schritt mühsam vorwärts schleppten, liefen ihm die ganze Zeit still die Tränen über das Gesicht.

An diesem Tag ging Jotan nicht zur Arbeit. Ihm wurde immer klarer, dass er eine Menge falscher Entscheidungen getroffen hatte. Wenn er auch immer noch nicht gerne wieder dem König folgen wollte, so bereute er jetzt tief, dass er nicht wenigstens bei seinen Brüdern und Freunden geblieben war. Was Suleika für eine Freundin war, hatte sie ja nun hinreichend bewiesen! Wie hatte er nur auf diese falsche

Schlange hereinfallen können! Doch was sollte er nun tun? Die anderen waren weg, sie hatten alle die Stadt verlassen. Wie ärgerte er sich, dass er das nicht auch getan hatte! Jetzt war es zu spät. Er war vollkommen ratlos. Wenn ihm nur jemand helfen konnte. Einen Moment lang dachte er daran zurück, wie schön es früher gewesen war, als er noch die Taube um Rat fragen konnte, wenn er Hilfe brauchte. Aber das ging ja nun nicht mehr. Seufzend stand er auf und verließ das Haus. Er musste jetzt erst mal raus hier! Ziellos lief er in der Stadt hin und her. Er wusste selbst nicht, wonach er Ausschau hielt, doch er schaute sich suchend um.

Plötzlich sah er zwei Fremde, die zusammen auf einem Pferd die Hauptstraße entlangritten. Sie hatten sich große Tücher über den Kopf gehängt und selbst über Mund und Nase hatten sie sich Tücher gezogen. Das einzige, was man von ihren Gesichtern noch sehen konnte, waren ihre Augen.

Neugierig schaute Jotan sich die beiden an. So merkwürdige Leute hatte er noch nirgendwo gesehen. Warum hatten sie sich ihre Gesichter fast vollständig zugehängt? Der, der hinten auf dem Pferd saß, war deutlich kleiner als der andere, es schien ein Junge zu sein. Und irgendetwas kam Jotan an ihm bekannt vor …

Plötzlich schaute der fremde Junge ihn an und sagte aufgeregt etwas zu dem größeren. Dieser hielt das Pferd an und schaute zu Jotan herüber. Da fiel es Jotan wie Schuppen von den Augen. Sein Herz fing an, wie wild zu klopfen. Doch er wusste, dass sie sehr vorsichtig sein mussten. Einen Augenblick überlegte er, dann gab er den beiden ein Zeichen, ihm zu folgen. Gehorsam wendeten sie und folgten ihm in eine ruhigere Seitenstraße.

Plötzlich rief Johrin: „Da, ein Bach!"

Die anderen folgten seinem Blick und stellten zu ihrer großen Freude fest, dass Johrin recht hatte. Erleichtert und mit ihren letzten Kräften liefen sie zum Wasser, um zu trinken. Danach blieben sie am Rand des Baches sitzen. „Ich denke, das ist ein sehr guter Ort, um eine Pause einzulegen und sich auch ein bisschen auszuruhen", sagte Gwinon.

Die anderen stimmten ihm zu. Sie ließen sich ins Gras fallen und bald darauf waren sie fest eingeschlafen. Erst als die Sonne schon fast wieder am Untergehen war, wachten sie auf. Noch einmal tranken sie von dem Bach, dann machten sie sich erneut auf den Weg. Wasser und Schlaf hatten allen gut getan und sie fanden wieder Kraft, weiterzuwandern. Nur der Hunger war nach wie vor schrecklich. Und die Traurigkeit. Emith spürte, wie die Taube ab und zu versuchte, ihn zu ermutigen. Doch er konnte ihr nicht richtig

zuhören. Seine Gedanken kreisten viel zu sehr um die Verluste, die er hatte hinnehmen müssen.

Michaela wurde beim Lesen unterbrochen, weil Picasso sich auf ihrem Schoß niederließ und mit seinem Schwanz über den Bildschirm streifte. „Lass das", protestierte sie und schob den Schwanz ihres Katers zur Seite. Als sie ihn so betrachtete, kam es ihr auf einmal auch so vor, als sei er dicker geworden. *Vielleicht hat Nico recht. Vielleicht gebe ich ihm doch zu viel zu fressen*, dachte sie.

Nico schaute auf die Uhr. „Ich muss los!", sagte er. „Lass uns morgen weiterlesen!"

„Okay", meinte Michaela, während sie immer noch stirnrunzelnd ihren Kater betrachtete.

Als Mirko am Abend in sein Zimmer ging, war er viel zu aufgeregt, um einzuschlafen. Das, was seine Eltern über Großtante Lieselotte gesagt hatten, gab ihm mehr als genug Stoff zum Nachdenken! Tante Lieselotte eine Mörderin! Hatte sie den Jungen namens Emith umgebracht? Ihm lief ein kalter Schauer den Rücken hinunter. Sollte er wirklich noch weiter versuchen, den Kontakt wiederherzustellen? Andererseits schienen seine Eltern auch nicht wirklich viel zu wissen oder zumindest nicht preisgeben zu wollen. Im weiteren Verlauf des Streitgesprächs hatte er keine brauchbaren Informationen mehr bekommen. Doch nun war er erst recht neugierig. Er wollte mehr als je zuvor herausfinden, was es mit diesem Emith auf sich hatte und weshalb Tante Lieselotte solche Schuldgefühle wegen ihm hatte. Und ob sie tatsächlich eine Mörderin war.

Gesundes Essen, kreative Wichtelgeschenke und sonstige Überraschungen

Am nächsten Tag war Sonntag. Der vierte Advent. Nur noch eine knappe Woche bis Weihnachten. Wie jeden Sonntag ging Michaela vormittags in den Gottesdienst. Früher hätte sie jeden ausgelacht, der sie zu einem Gottesdienst hätte einladen wollen. Mal abgesehen davon, dass niemals jemand auf die Idee gekommen war, sie zu einem einzuladen. Die meisten Leute aus ihrer Umgebung gingen ja selbst nicht hin.

Michaela hatte sich Gottesdienst immer als etwas total Langweiliges vorgestellt, das nichts mit dem wirklichen Leben zu tun hatte. Doch jetzt machte sie die Erfahrung, dass es keinesfalls so war, sondern dass sie nach jedem Gottesdienst irgendwie richtig gut drauf war. Obwohl sie heute mit gemischten Gefühlen hinging. Sie fühlte sich immer noch nicht ganz wohl, weil sie Nadine gegenüber so versagt hatte. Obwohl sie sich ja große Mühe gegeben hatte, das wieder gutzumachen. Doch insgeheim befürchtete sie, dass ihr Pastor heute über Gehorsam predigen würde, und darüber, wie Gott, der Vater, über die Sünde seiner Kinder enttäuscht war … Sie schluckte.

Doch ihr Pastor sprach über etwas ganz anderes: Er las Jeremia 1, Vers 5 vor: *Bevor ich dich gebildet habe im Mutterleib, habe ich dich gekannt … und zum Propheten für die Nationen habe ich dich bestimmt.*

„Gott hat jeden Menschen schon gekannt und geliebt, bevor er geboren wurde, und er hat für jeden einen einzigartigen und wunderbaren Plan und eine Berufung!“, verkündete er leidenschaftlich. Wow! Michaela war begeistert! Das tat ihr gut zu hören! Sie fühlte sich richtig wertvoll, weil ihr plötzlich klar wurde, wie wichtig sie in Gottes Augen war. Und auf einmal sah sie selbst Pia mit anderen Augen, denn ihr wurde bewusst, dass Gott auch in sie, so klein sie auch noch war, etwas Wertvolles und Bedeutendes hineingelegt hatte! Ja, auch sie war ein Original Gottes und Michaela empfand plötzlich so viel Begeisterung und Freude darüber, dass Gott jedes einzelne Leben so wertvoll und gut gemacht hatte. Insgeheim war sie natürlich sehr erleichtert, dass der Pastor nicht über das gepredigt hatte, was sie befürchtet hatte. Vielleicht bedeutete das ja, dass Gott doch nicht so unzufrieden mit ihr war? Sie hoffte es. Auf jeden Fall kam sie gut gelaunt zu Hause an.

Ihre gute Laune wurde gleich auf die Probe gestellt, als sie sah, dass Nadine wieder gekocht hatte.

Wie beim letzten Mal sah die Küche aus wie ein Schlachtfeld, aber der Esstisch war festlich gedeckt. Zögernd nahm Michaela Platz.

Diesmal hatte Nadine erfreulicherweise auf einen Smoothie verzichtet. Dafür gab es eine Vorspeise. Nadine stellte eine Schüssel mit dunkelgrün-bräunlichen Teilen auf den Tisch, die so ähnlich aussahen wie die Blätter der vertrockneten Zimmerpflanze, die Michaela neulich in den Müll geschmissen hatte. Sie runzelte die Stirn und fragte: „Was ist denn das?"

„Grünkohl-Chips", erklärte Nadine beschwingt.

„Grünkohl-Chips?", rief Michaela entsetzt und warf ihrer Mutter einen hilfesuchenden Blick zu. Doch diese tat so, als hätte sie den nicht bemerkt.

Nadine stellte noch eine Schüssel Kräuterquark auf den Tisch und sagte: „Guten Appetit."

Michaela und ihre Mutter griffen zögernd zu. Nachdem Michaela den ersten Chip in den Mund gesteckt hatte, stellte sie fest, dass er nicht so schrecklich schmeckte wie er aussah. Im

Gegenteil, Nadine hatte die Chips immerhin gut gewürzt und der Geschmack war zwar ungewöhnlich, aber okay. Sie nahm noch ein paar Chips, dann brachte Nadine das Hauptgericht auf den Tisch: Avocado-Kartoffelsuppe mit Linsen und Kümmel. Michaela probierte ein paar Löffel, dann beschloss sie, dass sie lieber noch mehr von den Chips essen wollte. „Woher hast du eigentlich all diese … *ungewöhnlichen* Rezepte?“, fragte sie schließlich.

Nadine strahlte. Anscheinend hatte sie Michaelas Frage als Kompliment aufgefasst. „Ach, die habe ich aus Zeitschriften gesammelt“, erklärte sie.

Für den Nachmittag hatte Mom sich vorgestellt, dass Michaela und sie mit Nadine und Pia ein bisschen Advent feiern wollten. Sie zündeten Kerzen an und Mom brachte stolz ihre selbst gebackenen Plätzchen auf den Tisch. Michaela schob sich ein Plätzchen nach dem anderen in den Mund, aber Nadine fragte nur kritisch: „Ist da Zucker drin?“

Michaela und Mom starrten sie entgeistert an, dann sagten sie wie aus einem Mund: „Natürlich, sonst würden die ja gar nicht schmecken!“

„Nun ja“, meinte Nadine, „man kann auch mit Ahornsirup, Honig oder Stevia süßen!“

Erst am folgenden Tag nach der Schule kamen Michaela und Nico wieder dazu, sich zum Lesen zu treffen. Sie saßen bei Nico im Zimmer und er öffnete die Mail. Dann lasen sie an der Stelle weiter, wo sie das letzte Mal aufgehört hatten.

Müde und hungrig schleppten sie sich weiter. Inzwischen hatte sich Dunkelheit über das Land gesenkt und der

Mond war aufgegangen. Vor ihnen lag immer noch weites, flaches Land. Keiner von ihnen wusste, wie lange das noch so weiter gehen sollte, und wann sie irgendwo ankommen würden. Alles, was die Tauben ihnen sagten, war: „Vertraut dem König und geht weiter."

Und genau das fiel ihnen unendlich schwer. Sie hatten so vieles verloren, was ihnen wichtig und teuer war, und auch manches, was ihnen lebensnotwendig erschien, wie zum Beispiel Essensvorräte. Und natürlich war die Reise zu Fuß unvergleichlich viel schwerer als mit Pferden. Alle fragten sich, wie sie es überhaupt schaffen sollten, in Shayan anzukommen. Doch wieder und wieder sagten die Tauben nur: „Geht weiter, hört nicht auf zu vertrauen."

Michaela wurde vom Klingeln ihres Handys unterbrochen. Mirko war dran.

„Du, ich muss dir was erzählen", sagte er. „Hast du ein paar Minuten Zeit?"

Michaela wechselte einen Blick mit Nico. Der lehnte sich entspannt zurück und nickte.

„Ja, schieß los", sagte sie.

„Du weißt doch, diese Zeichnungen von dem Jungen", begann Mirko.

„Die dein Opa gezeichnet hat?", fragte Michaela.

„Ja, genau. Ich habe doch die ganze Zeit versucht, herauszufinden, wer das ist."

„Genau. Und ist es dir gelungen?"

„Nein, aber als ich letzte Woche bei Großtante Lieselotte war, ist sie sozusagen ausgerastet, als ich ihr die Bilder gezeigt habe, und hat irgendwas von „Sünden ihrer Jugend" gesagt.

Und jetzt haben meine Eltern behauptet, dass Großtante Lieselotte eine Mörderin sein soll. Und ich frag mich, ob das stimmt, und ob sie vielleicht diesen Jungen umgebracht hat ..."

„Oha." Michaela wusste nicht, was sie sagen sollte. Das war ja ein ganz schöner Brocken, den Mirko ihr da erzählte. Plötzlich fiel ihr Blick wieder auf das Notebook vor ihr und auf das, was die Tauben gesagt hatten, und sie hörte sich sagen: „Mirko, bete und vertraue Gott, dass du die Wahrheit herausfinden wirst. Geh weiter und hör nicht auf zu vertrauen."

Mirko schwieg einen Moment verdutzt, dann sagte er: „Danke, Michaela. Du hast recht. Genau das werde ich tun."

Erst als er aufgelegt hatte, fiel ihm auf, dass er Michaela immer noch nicht erzählt hatte, dass er wenigstens den Namen des Jungen jetzt kannte.

Michaela und Nico lasen gleich darauf weiter.

Sie waren kurz davor, vor Hunger und Müdigkeit zusammenzubrechen, als sie hörten, dass sich von hinten mehrere Reiter näherten. Sofort erschraken alle und fragten sich, ob man sie aus Moroh verfolgte. Insbesondere Sheerin hatte Angst. Um nichts in der Welt wollte er jetzt noch zu seinem Vater zurück!

Doch sie konnten sich auch nirgends verstecken. Es gab weder Busch noch Baum, weder Berg noch Höhle in der Nähe. Das Land war vollkommen flach und nur mit halbhohem Steppengras bewachsen.

„Das einzige, was wir tun können, ist, uns flach ins Gras zu legen", schlug Gwinon vor. „Vielleicht sehen sie uns dann in der Dunkelheit nicht."

„Oder sie trampeln uns nieder", gab Johrin zu bedenken.

„Das glaube ich nicht. Wenn sie weiter geradeaus reiten, dürfte das nicht passieren, wenn wir uns hier niederlassen!"

Also legten sich alle flach ins Gras und hielten den Atem an. Tatsächlich galoppierten die Reiter nach einer Weile an ihnen vorbei. Alle atmeten erleichtert auf. Bis Emith ein Wiehern hörte. Dieses Wiehern würde er immer erkennen und von allen Pferden auf der Welt unterscheiden können! Blitzschnell sprang er auf. „Nachtwind!", rief er, und als die Reiter sich weiter entfernten, noch einmal, so laut er konnte: „Nachtwind!"

Die anderen schimpften auf ihn ein. „Bist du verrückt? Nur weil sie dein Pferd haben, kannst du sie doch nicht auf uns aufmerksam machen und uns alle verraten!"

Doch es war zu spät. Die Reiter drehten um und kamen auf sie zu.

XXIV. Große Überraschung

Beim Näherkommen sahen sie, dass es drei Reiter waren, die mehrere reiterlose Pferde mit sich führten. Eins davon war Nachtwind. Dann hörten sie eine Stimme: „Johrin? Emith?"

„Jotan! Berolunth!" Sofort sprangen alle auf. Dann sahen sie, wer noch bei ihnen war: „Jakob!", riefen alle begeistert. Das war ein freudiges Wiedersehen! Alle umarmten sich immer und immer wieder, und selbst die Pferde wurden freudig umarmt.

„Ihr habt bestimmt Hunger", stellte Jakob dann fest. Alle lachten. Nur Johrin antwortete: „Und wie!"

Daraufhin packten Berolunth, Jotan und Jakob aus ihren Satteltaschen allerlei gebratenes Fleisch, Früchte, Brot und Käse, und alle begannen heißhungrig zu essen.

Dann erzählte Berolunth, wie er beim Hüter der Shan-Fälle Jakob angetroffen, und wie Jakob nach und nach sein Gedächtnis wiedererlangt hatte, nachdem Berolunth ihm alles erzählt hatte, was er über ihn und seine Familie wusste. Berolunth und Jakob waren noch ein paar Tage bei dem Alten geblieben, weil sie wussten, dass sie sich auf den vor ihnen liegenden Auftrag gut vorbereiten mussten. Die Taube hatte Berolunth gesagt, dass er und Jakob nach Moroh reiten sollten, um Jotan und die Pferde herauszuholen sowie Essensvorräte zu besorgen. Sie hatte ihm klare Anweisungen gegeben, wie er sich darauf vorbereiten sollte: Zwei Tage sollte er noch bei dem Alten bleiben und in dieser Zeit viel im Königsbuch lesen und mit seiner Taube und dem König sprechen. Dann erst würde er mit Jakob nach Moroh reiten, und zwar als Händler verkleidet. Er bräuchte viel Geld, um die Pferde freizukaufen. „Aber woher soll ich das Geld denn nehmen?", hatte er gefragt.

„Ich werde es dir rechtzeitig geben", hatte die Taube geantwortet. Dann hatte sie ihm die Anweisung gegeben, dass er und Jakob sich verkleiden und sich Tücher über Mund und Nase ziehen sollten. „Damit ihr nicht zu viel von der Luft in Moroh einatmet", hatte sie erklärt. Anschließend ermahnte sie sie noch, dass sie sich nicht zu lange in Moroh aufhalten durften. Sie sollten sich mit allem, was sie in dieser Stadt zu erledigen hatten, beeilen.

Berolunth hatte sich den Anweisungen der Taube entsprechend vorbereitet, indem er viel im Buch des Königs gelesen und mit dem König gesprochen hatte. Am Morgen des Aufbruchs fühlte er sich erfrischt und stark. Er und Jakob hatten sich Tücher um den Kopf geschlungen, die sie wie Händler aus einem fremden Land aussehen ließen. Die Tücher vor Mund und Nase wollten sie erst bei der Ankunft in Moroh umbinden.

Beim Abschied vom Hüter der Shan-Fälle hatte dieser noch eine Überraschung für sie. Er drückte ihnen einen Beutel voll Goldmünzen in die Hand. Dann sagte er mit brüchiger Stimme: „Ich hatte nie einen Sohn und werde wohl auch nie einen haben. Aber du, Jakob, warst wie ein Sohn für mich. Und deshalb möchte ich dir das hier mitgeben. Es ist das Erbe meines Vaters."

Jakob sah bestürzt aus: „Das kann ich doch nicht annehmen!"

„Doch, mein Sohn. Es kommt aus meinem Herzen."

Berolunth dankte im Stillen dem König, denn er wusste, nun würden sie genug Geld haben, um Jotan und die Pferde freizukaufen.

In Moroh war dann alles viel unkomplizierter gegangen als gedacht. „Mit den Goldmünzen habe ich da sofort alles erreicht, was ich wollte", sagte Berolunth.

„Die Leute in Moroh sind so hinter dem Geld her, dass sie noch ihre eigene Oma verkaufen würden", meinte er. Zum Glück hatten er und Jakob dann auch sofort Jotan getroffen, und der hatte sie zu den richtigen Leuten führen können. Mit den entsprechenden Goldmünzen an den passenden Stellen hatte Berolunth dann bald erreicht, dass sie die drei mit allen Pferden und genug Vorräten ziehen ließen.

Berolunth erzählte anschließend noch, was er vorher erlebt hatte, von seiner Gefangennahme durch die drei Männer und von seiner wunderbaren Befreiung durch sein

Pferd. Anschließend erzählten auch die anderen, was sie auf ihrer bisherigen Reise erlebt hatten.

Als alle genug gegessen und erzählt hatten, schlug Berolunth vor, weiterzureiten. „Immerhin haben wir einiges an Zeit verloren und sollten zusehen, dass wir jetzt so schnell wie möglich nach Shayan kommen."

Die anderen stimmten ihm zu und so stiegen sie auf ihre Pferde und ritten los. Was war das doch für ein Unterschied, wieder zu Pferd unterwegs zu sein! Für Sheerin hatten sie kein eigenes Pferd mitgebracht, er ritt immer abwechselnd mal bei dem einen, mal bei dem anderen mit. Aber das machte ihm nichts aus. Er war einfach glücklich, dass er überhaupt dabei sein durfte.

Die nächsten Tage ritten sie immer weiter Richtung Osten. Dabei gab es nicht viel Interessantes zu sehen. War Colorania überwiegend von dichten Wäldern bedeckt, so war Shantakan ein Land der Steppen. Die Landschaft bot wenig Abwechslung: Sie bestand aus grasbedeckten Flächen, soweit das Auge blicken konnte. Nach einiger Zeit sagte Cynthia sehnsüchtig: „Wie gern möchte ich mal wieder durch einen schönen Wald reiten!"

Doch Emith wies sie zurecht: „Das kannst du noch, wenn du wieder in Colorania bist! Sei froh, dass du überhaupt reiten kannst!"

Cynthia lachte. „Du hast recht. Und ich bin froh, dass ich euch alle habe. So kann man sich immer wieder mit jemandem unterhalten!"

Das taten sie wirklich. Wenn sie ritten, nicht so sehr, denn sie bemühten sich um ein rasches Tempo. Doch wenn sie Pausen machten, hatten sie sich so viel zu erzählen. Auch Sheerin beteiligte sich meist munter an den Gesprächen. Er hatte sich erstaunlich schnell in der Gemeinschaft eingelebt und fühlte sich äußerst wohl mit seinen neuen Freunden. Als sie wieder einmal zusammensaßen und aßen, umarmte Cynthia ihn spontan und sagte: „Ich bin echt froh, dass du auch mit dabei bist!"

Sheerin war überglücklich. Er hatte irgendwie das Gefühl, Teil einer großen Familie zu sein.

Nur Jotan war nach wie vor schweigsam. Zwar hatten sich viele seiner Probleme gelöst, dadurch, dass sein Bruder am Leben und wohlbehalten zurückgekehrt war. Und dadurch, dass er selbst aus Moroh heraus und wieder mit seinen Brüdern und Freunden zusammengekommen war. Doch das Problem, dass er die ganze Zeit sein Versagen wie eine große Last spürte, das hatte sich noch nicht gelöst. Und er konnte sich auch nicht vorstellen, wie er diese Last jemals wieder loswerden konnte. Immerhin war es seine Schuld, dass Jakob einen schrecklichen Unfall gehabt hatte. Nein, mit diesem Versagen würde er wohl leben müssen. Und deshalb wagte er immer noch nicht, mit der Taube oder dem König zu sprechen. Doch dann kam ihm eine Idee. Vielleicht konnte er das wieder gut machen, wenigstens ein bisschen. Wenn er sich jetzt ganz besonders anstrengen würde, ein guter Mensch zu sein ... vielleicht, ja, vielleicht konnte er dem König ja irgendwann wieder gefallen!

XXV. Ankunft in Shayan

Nach einigen Tagen erreichten sie eine Stadt. Sie erkundigten sich und erfuhren, dass sie Mondstadt hieß. Diesmal erinnerte sich Emith an die Wegbeschreibung. „Mondstadt ist die letzte Stadt, an der wir auf dem Weg nach Shayan vorbeikommen. Dort sollen wir genug Vorräte für den letzten Teil der Reise einkaufen."

Auch in Mondstadt gab es einen großen Markt, auf dem hektisches Treiben herrschte. Viele Händler hatten dort ihre Stände aufgebaut und boten allerlei Essbares, Stoffe, Schmuck und Dinge für den täglichen Bedarf an. Menschen mit großen Körben zwängten sich durch die engen Gassen, Esel mit vollbeladenen Wagen wurden ebenfalls vorwärtsgetrieben.

Gwinon und Berolunth begaben sich mitten hinein in das bunte Treiben und die anderen folgten ihnen. Es gab auch in Mondstadt einiges Interessantes auf dem Markt zu sehen, doch er war nicht zu vergleichen mit dem in Moroh. Aber auch wenn er vergleichbar gewesen wäre – keiner von ihnen hätte sich jetzt noch einmal so von einem Markt in den Bann ziehen lassen. Sie betrachteten die ganzen Angebote mit kritischem Abstand und kauften nur das ein, was sie wirklich für den letzten Teil der Reise brauchten. Berolunth und Gwinon übernahmen den Handel. Jotan stand ihnen hilfreich zur Seite, nahm ihnen immer sofort ab, was sie gekauft hatten, und packte es ein.

Nach dem Einkaufen kehrten sie in einem Gasthaus der Stadt ein, um die Nacht dort zu verbringen. Die letzten Tage hatten sie immer draußen in der Steppe übernachtet und so war das eine willkommene Abwechslung.

Am nächsten Morgen ritten sie weiter. Sie vermuteten, dass es nun nicht mehr weit war nach Shayan. Die Landschaft veränderte sich allmählich und wurde hügeliger. Am Horizont waren auch höhere Berge zu sehen. Emith und seine Brüder hatten sich noch gemerkt, dass das Haus der Bruderschaft in Shayan auf einem Berg sein sollte. Doch sie hatten sich auch gemerkt, dass sie vorher zu einem Fluss namens Smaragdstrom kommen würden, dem sie bis zu einer Schlucht folgen sollten, die „Wildwasserschlucht" hieß. Aufmerksam hielten sie nach dem Fluss Ausschau und waren nicht überrascht, als sie bald tatsächlich Wasser vor sich sahen. Freudig hielten sie darauf zu.

Der Fluss machte seinem Namen alle Ehre. Er glitzerte grün wie ein Smaragd im Sonnenlicht.

„Lasst uns hier eine Pause machen", schlug Berolunth vor.

Alle waren einverstanden. Sie nahmen ihren Pferden Sättel und Satteltaschen ab und machten sich daran, das Essen zuzubereiten. Jotan hatte sich ganz besonders beeilt, sein Pferd abzusatteln, und nun half er den anderen noch mit ihren Pferden und bei der Vorbereitung des Essens.

Nach dem Essen legten sich alle noch ein wenig ins Gras, um sich auszuruhen. Nur Jotan gönnte sich keine Ruhe, sondern spülte im Fluss das schmutzige Geschirr ab und packte alles wieder ein. Er war gerade fertig, als Berolunth das Zeichen zum Aufbruch gab.

Johrin schaute sich um, als er aufwachte. „Wo ist denn das schmutzige Geschirr?", fragte er.

„Das habe ich schon gemacht", sagte Jotan.

„Oh, fleißig, Bruderherz!" Johrin klopfte ihm anerkennend auf die Schulter.

Jotan sagte nichts dazu.

Schließlich ritten sie weiter, immer am Smaragdstrom entlang.

Am Abend machten sie wieder halt am Flussufer, um dort die Nacht zu verbringen. Auch jetzt gab Jotan sich viel Mühe, den größten Teil der Arbeit zu tun. Erst als alle anderen längst schliefen, kam auch er endlich zur Ruhe.

Doch es dauerte lange, bis er einschlafen konnte.

Am nächsten Morgen ritten sie weiter. Jotan stieg als letzter auf sein Pferd, weil er noch allen anderen beim Einpacken geholfen hatte.

„Mann Bruderherz, danke!" Emith, Johrin und Jakob wunderten sich immer mehr. So hatten sie Jotan noch nie erlebt.

Nachdem sie eine Weile geritten waren, rief Gwinon plötzlich: „Da! Könnte das vielleicht die Wildwasserschlucht sein?"

Alle schauten aufmerksam nach vorne. Die Landschaft war stetig bergiger geworden und jetzt ragten vor ihnen einige noch höhere Berge auf. Der Smaragdstrom, dem sie immer noch stromaufwärts folgten, floss bereits in einem rasanten Tempo den Berg herab. Doch in der Ferne sahen sie, dass er sich zu einem regelrechten Wasserfall entwickelte. Dabei floss er über wildgezackte Felsen in verschiedene Richtungen, von denen es an einer Seite in eine tiefe Schlucht hinabging.

„Das könnte sie tatsächlich sein!" Alle waren ganz aufgeregt. Denn bei der Wildwasserschlucht sollte man bereits einen Blick auf Shayan und sogar auf das Haus der Brüder werfen können, das ihr Ziel war.

So schnell sie konnten, ritten sie darauf zu. Doch es war weiter weg, als es ausgesehen hatte. Irgendwie hatten sie das Gefühl, dass sie ihrem Ziel kaum näherkamen. Gegen Mittag machten sie noch eine Pause und aßen etwas. Wieder bemühte Jotan sich eifrig, allen zu helfen. Schließlich sagte Berolunth: „Jetzt ruh dich aber auch mal ein bisschen aus, wir anderen können auch was tun."

Aber Jotan erwiderte: „Nein! Lass mich nur. Ich mach das gerne!"

Achselzuckend ließen sie ihn gewähren.

Sie ritten den ganzen Nachmittag bis zum Abend. Am Abend kamen sie endlich bei der Wildwasserschlucht an, zumindest unten in der Schlucht, in die sich der Wasserfall stürzte. Doch von dort konnten sie Shayan noch nicht sehen. Am nächsten Morgen würden sie höher reiten und dann vermutlich den ersten Blick auf die Stadt werfen können.

Der Wasserfall rauschte so laut, dass sie sich beim Abendessen kaum unterhalten konnten. So aßen sie schweigend

und jeder hing seinen eigenen Gedanken nach, gespannt, was sie morgen in Shayan erwarten würde.

„Ich bin auch gespannt, was mich morgen erwartet", sagte Michaela.

„Warum?", fragte Nico.

„Morgen wichteln wir in der Schule."

„Ach so", stöhnte Nico.

Am nächsten Morgen in der Schule überreichte Michaela Freddy ihr Wichtelgeschenk. Sie hatte es am Abend vorher noch schnell in buntes Weihnachtspapier eingepackt, doch als sie es Freddy überreichte, überlegte sie, ob schwarzes Papier nicht passender gewesen wäre.

Er bedankte sich einigermaßen höflich.

Michaela bekam ein Geschenk von Marc, einem Mitschüler, mit dem sie ebenfalls kaum etwas zu tun hatte. Es war ein wenig unbeholfen eingepackt. *Naja, da hätte er sich ein bisschen mehr Mühe geben können,* dachte Michaela. Sie packte es aus und sah, dass sie ebenfalls Shampoo und Duschgel bekommen hatte. „Für widerspenstiges und strähniges Haar" stand auf ihrem Shampoo. Sie warf Marc einen erschrockenen Blick zu. *Sieht mein Haar immer noch so schrecklich aus?,* fragte sie sich. Sie hatte immer gedacht, jetzt, mit kürzeren Haaren, ginge es so einigermaßen.

Neugierig drehte sie sich zu Lena um und wollte wissen, was sie bekommen hatte. Erstaunlicherweise hatte auch sie Shampoo und Duschgel bekommen. „Für mehr Volumen" stand auf ihrem Shampoo. Michaela atmete auf. Vielleicht sollte sie das auch nicht so ernst nehmen, was auf der Shampoo-Flasche stand. Dieser beruhigende Gedanke wurde noch bestätigt als Michaela sah, dass die Tischnachbarin zu ihrer Linken ein Anti-Schuppen-Shampoo bekommen hatte.

Im weiteren Verlauf der Schulstunde sah sie, dass auf nahezu jedem Tisch Shampoo- und Duschgelflaschen standen. Sie grinste. *Naja, immerhin lag ich mit meinem Geschenk voll im Trend,* dachte sie.

Als sie nach Hause kam, war Tante Nadine nicht da und ihre Mutter hatte erfreulicherweise das Kochen übernommen. Pia war jedoch da, anscheinend hatte Nadine sie nicht mitgenommen. Sie spielte friedlich mit Töpfen und Pfannen auf dem Küchenfußboden. Gutgelaunt setzte sich Michaela an den Tisch und fragte: „Wo ist Nadine?"

„Die hat einen Anruf bekommen. Sie muss irgendeiner Freundin in Not beistehen. Ich weiß zwar nicht, wie sie hier schon so schnell Freundinnen kennengelernt hat, aber naja."

Emilia, schoss es Michaela durch den Kopf, aber sie sagte nichts. Doch sie hatte keine Zeit, weiter darüber nachzudenken, denn nun klingelte es und Nico kam. Sie trafen sich heute ein bisschen früher zum Lesen, weil Michaela nachher noch Weihnachtsgeschenke einkaufen gehen wollte. Schnell aß Michaela ihr Mittagessen und bald saß sie mit Nico in ihrem Zimmer und beide lasen.

Nach dem Frühstück brachen sie auf und am späten Vormittag waren sie hoch genug, dass sie zum ersten Mal einen Blick auf die alte shantakanische Königsstadt Shayan werfen konnten. Das erste, was ihnen auffiel, war, dass in der Stadt viele prächtige Gebäude mit hohen Türmen standen. Auch die anderen Häuser sahen sehr schön aus. Alt, aber hübsch gebaut, mit vielen Erkern und kleinen Türmchen. Doch die großen Gebäude mit den hohen Türmen überragten alles, sowohl an Größe als auch an Pracht. „Was das wohl für Gebäude sind?", fragte Cynthia.

Doch darauf wusste keiner eine Antwort.

„Wir werden es sicher herausfinden", meinte Emith. Er schaute sich aufmerksam um. „Dort hinten ist ein einzelnes großes Haus auf einem höheren Berg. Das könnte das Haus der Königlichen Bruderschaft sein", sagte er.

„Na dann los, reiten wir hin", sagte Berolunth.

Nach einer Weile waren sie am Fuß des Berges angekommen, auf dem das Haus stand, und machten sich an den Aufstieg. Der Berg war steil, aber sie mussten zum Glück nicht bis ganz nach oben, und schließlich waren sie bei einem großen, schmiedeeisernen Tor angekommen, das in eine hohe, efeubewachsene Steinmauer eingelassen war. Ihre Herzen klopften aufgeregt, als sie an der Schnur einer großen Glocke zogen, die neben dem Tor hing. Gleich darauf ertönte ein lauter Gong und wenige Minuten später erschien ein älterer Mann am Tor, der ihnen öffnete.

XXVI. Der verschwundene Bruder

Der Mann, der vor ihnen stand, sah sie misstrauisch an. „Wer seid ihr und was führt euch hierher?", fragte er.

Emith fiel sofort auf, dass er genauso gekleidet war wie der Fremde, der ihm damals den Brief mit dem Hilferuf überbracht hatte. Er trug das gleiche dunkle Gewand mit der grüngemusterten Schärpe.

„Wir sind aus Colorania und wollen zu Bruder Nayhat", antwortete Berolunth.

„Bruder Nayhat ist nicht hier", erwiderte der Mann und wollte das Tor wieder schließen.

„Wann kommt er denn wieder?", fragte Berolunth schnell.

„Das weiß ich nicht", antwortete der Mann und wollte wiederum das Tor schließen.

„Halt", sagte Berolunth. „Wir bitten euch dann als Reisende, die von weit herkommen, um Unterkunft und Essen."

Wieder einmal waren sie dankbar, dass es die Gesetze der Gastfreundschaft in Shantakan nicht erlaubten, Reisenden eine solche Bitte abzuschlagen.

Dem Mann war anzusehen, dass er dieser Bitte nur äußerst widerwillig nachkam. Mit mürrischem Gesicht öffnete er das Tor gerade so weit, dass die Gäste hindurchreiten konnten, dann schloss er es hinter ihnen wieder.

Im Hof angekommen, stiegen sie von ihren Pferden. Der Mann zeigte ihnen den Weg zum Stall und sie führten ihre Pferde hinein und versorgten sie. Als sie fertig waren, gingen sie zum Haus zurück. Die Tür war verschlossen. Wieder läuteten sie an einer Glocke. Nach einer Weile kam der mürrische Bruder schließlich und ließ sie hinein. Wortlos führte er sie durch eine dunkle Halle, die einen steinernen, gemusterten Fußboden hatte und mehrere steinerne Säulen. In der Mitte führte eine breite Steintreppe nach oben. Diese Treppe stiegen sie jetzt hinauf in einen dunklen, schmalen Flur. Dort öffnete der Mann mehrere Zimmertüren und wies ihnen allen Zimmer zu: Gwinon und Berolunth eins, Cynthia und Sinayah eins, Johrin, Jotan und Jakob eins zusammen und Emith eins gemeinsam mit Sheerin.

„Mittagessen ist schon vorbei", erklärte der Bruder. „Die nächste Mahlzeit gibt's leider erst heute Abend. Wenn ihr alles ausgepackt habt, kommt in die Empfangshalle. Dort wird sich jemand um euch kümmern", fügte er noch hinzu und verschwand.

„Na, der ist ja überaus freundlich", stellte Emith fest, nachdem er außer Hörweite war. Seinem Tonfall war deutlich anzumerken, dass er genau das Gegenteil meinte.

„Sieht so aus, als wären wir hier alles andere als willkommen", meinte auch Sheerin.

Die Zimmer, die der mürrische Mann ihnen zugewiesen hatte, waren klein und einfach eingerichtet, aber sauber. Alle packten ihre wenigen Habseligkeiten aus den Satteltaschen und verstauten sie in den Schränken. Zum Glück hatten sie noch Vorräte dabei. So nahmen sie sich noch kurz Zeit, um wenigstens eine Kleinigkeit zu essen. Danach machten sie sich auf den Weg in die Empfangshalle. Gemeinsam stiegen sie die Steintreppe wieder herunter und schauten sich dabei neugierig um.

„Sieht aus, als ob das Gebäude schon ziemlich alt ist", stellte Johrin fest. Interessiert schaute er sich ein altes Gemälde an, das an der Wand hing. Es zeigte einen finster aussehenden Mann, der ähnlich gekleidet war wie die Brüder. Mit einem drohenden Blick schien er jeden zu beobachten, der durch die Halle ging. Johrin mochte das Bild nicht. Neben dem Gemälde war ein großer Kerzenleuchter angebracht, von dem drei Kerzen ihren flackernden Lichtschein in die Halle warfen. Man konnte im Schein der Kerzen sehen, dass mehrere Risse im Putz waren.

In der Halle wartete einer der Brüder bereits auf sie. Er stellte sich mit „Bruder Shonan" vor und schien etwas freundlicher zu sein als der andere. Höflich bot er ihnen an, sie ein wenig in der Stadt herumzuführen. Freudig nahmen die Coloranier dieses Angebot an. Zum einen reizte es sie sehr, die schönen Gebäude der Stadt zu besichtigen, und zum anderen erhofften sie sich, von Bruder Shonan einige Informationen zu bekommen.

Bald machten sie sich gemeinsam auf den Weg. Es stellte sich heraus, dass das Gelände der Bruderschaft noch ein kleines Tor auf der Rückseite hatte, von dem aus ein schmaler Pfad direkt in die Stadt hinunterführte. Auf diesem Weg gingen sie mit Bruder Shonan und bald hatten sie die ersten Gebäude der Stadt erreicht. Interessiert schauten sie sich alles an. Bruder Shonan erwies sich als munterer Gesprächspartner und guter Führer. Er wusste zu jedem Haus eine kleine Geschichte zu erzählen.

Bald kamen sie zu einem der großen Gebäude mit den hohen Türmen. Interessiert fragte Emith: „Was ist das für ein Gebäude?"

Bruder Shonan antwortete: „Das ist eins von mehreren Häusern, die wir für den König errichtet haben. Die Leute kommen hierher zur Königsstunde, um für den König Lieder zu singen und ihn zu verehren. All diese großen Gebäude sind sogenannte Königshäuser, das heißt, sie sind zu Ehren des Königs gebaut worden."

„Das ist ja toll!" Cynthia war begeistert. Wie sehr mussten die Menschen in Shayan den König lieben, dass sie ihm solche prächtigen Gebäude errichteten! „Können wir dort mal hineingehen?", fragte sie.

„Können wir gern", sagte Bruder Shonan. „Morgen früh ist das nächste Mal Königsstunde. Wir könnten zusammen hingehen."

„Oh ja!" Cynthia war begeistert. Der Gedanke, dem König in einem so prächtigen Gebäude mit vielen anderen Menschen zusammen Lieder zu singen und ihn zu ehren, entzückte sie regelrecht. Wie toll musste das sein!

Sie gingen noch eine Weile in der Stadt hin und her und schauten sich die verschiedenen Häuser an, gingen auf den Markt und kauften sich ein paar Sachen. Emith versuchte, Bruder Shonan ein bisschen auszufragen.

„Warum lebt ihr eigentlich alle zusammen in diesem Haus? Was bedeutet denn *Königliche Bruderschaft*?"

„Wir sind eine Gemeinschaft von Männern, die ihr Leben dem Dienst für den König gewidmet haben", erklärte Shonan. „Deshalb leben wir alle zusammen in einem Haus, damit wir ihm gemeinsam dienen können."

„Aha. Und wie sieht dieser Dienst aus?", fragte Emith interessiert.

„Wir singen jeden Morgen gemeinsam Lieder für ihn und beginnen so unseren Tag. Dann liest einer der Brüder aus dem Buch des Königs vor. Anschließend haben wir noch jeder für uns eine Zeit, wo wir nur über den König nachdenken. Und danach geht jeder seiner Arbeit nach."

„Interessant", meinte Emith. *Das Buch des Königs kennen die hier also auch*, dachte er. Plötzlich fiel ihm etwas ein. „Wo ist eigentlich Bruder Nayhat, und wann kommt er zurück?"

Bruder Shonan schaute ihn etwas irritiert an und fragte dann: „Woher kennt ihr denn Bruder Nayhat?"

„Wir kennen ihn nicht. Aber er war es, der uns hierher eingeladen hatte. Und nun ist er nicht da", sagte Emith.

„Ich weiß nicht, wann Bruder Nayhat wiederkommt", antwortete Shonan ausweichend.

Irgendwie hatten alle das Gefühl, als ob Bruder Shonan nach dieser Frage nicht mehr so gesprächig war wie vorher. Doch vielleicht war es ja nur Zufall und hatte gar nichts mit der Frage zu tun.

Nachdem sie ein paar Stunden in der Stadt herumgegangen und sich alles angeschaut hatten, machten sie sich auf den Weg zurück zum Haus der Bruderschaft. Als sie den Berg hochgestiegen waren, merkten sie auch, wie erschöpft sie waren. So freuten sie sich auf das Abendessen und eine ruhige Nacht. Sie kamen gerade rechtzeitig zum Essen an.

Der Essraum war ein großer Saal, in dem drei lange Tischreihen aufgestellt waren. An vielen der Tische saßen schon Brüder, andere waren noch leer. Berolunth und Gwinon, die vorgegangen waren, zögerten und wussten nicht, wo sie sich hinsetzen sollten, doch Shonan wies ihnen Plätze zu. Schließlich saßen sie alle an einer der Tischreihen und beobachteten, wie sich der Raum immer mehr füllte. Als alle Plätze besetzt waren, saßen an die vierzig Brüder an den Tischen, alle in den gleichen dunklen Gewändern mit den grüngemusterten Schärpen, wie Emith sie bei dem Fremden mit dem Brief damals gesehen hatte. Anscheinend waren diese Gewänder die vorgeschriebene Kleiderordnung der Königlichen Bruderschaft von Shayan.

Nun trat einer der Brüder nach vorn und erhob das Wort: „Wir begrüßen unsere Gäste aus Colorania und hoffen, dass sie einen angenehmen Aufenthalt bei uns haben. Und jetzt danken wir dem König, dass er uns alle mit Speise versorgt." Daraufhin stimmte er ein Lied an, das Emith und die anderen Coloranier noch nie gehört hatten, in das aber alle Brüder lauthals einstimmten. Danach wurden große Schüsseln mit dampfender Suppe auf die Tische gestellt, und alle bedienten sich und fingen an zu essen.

Es war auffallend still während der Mahlzeit. Anscheinend war es unter den Brüdern nicht üblich, beim Essen miteinander zu sprechen. Emith mochte die Atmosphäre im Haus der Bruderschaft immer weniger. Wo, um alles in der Welt, waren sie hier gelandet? Und warum war Bruder Nayhat, der sie hierher hatte rufen lassen, nicht da?

Nach dem Essen stellten sich ihnen noch einige Brüder vor. Sie wechselten ein paar höfliche Worte mit ihnen und verabschiedeten sich dann, um in ihre Zimmer zu gehen.

Emith und Sheerin beschlossen, noch eine Weile Johrin, Jotan und Jakob in ihrem Zimmer zu besuchen. Johrin und Jakob saßen auf ihren Betten, Jotan war nicht da. „Wo ist Jotan?", fragte Emith.

„Der hat sich freiwillig zum Geschirrspülen gemeldet", sagte Jakob.

„Oh." Emith war erstaunt. Was war bloß mit Jotan los? Er selbst wollte lieber noch ein bisschen Gemeinschaft mit den anderen haben und dann früh schlafen gehen. Zum Geschirrspülen hätte er sich im Leben nicht freiwillig gemeldet, jedenfalls nicht nach einem so anstrengenden Tag.

Sie saßen noch eine Zeit lang auf ihren Betten und alberten etwas herum. Nach einer ganzen Weile kam Jotan vom Geschirrspülen zurück. Emith fand, dass er sehr blass und müde aussah.

„Sag mal, ist das nicht ein bisschen viel, was du da im Moment alles machst?", fragte er ihn besorgt.

Doch Jotan antwortete unwirsch: „Quatsch. Ich weiß schon, was ich tue. Aber nun ist doch sowieso Zeit, schlafen zu gehen. Geht jetzt auch mal in euer Zimmer!" Damit ließ er sich auf sein Bett fallen und blieb regungslos liegen.

„Also gut, dann gehen wir mal", meinte Emith. Er wollte gerade aufstehen, als es leise an die Zimmertür klopfte.

Johrin rief: „Herein", und kurze Zeit später öffnete sich die Tür und ein Bruder, den sie noch nie gesehen hatten, trat ein. Er war noch relativ jung, sah sehr nervös aus und schloss sofort die Tür hinter sich. Dann gebot er allen, leise zu sein und fragte im Flüsterton: „Seid ihr die Leute aus Colorania, die gekommen sind, weil Bruder Nayhat euch um Hilfe gebeten hat?"

Die Jungen nickten.

Der Mann sah sie besorgt an und sagte: „Dann muss ich euch warnen. Bruder Nayhat ist seit ein paar Tagen spurlos verschwunden und keiner weiß, wo er ist. Und ich habe allen Grund anzunehmen, dass es Leute gibt, die über eure Anwesenheit hier überhaupt nicht glücklich sind und alles tun würden, um euch so schnell wie möglich wieder loszuwerden."

Hier war die Mail zu Ende. Michaela schaute auf die Uhr. Es war schon wieder viel zu spät! Sie wollte doch noch Weihnachtsgeschenke einkaufen. „Ich muss jetzt los", sagte sie. „Sonst schaffe ich das nicht mehr."

„Jo, du hast recht, ich muss auch los", sagte Nico. „Obwohl ich gerade gesehen habe, dass schon wieder eine neue Mail gekommen ist!"

„Oh, cool! Wir müssen unbedingt bald weiterlesen!", meinte Michaela.

„Ja, das müssen wir!", stimmte Nico ihr zu, streifte sich eilig seine Jacke über und verabschiedete sich.

Nachdem er gegangen war, zog Michaela sich Schuhe und Jacke an, um in die Stadt zu fahren. Da es gerade angefangen hatte zu schneien, wollte sie lieber mit dem Bus fahren statt mit dem Fahrrad. Also machte sie sich auf den Weg zur Bushaltestelle. Es war schon dunkel. Wieder schaute sich Michaela die vielen Lichterketten in den Fenstern der Häuser an. Auf einmal sah sie Nadine und Emilia aus einem Hauseingang herauskommen. *Wo kommen die denn plötzlich her?*, fragte Michaela sich.

Nadine wirkte sehr gehetzt. „Hi. Gut, dass ich dich treffe! Geht es Pia gut? Ist alles okay?"

„Ja, soweit ich weiß schon", meinte Michaela.

„Gut!" Nadine atmete erleichtert auf. „Ich wollte sie eigentlich gar nicht so lange allein bei deiner Mutter lassen. Aber wir hatten etwas zu erledigen, und das hat ein bisschen länger gedauert. Darf ich dir eigentlich vorstellen – das ist Emilia ..."

„Wir kennen uns!", unterbrach Emilia sie und musterte Michaela von oben bis unten. Für einen kurzen Augenblick kam wieder die alte Zickigkeit durch. Doch dann sah Michaela etwas anderes in Emilias Augen: Es war Angst.

Michaela schaute sie erstaunt an, dann sagte sie, so freundlich sie konnte: „Hallo Emilia. Lass uns die alten Streitigkeiten vergessen und noch mal von vorne anfangen, okay? Ich sehe, du hast dich mit meiner Tante angefreundet, und die ist wirklich schwer in Ordnung, also nehme ich an, dass du es auch bist!"

Jetzt rissen sowohl Emilia als auch Nadine die Augen weit auf. Wahrscheinlich hatte keine von ihnen damit gerechnet, von Michaela als „schwer in Ordnung" bezeichnet zu werden. Michaela selbst war auch erstaunt, dass sie das gesagt hatte. Aber irgendwie empfand sie es plötzlich so. Sie wusste auch nicht, weshalb.

„Dann kann ich Emilia vielleicht auch mal zu uns nach Hause einladen?", fragte Nadine zögernd. „Bis jetzt haben wir uns meistens auf dem Spielplatz getroffen, aber jetzt wird es immer kälter …"

„Na klar, ich habe nichts dagegen", sagte Michaela und wunderte sich über sich selbst. Noch vor ein paar Wochen hätte sie so einiges dagegen gehabt.

„Cool!" Die beiden verabschiedeten sich von ihr und Michaela setzte ihren Weg zur Bushaltestelle fort. Im Vorbeigehen sah sie ein Schild über der Haustür, aus der sie zuvor Nadine und Emilia zusammen hatte kommen sehen. Sie warf einen Blick auf das Schild und las: „Beratungsstelle für Schwangere."

Gedanken über Gott und die Welt und Diätpläne für Katzen

Den ganzen Weg in die Stadt ratterten die Gedanken in Michaelas Kopf. Emilia war schwanger! Deshalb sah sie so fertig aus! *Die Arme,* dachte Michaela. *Sie ist doch höchstens zwei Jahre älter als ich!*

Sie überlegte, wie sie sich fühlen würde, wenn sie wüsste, dass sie in zwei Jahren ein Kind bekommen würde. Dann wäre sie noch nicht mal mit der Schule fertig! Und dann immer so etwas wie Pia um sich herum haben … sie schauderte. Andererseits … Wieder dachte sie an die Predigt ihres Pastors. Gott kannte jeden schon lange vor der Geburt. Er hatte jeden Menschen lange geplant und eine Bestimmung für sein Leben. Stimmte das in diesem Fall auch? Hatte Gott das Kind in Emilias Bauch geplant? Wollte er, dass sie jetzt schon ein Kind bekam? Dann fiel ihr Nadine ein. Sie war auch noch so jung gewesen, als sie Pia bekommen hatte.

Hatte Gott das alles so gewollt? Diese Fragen wollte Michaela am liebsten Mal ihrem Pastor stellen.

Als sie aus dem Bus ausstieg, schob sie diese Gedanken jedoch zunächst von sich, denn nun musste sie sich darauf konzentrieren, die richtigen Weihnachtsgeschenke zu kaufen.

Für Nico war es am einfachsten. Ihm konnte sie immer einen Fanartikel seiner Lieblingsfußballmannschaft schenken. Sie ging in ein Kaufhaus und suchte in der entsprechenden Abteilung. Schließlich entschied sie sich für eine Tasse. Dazu noch eine schöne Weihnachtskarte und ein paar Kekse. Dann kaufte sie für ihren Vater eine Schachtel Pralinen. Sie würde ihn vermutlich nicht sehen an diesem Weihnachtsfest, doch sie wollte ihm wenigstens ein Päckchen schicken. Auch für ihn suchte sie eine passende Karte aus. Dann kam sie an der Abteilung für Tierfutter vorbei. Sie blieb stehen. Bisher hatte sie für Picasso zu den Feiertagen auch immer einen besonderen Leckerbissen gekauft. Aber jetzt, wo er so zugenommen hatte, schien ihr das nicht mehr so ratsam. Ob es auch Katzendiätprodukte gab, fragte sie sich einen Moment, verwarf den Gedanken dann aber wieder. FdH – Friss die Hälfte, das war da wahrscheinlich die beste Therapie. Sie seufzte und ging weiter. Das gefiel ihr nicht, dass sie ihrem Liebling zu Weihnachten keinen besonderen Leckerbissen gönnen konnte.

Dann ging sie in die Spielwarenabteilung und suchte lange nach etwas Passendem für Pia. Das war gar nicht so einfach. Es gab so viel Spielzeug, dass Michaela sich von dem Angebot geradezu erschlagen fühlte. Und es sollte ja ihren Geldbeutel auch nicht zu sehr belasten. Schließlich entschied sie sich für eine einfache Puppe. Soweit sie gesehen hatte, hatte Pia so etwas noch nicht.

Nun blieben noch zwei Personen übrig: Nadine und Mom. Michaela überlegte hin und her, was sie ihnen schenken konnte. Schließlich kam ihr eine Idee. Sie ging in die Buchhandlung und erstand für Nadine ein Buch mit dem Titel: „Gesund kochen, was *allen* schmeckt". Michaela grinste. Das war doch mal was Gutes. Vielleicht würde sich nach Weihnachten dann der Speiseplan zu Hause zu ihren Gunsten verändern. Vorsichtshalber kaufte sie für Mom das gleiche Buch. Man konnte ja nie wissen, ob sie vielleicht auch mal auf die Idee kam, gesünder kochen zu wollen. Dann sollte sie lieber gleich die richtigen Rezepte bekommen!

Zufrieden verstaute sie alle Einkäufe in ihren Taschen und machte sich auf den Weg nach Hause.

Zu Hause angekommen, sah sie eine Nachricht von Nico auf ihrem Handy. „Ich weiß nicht, ob ich in den nächsten Tagen Zeit habe, mit dir zusammen zu lesen", schrieb er. „Lass uns mal jeder für sich weiterlesen, okay?"

Was hat der denn jetzt die ganze Zeit vor?, fragte sich Michaela. Aber dann konnte sie ja auch ebenso gut gleich weiterlesen, beschloss sie.

XXVII. In Shayan stimmt so einiges nicht

Die Jungen hörten dem jungen Mann betroffen zu. Nach einer Weile sagte er: „Verzeiht mir, dass ich mich noch gar nicht vorgestellt habe. Ich bin Bruder Niayram, der engste Vertraute von Bruder Nayhat. Als ich hörte, dass ihr aus Colorania gekommen seid, wollte ich so schnell wie möglich zu euch, um euch zu warnen und euch auch um eure Hilfe zu bitten. Schließlich seid ihr ja gekommen, weil Bruder Nayhat euch um Hilfe gebeten hatte. Nun glaube ich, dass er eure Hilfe dringender braucht als je zuvor. Denn ich glaube, er ist nicht freiwillig verschwunden."

„Dann sollen wir ihn also suchen?", fragte Emith.

Bruder Niayram nickte.

„Gibt es irgendwelche Anhaltspunkte?", fragte Johrin. „Oder habt Ihr eine Idee, wo wir mit unserer Suche beginnen könnten?"

Bruder Niayram überlegte. Dann schüttelte er den Kopf. „Ich weiß es nicht. Am besten ist, wenn ihr Augen und Ohren offenhaltet. Und seid bitte wachsam! Ich glaube, dass

Bruder Nayhat eine Menge Feinde hier hat. Und diese Feinde werden nicht daran interessiert sein, dass jemand nach ihm sucht!"

„Wir haben schon verstanden", sagte Johrin. „Und wir werden aufpassen. Aber könnt Ihr uns denn wenigstens sagen, wer zu den Feinden von Bruder Nayhat gehört und vor wem wir uns in Acht nehmen sollen?"

„Das kann ich leider nicht." Jetzt sah Bruder Niayram wirklich verzweifelt aus. „Ich habe selbst lange versucht, es herauszufinden, aber es ist mir nicht gelungen. Die ganze Bruderschaft ist vollkommen undurchsichtig. Niemand weiß, wer auf wessen Seite steht."

„Was meint Ihr damit? Gab es einen Streit?", fragte Emith interessiert.

„Nein. Aber Bruder Nayhat wollte ein paar Reformen durchführen und damit waren manche anscheinend nicht einverstanden. Aber keiner sagt frei heraus seine Meinung, alles geschieht im Verborgenen. Und das macht die ganze Sache so schwierig."

Plötzlich hörten sie Schritte im Gang vor der Tür. Bruder Niayram gebot ihnen erschrocken, still zu sein.

So warteten sie leise ab, bis die Schritte verklungen waren.

„Keiner darf wissen, dass ich bei euch gewesen bin", flüsterte Bruder Niayram. „Und versucht niemals, auf keinen Fall, mit mir Kontakt aufzunehmen! Das ist zu gefährlich! Könnt ihr mir das versprechen?"

Die anderen nickten.

„Und jetzt muss ich gehen." Lautlos öffnete der Bruder die Tür und huschte hinaus.

Die Jungen starrten sich ratlos an, als er wieder weg war. „Na, das kann ja heiter werden", sagte Jakob.

Die anderen nickten betroffen. Sie blieben noch eine Weile auf den Betten sitzen, dann huschten Emith und Sheerin zurück in ihr Zimmer.

In der Nacht wachte Emith auf, weil er zur Toilette musste. Leise öffnete er die Tür und ging aus seinem Zimmer in den Flur. Die Toilette war im Erdgeschoss. Also ging er leise die Treppe hinunter. Im Treppenhaus und in der Halle war es stockduster. Die Kerzen waren erloschen. Doch Emith hatte seine Taube dabei und fand den Weg zur Toilette gut. Als er sich wieder auf den Rückweg machen wollte, hörte er ein Geräusch. Er erschrak. Wer war hier mitten in der Nacht noch wach? *Na, vielleicht auch jemand, der zur Toilette muss,* sagte er sich, doch dann sah er, dass aus einer der Türen ein Lichtschein drang. Emith kannte sich hier noch nicht gut genug aus, um zu wissen, was das für ein Raum war. Aber er merkte sich die Tür und nahm sich vor, am nächsten Tag herauszufinden, wohin sie führte. Immerhin konnte es sein, dass jemand, der nachts unterwegs war, auch etwas zu verbergen hatte! Und da sie hier im Haus der Bruderschaft den Auftrag hatten, Geheimnisse aufzudecken, war es nicht verkehrt, auf solche Dinge zu achten.

Emith schlich leise die Treppe wieder hinauf und in sein Zimmer zurück. Er lag noch lange wach, bevor er wieder einschlafen konnte.

Am nächsten Morgen wurden alle durch einen lauten Gong geweckt. Erschrocken fuhren sie aus dem Schlaf.

„Meine Güte", stöhnte Emith. „Werden die hier jeden Morgen so geweckt?"

Schnell zogen sie sich an und folgten dem Strom der Brüder in den Essraum. Wieder nahmen sie schweigend ihre Mahlzeit ein. Emith hielt Ausschau nach Bruder

Niayram, aber er konnte ihn nirgendwo entdecken. Dafür kam Bruder Shonan nach dem Frühstück auf sie zu und fragte freundlich: „Habt ihr gut geschlafen?"

Emith wurde sofort wieder an sein Erlebnis in der Nacht erinnert und er nahm sich vor, herauszufinden, was sich hinter der Tür verbarg.

„Ja, danke", antworteten alle.

Shonan sagte: „Wenn ihr immer noch mit mir in die Stadt zur Königsstunde wollt, müssten wir in ungefähr einer halben Stunde los."

„Ja, wir wollen gern", antwortete Cynthia.

„Gut. Dann treffen wir uns in einer halben Stunde am Tor", sagte Bruder Shonan und wollte gehen. Emith hielt ihn zurück. „Bruder Shonan", bat er ihn. „Könntest du uns vielleicht auch hier im Haus noch herumführen? Ich würde gern das Haus eurer Bruderschaft ein bisschen besser kennenlernen."

Für einen flüchtigen Augenblick wirkte Bruder Shonan ein wenig widerwillig, doch dann sagte er freundlich: „Selbstverständlich. Nach dem Mittagessen können wir das gerne tun."

Beim Rückweg in die Zimmer blieb Emiths Blick neugierig an der Tür hängen, hinter der er in der vergangenen Nacht das Licht gesehen hatte. Doch sie war verschlossen und er würde sich wohl bis zum Nachmittag gedulden müssen, bevor er erfahren würde, um was für einen Raum es sich handelte.

Auf dem Rückweg in ihre Zimmer baten die Jungen um ein gemeinsames Treffen mit allen Coloraniern. So trafen sie sich im Zimmer von Johrin, Jotan und Jakob, das am größten war. Jotan war auch diesmal nicht da. „Er hilft wieder beim Geschirrspülen", erklärte Jakob. „Er kommt wohl auch nicht mit in die Stadt, sondern will schauen, ob er sich hier irgendwo nützlich machen kann."

Alle schauten ihn erstaunt an. Das Verhalten von Jotan kam ihnen inzwischen mehr als merkwürdig vor! Es war ja durchaus lobenswert, dass er so hilfsbereit war, aber das ging ein bisschen zu weit! Sie hatten jedoch keine Zeit, weiter darüber nachzudenken, denn nun erzählten die Jungen den anderen von dem Besuch von Bruder Niayram. Die anderen hörten betroffen zu. Anschließend erzählte Emith von seinem nächtlichen Erlebnis.

Am Ende fasste Berolunth zusammen, was alle dachten: „Nun ja. Der König hat schon einen Grund, warum er uns hierher geschickt hat. Wir werden also wachsam sein und mit der Hilfe der Tauben Bruder Nayhat finden."

Wie verabredet trafen sie sich mit Bruder Shonan am Tor und gingen mit ihm in die Stadt zum Königshaus. Alle freuten sich schon auf dieses besondere Ereignis. Wie schön musste es sein, in diesem prächtigen Gebäude den König zu verehren.

Schließlich kamen sie beim Königshaus an und betraten es, gemeinsam mit vielen anderen Leuten, die aus allen Himmelsrichtungen herbeiströmten. Im Inneren sah es atemberaubend aus. Die Wände waren mit bunten Mosaiksteinen verziert, dazwischen gab es Glasfenster mit farbigen, blumenähnlichen Ornamenten. Auch die Decke war mit Mosaiksteinen verziert, dazwischen hingen riesige goldene Kerzenleuchter herab, auf denen unzählige Kerzen brannten.

„Oh, das sieht ja schön aus hier", rief Cynthia begeistert aus und erschrak, als sich alle plötzlich zu ihr umdrehten.

„Hier darf man nicht laut sprechen", flüsterte Shonan entsetzt.

„Warum denn nicht?", flüsterte Cynthia erstaunt zurück.

„Na, weil hier der König verehrt wird!", erklärte Shonan streng.

„Ach so." Cynthia war erstaunt. Sie hatte nie bemerkt, dass der König es liebte, wenn man flüsterte. Aber die Leute hier würden schon ihre Gründe haben, warum sie das taten.

In der Mitte des Raums standen viele Holzbänke, auf denen Leute saßen. Bruder Shonan führte Emith und die anderen zu einer dieser Bänke und alle nahmen Platz. Als sie nach vorne schauten, sahen sie, dass dort eine Art goldenes Rednerpult stand und daneben eine Statue, die anscheinend den König darstellen sollte (wobei Emith, Cynthia und die anderen fanden, dass sie dem König gar nicht ähnlich sah). Doch immerhin sah sie beeindruckend aus, wie auch der ganze Raum an sich.

„Die Menschen hier müssen den König ja alle ganz schön liebhaben, dass sie ihm lauter so schöne Häuser bauen", flüsterte Cynthia Emith ins Ohr, und Emith nickte.

Dann fing auch schon die Königsstunde an. Ein alter Mann, der mit einem dunkelroten Gewand und mit einer grüngemusterten Schärpe, wie sie auch die Königlichen Brüder trugen, bekleidet war, trat nach vorne an das Rednerpult. Er begrüßte alle mit unbewegter Miene, dann las er mit strengem Blick ein paar Ermahnungen aus dem Buch des Königs vor, die Cynthia noch gar nicht kannte. Anschließend richtete er seinen Blick auf die Zuhörer und forderte sie mit Nachdruck auf: „Achtet darauf, dass ihr immer genug Ehrfurcht vor dem König und vor seinen Dienern habt. Gehorcht seinen Befehlen und achtet darauf, dass ihr nicht überheblich werdet. Und gebt so viel Gold wie möglich für die Königshäuser, damit wir sie noch prächtiger gestalten können. Denkt immer daran: Der König möchte, dass wir ihm unsere Verehrung auf alle uns möglichen Weisen ausdrücken."

So ging das noch eine Weile weiter. Cynthia, Emith und die anderen hörten mit wachsendem Entsetzen zu. War das alles, was der Mann über den König zu sagen hatte?

Verstohlen schaute Cynthia sich um. Plötzlich fiel ihr auf, was sie vorher gar nicht wahrgenommen hatte. Auf keiner der Schultern hier sah sie eine Taube sitzen. Was war hier verkehrt? Sie hatte gedacht, an einem Ort zu sein, wo sie lauter Freunde des Königs treffen würde. Doch nun kam es ihr so vor, als würde niemand an diesem Ort den König überhaupt kennen!

Der Mann hatte inzwischen aufgehört zu sprechen und stimmte nun einen Gesang an. Aber es war kein fröhlicher Gesang, wie Cynthia das von den Königsliedern kannte, die sie daheim immer sang. Nein, dieser Gesang hörte sich eher traurig an und klang irgendwie merkwürdig. Cynthia mochte ihn überhaupt nicht. Verstohlen schaute sie sich um und sah, dass es ihren Freunden genauso ging. Nur Bruder Shonan sang konzentriert mit. Aber er sah dabei nicht glücklich aus. Überhaupt sah keiner der Anwesenden glücklich aus. Cynthia dachte darüber nach, wie glücklich sie jedes Mal war, wenn sie Lieder für den König sang. Dann war sie immer so begeistert von ihm, weil er so wunderbar war, und sie freute sich von ganzem Herzen, wenn sie ihm ihre Liebe auf diese Weise ausdrücken konnte.

Nein, hier, in diesem Königshaus stimmte etwas nicht. Hier stimmte etwas ganz und gar nicht, und das machte Cynthia sehr traurig.

XXVIII. Jotan verschwindet

Jotan war mit Geschirrspülen fertig. Anschließend fragte er die Brüder, ob es sonst noch etwas gab, mit dem er sich nützlich machen konnte. Einer der Brüder schlug ihm vor, Holz zu hacken. Jotan nickte bereitwillig und folgte ihm in den Garten. Der Bruder zeigte ihm einen großen Stapel Holz und die Axt, und ließ ihn dann allein. Beherzt fing Jotan an. Holzhacken war wenigstens eine richtig schwere Arbeit. Vielleicht konnte er damit ja den König genug beeindrucken, sodass dieser ihn wieder als Freund annehmen würde. Er fragte sich, wieviel Arbeit notwendig war, um sein Versagen wiedergutzumachen. *Bestimmt noch viel mehr*, dachte er. Jetzt traute er sich noch nicht, dem König unter die Augen zu treten. Aber wenn er das Holz gehackt und noch ein paar andere Arbeiten erledigt hatte … Er nahm sich vor, weiterhin so viel zu arbeiten wie er konnte.

Die Sonne schien heißer und heißer auf ihn herab und er fing an zu schwitzen. Schließlich bekam er Durst. Er konnte sich erinnern, auf der Rückseite des Hauses einen Brunnen gesehen zu haben. Kurzerhand stellte er die Axt ab und ging um das Haus herum, um sich etwas Wasser zu holen. Doch auf halbem Weg blieb er stehen, weil er Stimmen hörte. Und er spürte instinktiv, dass die Männer, denen diese Stimmen gehörten, keine Gesellschaft wünschten. Sie sprachen leise und in einem Tonfall, der ihn aufmerken ließ. Jotan zögerte. Sollte er lieber umdrehen und noch eine Weile warten? Doch plötzlich hörte er, wie einer der Männer sagte: „Das ist aber auch wirklich schlecht, dass diese Coloranier ausgerechnet jetzt aufgetaucht sind, wo wir fast am Ziel sind!"

„Ja, hoffentlich gelingt es Shonan, sie so zu beschäftigen, dass sie hier nicht zu viel rumschnüffeln!"

Jotan erschrak. Er schlich sich ein bisschen näher heran, um zu sehen, wer die beiden Männer waren, die da redeten. Vorsichtig lugte er um die Ecke. Doch die Männer wandten ihm den Rücken zu. Er sah sie nur von hinten.

„Was machen wir, wenn sie doch irgendwas herausfinden?", fragte der eine jetzt.

„Dann müssen sie wohl unserem verehrten Bruder Nayhat Gesellschaft leisten", zischte der andere. Seine Stimme klang jetzt richtig bösartig.

Jotan schlich noch ein bisschen näher. Vielleicht würden die beiden jetzt gleich verraten, wo Bruder Nayhat war. Doch plötzlich hörte er Schritte, die sich von hinten näherten, und eine Stimme, die sagte: „Soso, einer der Schnüffler ist also hiergeblieben!" Und dann bekam Jotan einen Schlag auf den Kopf und sank bewusstlos zu Boden.

In einer Burg in den Bergen, die die Stadt Shayan umgaben, fanden sich drei Männer, die wie Wegelagerer aussahen, bei dem Burgherrn ein, der auf einem gepolsterten Stuhl saß und an einem Glas Wein nippte. Der Burgherr sah verdrießlich aus. Er strich eine Falte seines leuchtend roten Gewandes glatt und spielte gedankenverloren mit seiner grüngemusterten Schärpe. Dann räusperte er sich, bevor er das Wort ergriff. „Wie erklärt ihr euch, dass diese Coloranier jetzt doch im Haus der Königlichen Bruderschaft angekommen sind?"

Betretenes Schweigen folgte. Dann antwortete einer der drei Männer: „Wir haben getan, was wir konnten. Immerhin haben wir es geschafft, sie nach Moroh hineinzubekommen. Wir haben auch dafür gesorgt, dass man sich in

Moroh intensiv um sie gekümmert hat. Wie sie es geschafft haben, aus der Stadt herauszukommen, können wir uns auch nicht erklären."

„Ihr hättet sie gleich in Colorania töten sollen!"

„Das haben wir ja versucht! Da kam uns dieser Berolunth dazwischen."

„Wir haben sogar die Brücke so vorbereitet, dass sie abstürzen sollten ...", erklärte der andere eifrig.

„Und wir konnten ja nicht ahnen, dass dieser Junge nachts alleine über die Brücke spazieren würde", fiel der andere ihm wieder ins Wort.

„Spart euch eure Erklärungen", unterbrach der Burgherr sie alle unwirsch. „Fest steht: Ihr habt versagt! Und wir müssen jetzt zusehen, wie wir unsere Pläne zu Ende bringen, ohne dass diese Schnüffler uns dazwischenkommen. Ihr könnt gehen. Kommt mir nie wieder unter die Augen. Ich arbeite nicht mehr mit euch zusammen!"

Er trank noch einen Schluck Wein, während die Männer sich wie geprügelte Hunde aus dem Raum trollten. Nachdenklich drehte er das Weinglas in seiner Hand herum und murmelte vor sich hin: „Na, ich hoffe, auf meine Verbündeten aus der Königlichen Bruderschaft kann ich mich mehr verlassen als auf diese drei jämmerlichen Gestalten."

Nach der „Königsstunde" fühlten sich alle deprimiert und erschöpft. Cynthia, die sich ganz besonders darauf gefreut hatte, war richtig erschüttert und voller Traurigkeit. Sie konnte sich nicht vorstellen, wie man in einer solchen Atmosphäre mit dem König Gemeinschaft haben konnte! So wusste sie gar nicht, was sie sagen sollte, als Bruder Shonan hinterher fragte: „Na, wie hat euch die Königsstunde gefallen?"

Berolunth war es, der als erster die Sprache wiederfand. In seiner direkten Art sagte er: „Ich habe mich gefragt, ob ihr einen anderen König verehrt als wir. Unseren König konnte ich da nicht finden."

Alle hielten den Atem an. Shonan starrte Berolunth entsetzt an und schnappte nach Luft. Zum Glück schaltete sich Gwinon gleich ein, der etwas diplomatischer sagte: „Nicht wahr, es ist schon interessant, dass wir in unseren Ländern anscheinend völlig unterschiedliche Zugangsweisen zum König haben."

Shonan dachte einen Augenblick über das nach, was Gwinon gesagt hatte, und dann nickte er. Anscheinend gab er sich damit zufrieden. Alle, bis auf Berolunth, atmeten erleichtert auf. Berolunth wollte noch etwas sagen, aber die anderen bedeuteten ihm, still zu sein, und schließlich gab er nach.

Sie kamen pünktlich zum Mittagessen wieder und hielten nach Jotan Ausschau, sahen ihn aber nicht.

Verwundert schauten sie sich überall um, aber er saß auch an keinem der anderen Tische. „Wetten, er hat den ganzen Vormittag irgendwo geschuftet und schläft jetzt?", vermutete Johrin.

Emith, der ja auch beobachtet hatte, wie Jotan sich in der letzten Zeit verhalten hatte, nickte nachdenklich. „Die Frage ist: Warum macht er das?"

Johrin vermutete: „Ich glaube, er will irgendwas wiedergutmachen."

„Ja, da könntest du recht haben", bestätigte auch Jakob.

Emith sah an einem der Tische Bruder Niayram sitzen und lächelte ihm zu. Aber Bruder Niayram beachtete ihn gar nicht. Also löffelte er still seine Mahlzeit und stand dann auf, um in sein Zimmer zu gehen. Doch Shonan hielt ihn auf. „Wollen wir das mit der Hausbesichtigung jetzt gleich machen?", fragte er ihn.

Emith stimmte begeistert zu. Die anderen waren auch einverstanden. Schließlich wollten sie Augen und Ohren offenhalten. Dazu mussten sie ja das Haus ein wenig kennenlernen. Also folgten sie Shonan, der sie herumführte und zu jedem Raum etwas erzählte wie ein ausgebildeter Führer. Hauptsächlich erzählte er jedoch Sachen, die sie langweilten, wie Einzelheiten über die Architektur und Bauweise des Hauses, sowie die Geschichte der Bruderschaft. Es schien nichts dabei zu sein, das ihnen in ihrer aktuellen Situation nützlich sein konnte. Trotzdem hörten sie interessiert zu und schauten sich vor allem jeden Winkel des Hauses sorgfältig an. Neben dem Essraum gab es einen weiteren Aufenthaltsraum sowie den Raum, in dem die Brüder immer ihre private „Königsstunde" morgens hielten. Natürlich gab es noch die Küche und das Bad. Shonan hatte sie nun überall herumgeführt, außer in den Raum, auf den Emith die ganze Zeit wartete, den Raum, in dem er das Licht in der Nacht gesehen hatte.

Jetzt blieb dieser Raum als letzter im Erdgeschoss noch übrig. Doch Bruder Shonan schaute gar nicht in diese Richtung, sondern wandte sich der Treppe zu. „Und nun kommen wir zum ersten Stock", erklärte er fröhlich. „Im ersten Stockwerk kennt ihr schon einige Zimmer, denn dort wohnt ihr ja selbst ..."

„Bruder Shonan", unterbrach Emith ihn. „Ihr habt einen Raum vergessen." Er deutete auf die besagte Tür.

„Ach ja", sagte Shonan schnell, „Das stimmt. Hätte ich tatsächlich fast vergessen. Unsere Bibliothek." Er wollte weitergehen, doch Emith fragte: „Oh toll, eine Bibliothek! Dürfen wir sie sehen? Ich interessiere mich so für Bücher!"

„Oh, das ist nicht so einfach", sagte Bruder Shonan. „Unser verehrter Vorsitzender Bruder Nayhat stellt sich da immer ein bisschen an. Die Bibliothek darf kaum jemand betreten. Er ist auch der einzige, der einen Schlüssel dafür hat. Und da er im Moment nicht da ist …" Er beendete den Satz nicht, aber es war offensichtlich, was er meinte. Doch Emith war auch sofort klar, dass Shonan log. „Seid Ihr Euch sicher, dass sonst keiner einen Schlüssel dafür hat?", fragte er deshalb noch einmal und fügte, als er Shonans misstrauischen Blick sah, hinzu: „Ich meine, das wäre ja wirklich schade, wenn so lange keiner in die Bibliothek könnte! Welch eine Verschwendung von Büchern, wenn keiner sie lesen kann!"

„Nun", Bruder Shonan blickte verdrießlich drein, „es kann schon sein, dass irgendjemand auch noch einen zweiten Schlüssel hat, aber mir ist nicht bekannt, wer." Damit war das Thema für ihn beendet und er ließ keinen Zweifel daran, dass er nicht willens war, darüber noch mehr zu sagen.

Also folgten ihm alle in das erste Stockwerk und von da aus in das zweite. Dort schauten sie sich noch einige Zimmer an, gingen aber an den meisten vorbei, weil sie die privaten Wohnräume der Brüder waren. Emith las interessiert die Namensschilder an den Türen. „Niayram" las er auf dem einen, „Shonan" auf einem anderen. Insgesamt gab es jedoch nicht viel Interessantes zu sehen. Am Ende merkten sie alle ihre Müdigkeit und schlugen vor, dass sie sich bis zum Abendessen noch auf ihre Zimmer zurückziehen wollten. Shonan war einverstanden und so ging er nach unten zurück, während die Coloranier sich alle in ihre Zimmer begaben.

Als Johrin und Jakob ihr Zimmer betraten, erwarteten sie, einen schlafenden Jotan vorzufinden und überlegten schon, womit sie ihn necken konnten. Doch zu ihrer Überraschung war Jotans Bett leer. „Wir müssen ihn wohl verpasst haben", wunderten sie sich.

Michaela wurde langsam müde. Jetzt war Zeit, schlafen zu gehen. Morgen war der letzte Schultag, da musste sie leider noch mal früh aufstehen. Also hörte sie auf zu lesen und ging ins Bett.

Am nächsten Tag lief nicht mehr viel in der Schule. In den meisten Unterrichtsstunden schauten sie Filme oder sie bastelten Weihnachtssachen. Michaela langweilte sich. In der Pause traf sie Nico. „Hey", fragte sie ihn. „Hast du gestern Abend weitergelesen?"

„Ja, ein bisschen. Aber ich hatte nicht so viel Zeit", meinte er.

„Was hast du denn die ganze Zeit zu tun?", wunderte sie sich.

„Naja, Weihnachtsgeschenke und so", sagte er.

Ach so, dachte Michaela. *Er hat immerhin eine große Familie, da ist man wahrscheinlich länger mit den Weihnachtsgeschenken beschäftigt.*

Plötzlich sah sie Emilia. Sie ging auf sie zu. „Hi", sagte sie.

Emilia sah sie schüchtern an. „Du weißt es, oder?", fragte sie.

Michaela nickte. „Wie geht es dir?"

„Besser. Nadine hat mir sehr geholfen. Sie hat mir Mut gemacht, das Kind nicht abzutreiben, obwohl ..." Emilia senkte ihre Stimme: „Der Typ, der eigentlich der Vater ist, das so wollte." Dann sagte sie noch leiser: „Und meine Eltern auch."

Michaela war einen Moment wie vor den Kopf geschlagen. Was hatte Emilia durchmachen müssen! Den Druck, dem sie ausgesetzt war, vermochte sie sich kaum vorzustellen! Und den Mut, den es erforderte, sich gegen all diese Meinungen zu stellen und das Kind zu bekommen, auch nicht. Sie wusste nicht, was sie sagen sollte. Schließlich fragte sie: „Wie hast du Nadine eigentlich kennengelernt?"

Emilia antwortete zögernd: „Seitdem ich weiß, dass ich schwanger bin, bin ich öfter zum Spielplatz gegangen, einfach so. Ich weiß auch nicht, warum. Ja, und da habe ich deine Tante gesehen. Ich habe gesehen, dass sie auch nicht viel älter ist als ich und trotzdem schon ein Kind hat. Da habe ich sie einfach angesprochen." Sie schwieg eine Weile, dann sagte sie: „Ich habe lange überlegt, ob ich das Kind nicht doch abtreiben lasse. Aber ich habe gemerkt, dass ich es einfach nicht kann! Ich meine, es ist ein Mensch, oder?"

Michaela nickte. Schließlich fragte sie nachdenklich: „Und wie willst du das alles schaffen?"

Emilia antwortete: „Die von der Beratungsstelle haben für mich organisiert, dass ich in eine Wohngemeinschaft ziehen kann. Es wird nicht einfach werden, aber ich glaube, ich kann es schaffen!"

Michaela nickte. Plötzlich standen ihr Tränen in den Augen. Und dann tat sie etwas, wovon sie niemals gedacht hatte, dass sie es jemals tun würde: Sie umarmte Emilia.

Als sie nach Hause kam, hatte Nadine Spinat-Grünkohl-Lauch-Auflauf gekocht. Michaela war froh, dass bald Weihnachten sein würde und ihr Geschenk für Nadine den Speiseplan hoffentlich positiv beeinflussen würde.

Nach dem Essen füllte sie Picassos Fressnapf mit Katzenfutter und der Kater kam hungrig angelaufen. Nadine betrachtete ihn stirnrunzelnd und sagte: „So ein fettes Tier habe ich selten gesehen. Du solltest ihm nicht zu viel geben!"

Plötzlich kam Michaela ein schrecklicher Gedanke: Was, wenn Picasso krank war? Vielleicht hatte er ein Geschwür? Er kam ihr ja auch plötzlich so furchtbar dick vor. Dann schob sie den Gedanken zur Seite. Eigentlich wirkte das Tier ansonsten ganz normal. Und ein bisschen träge war Picasso ja schon immer gewesen. Wahrscheinlich hatte sie ihm tatsächlich einfach zu viel zu fressen gegeben.

Nach dem Essen nahm sie sich erst mal Zeit, Weihnachtsgeschenke einzupacken. Bei dem Weihnachtsgeschenk für Nadine gab sie sich besonders Mühe. Irgendwie mochte sie Nadine jetzt noch mehr, seit sie wusste, dass sie Emilia so geholfen hatte.

Mirkos Eltern hatten nach dem Streitgespräch vor ein paar Tagen noch öfter leise über Tante Lieselotte gesprochen. Anscheinend hatte Mirko da ein Thema aufgeworfen, das seine Eltern beschäftigte. Sein Vater war ein paar Tage lang regelrecht verstimmt gewesen und hatte nicht mehr viel mit Mirko geredet. Umso überraschter war Mirko, als er nun plötzlich zu ihm sagte: „Zieh dir deine Schuhe an, Sohn, wir fahren zusammen weg."

Mirko schaute ihn überrascht an. Dann erhob er sich und zog sich die Schuhe an. Die Art, wie sein Vater das zu ihm gesagt hatte, ließ erahnen, dass er etwas Ungewöhnliches vorhatte.

Sie gingen zusammen zur Garage und stiegen ins Auto. Dann fuhren sie los. Unterwegs redeten sie nicht miteinander. Sein Vater war sowieso nie sehr gesprächig gewesen, doch heute spürte Mirko, dass ihn irgendetwas beschäftigte. Man konnte das immer sehen, wenn er den Unterkiefer hin und herschob. Heute schob er ihn besonders heftig hin und her.

Mirko wagte nicht, etwas zu sagen oder ihn zu fragen, wohin sie denn fuhren. Doch es dauerte nicht lange und ihm wurde klar, was das Ziel ihrer Fahrt war. Bald waren sie in dem Dorf angekommen, das ihm inzwischen schon recht vertraut war. Mirko warf seinem Vater einen beunruhigten Seitenblick zu. Er wollte mit ihm zu einer *Mörderin* fahren!

Seit dieses Wort gefallen war, war Mirko sich nicht mehr sicher gewesen, ob es wirklich so gut war, das alles aufzurühren. Wer weiß, was für dunkle Geheimnisse seine Familie hatte! Irgendwie gruselte es ihn sogar, noch einmal das Haus seiner Großtante zu betreten, jetzt, da er wusste, was sie für eine war …

Doch er wagte nicht, seinen Vater zu fragen, was ihn nun so plötzlich dazu bewogen hatte, dorthin zu fahren.

Schließlich hielt das Auto vor dem alten Haus und sie stiegen aus. Mirko merkte, dass sein Vater genauso nervös war wie er selbst. Er räusperte sich ein paarmal, so, als ob er einen Hustenreiz unterdrücken wollte, dann stieg er langsam die Treppe zum Haus hoch und drückte auf den Klingelknopf.

Nachdem Michaela ihre Weihnachtsgeschenke eingepackt hatte, öffnete sie die Colorania-Mail und las weiter.

Als Jotan beim Abendessen auch nicht auftauchte, begannen sie, sich Sorgen um ihn zu machen. Suchend schauten sie sich im Essraum um, ob er an einem der anderen Tische saß. Oder half er in der Küche mit? *Das wäre ihm auch noch zuzutrauen*, dachte Emith.

Doch nirgendwo war er. Nach dem Essen fragten sie überall herum, doch keiner konnte sich erinnern, Jotan irgendwo gesehen zu haben.

Schließlich erzählte ein Bruder, er habe ihn heute Vormittag zum Holzhacken in den Hof geschickt. Sofort stürmten die Coloranier los, um dort zu suchen. Schließlich kamen sie zu einem Holzstapel, der zur Hälfte gehackt war. Die Axt stand angelehnt daneben. Es war offensichtlich, dass Jotan nicht fertig geworden war mit seiner Arbeit.

„Das sieht ihm nicht ähnlich", sagte Johrin besorgt. „Wenn ihm nicht irgendwas dazwischengekommen wäre, hätte er niemals alles so stehen und liegen gelassen!"

„Dann muss ihm aber bereits heute Mittag etwas dazwischengekommen sein, denn sonst hätte er mehr geschafft. Und zwar irgendwas so Schwerwiegendes, dass er den ganzen Tag nicht mehr hier aufgetaucht ist", stellte Berolunth fest.

„Das heißt also", schlussfolgerte Emith, „dass wir uns dringend auf die Suche nach Jotan machen müssen!"

XXVIII. Der falsche Bruder

Sie durchstreiften das ganze Gelände, befragten noch einmal jeden Bruder, den sie sahen, und gingen sogar ein Stück den Weg in die Stadt hinunter. Überall riefen sie nach Jotan, doch sie fanden ihn nicht. Schließlich trafen sie sich im Zimmer der Jungen, um sich zu beraten.

„Wir sollten die Tauben fragen", schlug Cynthia vor. Die anderen stimmten ihr zu. Bald waren alle in Gespräche mit ihren Tauben vertieft. Die Tauben sicherten ihnen ihre Hilfe zu, gaben ihnen jedoch zunächst keinen konkreten Hinweis darauf, was sie tun sollten.

Deshalb schlug Berolunth vor, sich an Bruder Niayram zu wenden. Vielleicht konnte er ihnen irgendwie helfen.

Die anderen zögerten. Schließlich hatten sie Bruder Niayram versprechen müssen, dass sie nicht von sich aus versuchen würden, mit ihm in Kontakt zu treten. Doch dann stimmten sie zu. Immerhin war Jotan verschwunden und das war eine echte Notsituation. Bruder Niayram würde sicher Verständnis dafür haben, dass sie ihr Versprechen dafür brechen mussten. Doch sie wussten, dass sie sehr vorsichtig sein mussten. Keiner der anderen Brüder durfte etwas merken. Schließlich wollten sie den Bruder nicht in Gefahr bringen.

Sie beratschlagten und beschlossen gemeinsam, dass Emith Bruder Niayram aufsuchen sollte, sobald alles still im Haus war und man vermuten konnte, dass die Brüder alle in ihren Betten lagen und schliefen.

Wieder saßen sie in dem Zimmer der Jungen zusammen. Es war bedrückend, dass Jotans Bett leer war. Alle vermissten ihn.

Als genug Zeit verstrichen war, beschlossen sie, dass Emith jetzt gehen sollte. Die anderen gingen wieder in ihre Zimmer zurück.

Emith schaute sich vorsichtig auf dem dunklen Flur um. Niemand war zu sehen. Also schlich er, so leise er konnte, zur Treppe und stieg in das obere Stockwerk hinauf. Bei der Hausbesichtigung hatte er sich gemerkt, welches das Zimmer von Bruder Niayram war.

Leise klopfte Emith an die Tür, auf dessen Schild der Name *Niayram* stand.

Niemand öffnete. Emith klopfte noch einmal lauter. Plötzlich wurde die Tür aufgerissen und ein Bruder erschien. Es war nicht Niayram. Emith erschrak. „Hallo, ich … ich wollte zu Bruder Niayram", stammelte er.

„Ich *bin* Niayram. Was willst du von mir?"

„Was?" Jetzt war Emith noch verwirrter. „Oh, Entschuldigung. Ich wollte zu dem anderen Niayram. Ich habe mich wohl offensichtlich in der Tür geirrt!", stammelte er.

„Es gibt keinen anderen Bruder dieses Namens", erwiderte der Mann vor ihm.

„Was?" Emith war wie vor den Kopf geschlagen. „Aber ich sprach neulich mit einem Bruder und er stellte sich mir mit diesem Namen vor."

„Interessant", meinte der Mann vor ihm kühl. „Aber es gibt tatsächlich außer mir niemanden, der so heißt. Und jetzt gute Nacht. Ich möchte gern schlafen."

Verwirrt ging Emith die Treppe herunter zu seiner Etage. Was hatte das alles zu bedeuten? Und wie konnten sie jetzt weiter vorgehen?

Plötzlich kam ihm ein Gedanke. Er wollte wenigstens noch schauen, ob in der Bibliothek wieder Licht war. Zwar wusste er nicht, ob ihnen das irgendwie weiterhelfen würde, aber es konnte ja auch nicht schaden, es zu wissen.

Leise schlich er die Treppe hinunter. Sobald er unten angekommen war, sah er, dass wieder Lichtschein durch die Tür drang. Unschlüssig blieb er stehen. Am liebsten hätte er durch das Schlüsselloch geschaut. Aber dann hörte er ein Geräusch aus dem Gang auf der anderen Seite des Flurs. Wer war denn noch hier unterwegs? Scheinbar spielte sich im Haus der Bruderschaft eine ganze Menge nachts ab. Schnell huschte er wieder die Treppe hinauf. Er hatte keine Lust, hier in der Nacht gesehen zu werden.

Am nächsten Morgen erzählte er den anderen von seinem seltsamen Erlebnis mit dem falschen Bruder Niayram. Alle waren verwirrt. „Was sollen wir jetzt tun?", fragten sie. Keiner hatte eine Idee. Beim Frühstück schauten sie sich um, ob sie Bruder Niayram irgendwo entdecken konnten, aber er war nirgends zu sehen. Dafür kam der andere Niayram, bei dem Emith in der Nacht versehentlich an die Tür geklopft hatte, nach dem Frühstück auf ihn zu. „Ich muss dich kurz sprechen", sagte er und sah nervös aus. „Komm bitte in einer halben Stunde in mein Zimmer. Dann haben wir alle unsere Königsstunde, aber ich werde nicht hingehen und wir sind ungestört."

Emith sah ihn erstaunt an, dann nickte er.

Gleich darauf kam Shonan zu ihm. „Ich sehe, du hast schon Kontakte geknüpft", sagte er und warf Niayram einen misstrauischen Blick zu.

In dem Moment schoss es Emith durch den Kopf: *Er ist falsch wie eine Schlange. Du kannst ihm nicht trauen!* Er warf der Taube einen fragenden Blick zu und sie nickte bestätigend. Emith antwortete: „Ja. Ich fragte den Bruder eben, ob er mir sagen könne, welche Bedeutung eigentlich diese grüngemusterten Schärpen haben, die ihr alle tragt."

Shonan lachte erleichtert auf. „Aha. Nun, wenn ihr Fragen habt, könnt ihr euch gerne an mich wenden. Die anderen Brüder haben ziemlich wenig Zeit dafür. Aber ich bin immer gerne für euch da! Übrigens, wollen wir gleich noch mal in die Stadt? Wir könnten noch eine Königsstunde in einem der anderen Königshäuser besuchen."

Keiner der Coloranier hatte große Lust dazu, doch sie hielten es für klüger, den Vorschlag nicht abzuweisen. Also stimmten sie zu und verabredeten sich mit Shonan am Tor. Emith ließ sich jedoch mit der Ausrede entschuldigen, er habe Kopfschmerzen und wolle sich noch etwas hinlegen. So schaffte er sich die Möglichkeit, Bruder Niayram zu treffen. Als er sicher war, dass alle Brüder bei der Königsstunde waren und Shonan mit seinen Freunden unterwegs, machte er sich zum zweiten Mal auf den Weg zu dem Zimmer mit dem Schild *Niayram*. Diesmal öffnete sich die Tür bereits nach dem ersten Klopfen. Der Bruder bat ihn ins Zimmer und schloss die Tür sorgfältig hinter ihm.

„Bitte erzähle mir von diesem anderen Niayram", bat er ihn. „Ich habe Grund zur Annahme, dass hier besorgniserregende Dinge vor sich gehen", meinte er.

Emith wusste nicht, was er denken sollte. Wer war nun der echte und wer der falsche Niayram? Doch er musste jetzt einfach ein Risiko eingehen und so erzählte er dem Mann alles, was der andere Niayram ihm gesagt hatte.

Nachdem er geendet hatte, schaute der Bruder ihn erschrocken an. „Alles, was dieser Niayram euch gesagt hat, stimmt", sagte er. „Nur das eine stimmt nicht, nämlich sein Name. Ich weiß nicht, warum er meinen Namen benutzt hat. Aber feststeht, dass *ich* der einzige Niayram bin und der engste Vertraute von Bruder Nayhat. Ich habe es bisher nicht gewagt, mit euch Kontakt aufzunehmen, denn ich werde beobachtet. Die Leute, die Bruder Nayhat verschleppt haben, wollen mich auch aus dem Weg schaffen. Ich weiß nicht, warum jemand unter meinem Namen zu euch gekommen ist, aber ich vermute, er wollte euch verwirren und euch von der richtigen Spur ablenken."

Emith schaute ihn betroffen an. Er wusste nicht, wem er glauben sollte. Wenn tatsächlich die Absicht von des ersten Bruders Niayram gewesen war, ihn zu verwirren, dann war ihm das auf jeden Fall gelungen.

Doch dann sagte Niayram etwas, was Emith sofort veranlasste, ihm Glauben zu schenken. Dem Bruder standen nämlich plötzlich Tränen in den Augen und er flüsterte: „Ich sehe die Taube auf deiner Schulter. So lange habe ich hier schon keine Tauben mehr gesehen. Sie sind alle unsichtbar geworden. Wir haben die Tauben hier so lange nicht beachtet, dass wir sie gar nicht mehr wahrnehmen können. Und den König auch nicht. Aber ich erinnere mich an Zeiten, wo es anders war!"

Emith schaute ihn betroffen an. „Wir wollen euch gerne helfen", sagte er leise. „Dazu hat der König uns ja hierhergeschickt."

Der Bruder nickte gerührt. Dann sagte er: „Bruder Nayhat war der einzige, der den König wirklich noch kannte. Doch jetzt haben sie ihn verschleppt. Wir müssen ihn unbedingt finden!"

„Ob er überhaupt noch am Leben ist?", fragte Emith.

„Oh ja. Niemand würde hier jemanden töten. Das ist gegen das Gesetz. Und die Gesetze werden von allen respektiert. Doch jemanden in einen finsteren Kerker zu stecken und ihn jahrelang dort schmachten zu lassen, das ist nicht gegen das Gesetz!"

„Das ist ja merkwürdig", sagte Emith. Dann fiel ihm etwas ein. „Wisst Ihr, wer noch einen Schlüssel für die Bibliothek hat? Ich würde mich dort gerne mal ein bisschen umschauen. Und vielleicht auch in dem Zimmer von Bruder Nayhat. Vielleicht finde ich dort Hinweise."

Wortlos zog Niayram einen Schlüssel aus der Tasche. „Das ist der Schlüssel von Bruder Nayhat. Ich nahm ihn an mich, als ich entdeckt habe, dass Bruder Nayhat weg ist. Sein Zimmer stand offen an dem Morgen, als er verschwand, und der Schlüssel lag auf seinem Tisch." Bruder Niayram wischte sich verstohlen eine Träne aus dem Gesicht. „Ich vertraue ihn dir an. Da sind alle Schlüssel dran. Der lange ist der für die Bibliothek, und der hier", er zeigte auf einen anderen Schlüssel, „ist der für Bruder Nayhats Zimmer."

„Danke. Wisst Ihr, wer außerdem noch Schlüssel für die Bibliothek hat?"

„Soweit ich weiß gibt es da noch mehrere. Shonan müsste zum Beispiel auch einen haben."

Aha, dann ist es also erst recht klar, dass Shonan gelogen hat, dachte Emith.

„Niemand darf erfahren, dass wir miteinander gesprochen haben", sagte Bruder Niayram. „Wie gesagt, da ich der engste Vertraute von Bruder Nayhat war, beobachten sie mich besonders misstrauisch. Und euch beobachten sie auch. Sie wollen nicht, dass ihr hier irgendetwas herausfindet. Wenn sie mitbekommen, dass wir miteinander in Kontakt sind, werden sie etwas unternehmen, und das wird nichts Gutes sein!"

Emith nickte nachdenklich. Dann bedankte er sich bei Bruder Niayram und verabschiedete sich von ihm. Nun hatte er eine Menge in Erfahrung gebracht. Und er hatte Nayhats Schlüssel. Damit würde er sich auf Spurensuche begeben. Den Rest des Vormittags legte er sich tatsächlich noch ins Bett und schlief.

XXX. In Bruder Nayhats Zimmer

Die anderen kamen ziemlich frustriert aus der Stadt zurück. In diesem Königshaus war es auch nicht besser gewesen als im vorherigen. Berolunth hatte anschließend ein Streitgespräch mit Shonan angefangen, und nur durch Gwinons diplomatisches Geschick war es gelungen, Schlimmeres abzuwenden.

Emith erzählte den anderen vor dem Mittagessen, was er mit Bruder Niayram erlebt hatte. Alle hörten ihm betroffen zu. Dann zog er triumphierend Bruder Nayhats Schlüssel aus der Tasche und hielt ihn in die Höhe. „Ich denke, wir werden bald so einiges herausfinden", sagte er.

Beim Mittagessen versuchte Emith, ein möglichst leidendes Gesicht zu machen. Als Shonan ihnen dann vorschlug, nach dem Mittagessen einen Ausflug in die Berge zu machen, stimmten alle mit geheuchelter Begeisterung zu. Nur Emith erklärte, er müsse sich wieder ins Bett legen. Shonan schien ihm zu glauben und gab sich damit zufrieden, mit dem Rest der coloranischen Gäste loszuziehen.

Zwischendurch hatte Emith sich immer wieder mal umgeschaut, ob er den falschen Bruder Niayram irgendwo sehen konnte, doch der war wie vom Erdboden verschluckt.

Als seine Freunde mit Shonan losgezogen waren und alle Brüder ihrer Arbeit nachgingen, machte sich Emith auf den Weg zu Bruder Nayhats Zimmer. Er wusste, dass es im Dachgeschoss war, noch ein Stockwerk über den Zimmern der anderen Brüder. Mit Shonan waren sie nicht dort gewesen, doch Bruder Niayram hatte es ihm so erklärt.

Also schlich Emith die Treppe ganz hinauf, bis es nicht mehr weiterging. Oben war nur eine einzige Tür. Emiths Herz pochte heftig, als er sie aufschloss. Das Zimmer von Bruder Nayhat war klein, aber Emith merkte sofort, dass in dem Raum eine andere Atmosphäre herrschte als in dem restlichen Haus. Helles Sonnenlicht strömte durch ein Dachfenster und der ganze Raum war nicht nur von Licht durchflutet, sondern von einem wunderbaren Frieden. Emith warf einen Blick zu seiner Taube und sah, dass sie völlig entspannt und glücklich aussah. Er lächelte. Obwohl er Bruder Nayhat noch nie persönlich begegnet war, wusste er jetzt schon, dass er ihn mochte.

Vorsichtig schaute er sich in dem Raum um, ob er irgendwelche Spuren finden konnte. Doch er sah nichts, keinen Hinweis darauf, dass ein Kampf stattgefunden hatte, keine nennenswerte Unordnung. Emith trat an Bruder Nayhats Bett. Seine Matratze sah etwas unregelmäßig aus. Neugierig hob er sie ein Stück hoch und sah, dass unter der Matratze ein Königsbuch lag. Er wunderte sich. Warum versteckte Bruder Nayhat sein Königsbuch unter der Matratze? Emith blätterte es durch in der Erwartung, irgendein Geheimnis oder einen Schatz oder irgendetwas anderes darin zu entdecken, das eine solche Maßnahme rechtfertigte. Doch da war nichts. Es war ein Buch des Königs, ganz genau, wie Emith auch eins hatte. Sorgfältig schob er es wieder unter die Matratze.

Dann schaute er noch in den Schrank und unter das Bett, aber er fand nichts Ungewöhnliches mehr. Er wollte

sich gerade umdrehen und aus dem Zimmer gehen, als er hinter sich ein Geräusch hörte.

Michaela hörte auch ein Geräusch. Ihr Handy. Sie schaute auf das Display und sah, dass Nico sie anrief. „Hi", meldete sie sich.

„Hi", sagte Nico. „Ich wollte dich wenigstens mal anrufen, wenn wir uns schon nicht sehen können!"

Michaela freute sich, dass Nico das Zusammensein mit ihr vermisste. „Wann bist du denn fertig mit deinen Weihnachtsgeschenken?", fragte sie.

„Ich hoffe, noch rechtzeitig bis Heiligabend", lachte Nico.

„Was? Heiligabend ist doch erst übermorgen? Und morgen haben wir keine Schule! Du wirst doch wohl nicht die ganze Zeit …"

„Manche Geschenke dauern eben ein bisschen länger", sagte Nico.

Plötzlich musste Michaela an Emilia denken. Sie würde auch bald ein Geschenk bekommen, das ein bisschen länger dauerte. Ein Geschenk, das sie gar nicht gewollt hatte. Und doch würde Gott ihr ein Baby schenken. Michaela musste wieder an die ganzen Fragen denken, die ihr durch den Kopf gegangen waren.

„Nico, was hältst du eigentlich davon, wenn man mit fünfzehn schon ein Baby bekommt?", platzte sie heraus.

Er hielt erschrocken die Luft an. „Was? Willst du etwa mit fünfzehn schon ein Baby?!"

„Nein", widersprach Michaela sofort. „Aber es gibt doch Leute, denen passiert sowas!"

„Ach so. Du hast an deine Tante gedacht!"

„Zum Beispiel." Michaela wollte ihm das mit Emilia nicht sagen, denn sie wusste nicht, ob Emilia damit einverstanden gewesen wäre.

„Naja", meinte Nico. „Plan A ist das bestimmt nicht!"

„Aber unser Pastor hat gesagt, dass Gott jeden von uns geplant hat. Hat er dann falsch geplant, wenn er ein junges Mädchen in dem Alter schon ein Kind bekommen lässt?"

Nico lachte. „Ganz sicher nicht. Aber Gott hat uns auch einen freien Willen gegeben. Und wenn ein Mädchen in dem Alter, naja, also ..." Nico geriet ins Stocken.

Auf einmal war es Michaela peinlich, dass sie dieses Thema angeschnitten hatte. Über sowas hatte sie mit Nico noch nie gesprochen. Vielleicht war es besser, sich darüber mit Lena auszutauschen.

Aber plötzlich wusste sie auch so, was Nico meinte. Gott hatte den Menschen die Freiheit gegeben, eigene Entscheidungen zu treffen. Und das beinhaltete, dass Menschen auch mal etwas falsch machten oder es sich selbst schwer machten. Vermutlich war es nicht Plan A von Gott für ein junges Mädchen, ein Kind ganz allein aufziehen zu müssen, ohne einen Partner an ihrer Seite, ohne eine Schul- und Berufsausbildung und die Möglichkeit, das Kind gut zu versorgen. Menschen machten es sich selbst manchmal schwer durch ihre eigenen Entscheidungen.

„Ich verstehe, was du meinst", sagte Michaela. Dann wechselte sie schnell das Thema.

Nach dem Telefongespräch dachte sie noch länger darüber nach. Gott hatte also wahrscheinlich nicht vorgehabt, dass Emilia jetzt schon ein Kind bekam. Aber Emilia hatte sich mit irgendeinem Typen eingelassen, und, naja, sie hatten zusammen das gemacht, von dem man Babys bekam. Also mussten sie jetzt damit leben. Entscheidung Nummer eins, die Folgen hatte.

Entscheidung Nummer zwei, die ebenfalls Folgen hatte, war die von dem Typen, nämlich dass er sich der Verantwortung entziehen und Emilia mit dem Baby allein lassen wollte. So hatte Emilia jetzt mit den Folgen dieser beiden Entscheidungen zu leben. Michaela überlegte noch einmal, ob es nicht doch einfacher für Emilia gewesen wäre, wenn sie das Kind abgetrieben hätte. Doch dann fiel ihr wieder die Predigt ihres Pastors ein – jedes Kind war schon im Mutterleib einzigartig und wundervoll gemacht. Dieses Wissen gab doch dem Leben so einen großen Wert!

Selbst wenn das Leben gerade erst angefangen hatte und noch so winzig war wie Emilias Baby. Tief in ihrem Herzen empfand Michaela, dass Emilia eine gute Entscheidung getroffen hatte: Dass sie ihr Kind bekommen und aufziehen wollte, selbst gegen den Willen ihrer Eltern. Doch sie würde es nicht leicht haben. Michaela nahm sich vor, für Emilia und ihr Baby zu beten. Dann beschloss sie, dass sie das ja auch sofort tun könnte. Wie schnell war man dabei, sich etwas vorzunehmen und tat es dann doch nicht …

Also nahm sie sich Zeit und betete für Emilia und auch für ihre Tante Nadine und Pia.

Dann las sie weiter.

Emith drehte sich um und sah plötzlich den König hinter sich stehen. Sofort fiel er ihm in die Arme vor Freude. „König", rief er überrascht. „Wie schön, dich hier zu sehen!"

Der König schaute ihn liebevoll an. Dann wurde er sehr ernst. Er sagte: „Ich bin hierhergekommen, weil dies das Zimmer von meinem ganz besonderen Freund Nayhat ist. Er kennt mich schon lange und ist mir seit vielen Jahren treu, obwohl er in einer Umgebung lebt, in der das ziemlich schwer ist. Ich bin sehr stolz auf ihn und möchte dir nur sagen, dass ich euch helfen werde, ihn und auch euren Bruder Jotan wiederzufinden. Und auch, wenn dir hier jetzt alles verwirrend und schwierig erscheint, vertrau mir! Ich lasse euch, und auch meinen Freund Nayhat ganz bestimmt nicht im Stich!"

Plötzlich wurde der König immer durchsichtiger und dann war er nicht mehr zu sehen. Doch diese wunderbare Atmosphäre des Friedens, die Emith am Anfang schon gespürt hatte, war jetzt noch stärker. Am liebsten wäre er noch ganz lange in diesem Zimmer geblieben. Doch er wusste, dass es Zeit war, wieder zu gehen. Sorgfältig schloss er die Tür hinter sich ab und schlich ins Erdgeschoss. Er schaute sich nach allen Seiten um, und als niemand zu sehen war, zog er den Schlüssel aus der Tasche und schloss die Bibliothek auf. Vorsichtig spähte er hinein. Er sah einen großen Raum, in dessen Mitte ein Tisch und mehrere Stühle standen. Ringsum an allen Wänden standen

Regale mit vielen Büchern. In einer Ecke des Raums war ein großer Kamin. Asche lag darin und er sah aus, als sei er vor kurzem erst benutzt worden. Neugierig ging Emith in die Bibliothek hinein und schloss die Tür hinter sich.

Er ging zum ersten Regal und schaute sich an, was dort für Bücher standen. Zu seiner Überraschung sah er, dass das ganze Regal voll mit ein und demselben Buch war: Dem Buch des Königs! Emith schnappte vor Überraschung nach Luft. Einige der Königsbücher sahen schon sehr alt aus. Anscheinend kannte man das Königsbuch in Shantakan schon ganz lange. In Colorania war es lange verborgen gewesen und Emith und Johrin hatten es erst auf der Schatzinsel finden müssen. Seitdem wurde es auch in Colorania gedruckt und verbreitet. Scheinbar war es in Shantakan die ganze Zeit gewesen, sonst hätten sie in der Bibliothek keine so alten Exemplare haben können. Emith zog eins der älteren Bücher aus dem Regal und blätterte es durch. Die Seiten waren am Rand schon vergilbt. Vorsichtig stellte er es wieder zurück und ging zum nächsten Regal. Auch dieses war gefüllt mit Königsbüchern. Bald stellte er fest, dass die Regale an allen vier Wänden vollgestellt waren mit Königsbüchern. Jetzt verstand Emith überhaupt nichts mehr. Das machte doch alles keinen Sinn! Warum musste Bruder Nayhat sein Königsbuch unter der Matratze verstecken, wenn doch sowieso die ganze Bibliothek voll mit Königsbüchern stand?

Das musste er herausfinden. Und er wusste, das konnte er nur, wenn er in der Nacht in die Bibliothek gehen würde. Er musste sich hier irgendwo verstecken und beobachten, was nachts in der Bibliothek vor sich ging! Suchend schaute er sich nach einem geeigneten Versteck um. Da sah er auch schon, dass eins der Bücherregale weit genug weg von der Wand stand, sodass er sich in dem Spalt dahinter verstecken konnte. Zur Sicherheit probierte er es einmal aus. Es ging ganz gut, und er konnte zwischen den Büchern hindurch fast die ganze Bibliothek überblicken. *Perfekt*, dachte er. Und niemand würde ihn sehen, weil niemand vermuten würde, dass sich jemand dahinter verbarg.

XXXI. Nachts in der Bibliothek

Endlich war es soweit. Den ganzen Abend hatte Emith darauf gewartet, dass er in die Bibliothek gehen und das Geheimnis lüften konnte. Er hatte mit den anderen zusammen gegessen, und dann hatten sie wieder gemeinsam in einem der Zimmer gesessen und sich ausgetauscht. Als endlich alles still war im Gang und man vermuten konnte, dass alle Brüder schlafen gegangen waren, stand Emith aus seinem Bett auf und wollte in die Bibliothek schleichen.

„Ich will mitkommen", sagte Sheerin.

„Nein", widersprach Emith. „Das ist zu gefährlich!"

„Ich habe keine Angst", behauptete Sheerin fest und Emith sah ihm an, dass er es ernst meinte.

„Na gut", gab er schließlich nach. Vielleicht war es ja sogar ganz gut, wenn sie zu zweit dort waren. Wer weiß, was sie erwarten würde.

So schlichen sie beide leise die Treppe hinunter, in der Hoffnung, dass es noch nicht zu spät war und sie die ersten waren, die in der Bibliothek ankamen.

Sie hatten Glück. Durch die Tür drang noch kein Licht. Schnell schlossen sie auf. Licht mussten sie nicht anmachen, ihre Tauben leuchteten hell genug. Wie gut, dass die Leute, die keine Tauben hatten, diese nicht sehen konnten und ihren Lichtschein auch nicht! Sonst wären die Tauben in der Dunkelheit viel zu auffällig gewesen!

Sheerin schaute sich neugierig in der Bibliothek um, doch Emith drängte: „Los, wir verstecken uns lieber schnell, wer weiß, wann derjenige kommt, der hier nachts immer beschäftigt ist."

So quetschten sich beide hinter das Regal und beobachteten aufmerksam die Tür der Bibliothek. Sie mussten auch nicht lange warten, da drehte sich der Schlüssel im Schloss herum und ein Mann kam herein. Die Jungen sahen nur schemenhaft seine Umrisse, denn noch war es dunkel in der Bibliothek und der Lichtschein der Tauben, die mit ihnen hinter dem Regal versteckt waren, erreichte den Mann nicht. Nun zündete er die Kerze an, die auf dem Tisch stand. Dann ging er weiter zum Kamin und begann, ein Feuer zu machen. Bald loderten helle Flammen im Kamin.

Emith und Sheerin beobachteten gespannt, wie der Mann zu einem der Regale ging und ein paar Bücher herausholte. Bisher hatte er den beiden Jungen den Rücken zugewandt, sodass sie sein Gesicht nicht sehen konnten. Doch nun drehte er sich zum ersten Mal in ihre Richtung um, und Emith hielt vor Überraschung den Atem an: Der Mann war der Bruder, der sich als Niayram ausgegeben hatte.

Emiths Herz pochte aufgeregt, als er beobachtete, wie der falsche Niayram sich an den Tisch setzte und eines der Bücher des Königs aufschlug. Er merkte, dass Sheerin neben ihm genauso angespannt war wie er. Doch was der falsche Niayram dann tat, ließ Emith und Sheerin vor Schock den Atem stocken: Aufmerksam blätterte er im Buch des Königs, dann hielt er inne und riss die aufgeschlagene Seite heraus. Anschließend blätterte er weiter und riss weitere Seiten heraus. Einige Seiten überblätterte er, dann riss er wieder welche heraus. So ging das, bis er das Buch zuschlug und zur Seite legte. Dann warf er die Seiten, die er herausgerissen hatte, ins Kaminfeuer.

Anschließend nahm er das nächste Buch des Königs zur Hand und schlug es auf.

Emith merkte, wie Sheerin neben ihm immer unruhiger wurde. Sheerin besaß kein eigenes Königsbuch, doch es war sein größter Wunsch, eines zu bekommen. Er hatte sich unterwegs oft Emiths oder Cynthias Buch ausgeliehen und darin gelesen. Oh ja, er hatte den König und sein Buch lieben gelernt. Und jetzt war es für ihn fast unerträglich, zu sehen, wie jemand dieses kostbare Buch einfach kaputtreißen konnte! Er begann zu zittern, dann schluchzte er leise auf.

Emith legte beruhigend seine Hand auf Sheerins Rücken, doch er konnte nicht verhindern, was als nächstes geschah: Als der Bruder die erste Seite aus dem nächsten Buch herausreißen wollte, schoss Sheerin wie ein Blitz hinter dem Regal hervor und rief: „Halt! Das dürft Ihr nicht tun!"

An dieser Stelle war die Mail zu Ende. *Schade,* dachte Michaela. Wie immer hätte sie gerne noch weitergelesen. Sie schaute auf die Uhr. Es war bald Abendbrotzeit. Sie ging in die Küche und half mit, den Tisch zu decken. Nadine hatte einen Salat zubereitet. Der war richtig lecker. *Wenn sie so weiter macht, kann ich mich glatt noch an gesundes Essen gewöhnen,* dachte Michaela. Laut sagte sie: „Danke für den coolen Salat!"

Nadine strahlte.

Nach dem Abendessen kam Michaela ein Gedanke: „Ich könnte Pia ja heute mal ins Bett bringen, dann kannst du dich ein bisschen ausruhen!"

Nadine starrte Michaela an, als hätte sie ihr gerade vorgeschlagen, den Mond für sie vom Himmel zu holen. „Äh ... danke, das ist echt nett von dir. Aber ich glaube, Pia wird sich nicht so leicht von dir ins Bett bringen lassen, denn sie ist so daran gewöhnt, dass ich das immer mache. Aber vielleicht kann ich dir mal zeigen, wie man sie wickelt. Wenn du möchtest, dann kannst du mir vielleicht ab und zu mit ihr helfen."

„Gute Idee", meinte Michaela und ging nach dem Essen mit Nadine und Pia in das Badezimmer, um das Wickeln zu lernen. Wickeln würde vielleicht nicht gerade ihre Lieblingsaufgabe werden, aber es konnte auch nicht schaden, wenn man es konnte!

Doch keine Diät für die Katze!

Am nächsten Tag war Donnerstag, der letzte Tag vor Heiligabend. Michaela genoss es, dass sie ausschlafen konnte, weil nun endlich Ferien waren. Doch so lange klappte das mit dem Ausschlafen nicht, denn Pia war offensichtlich schon früh munter und rannte laut kreischend im Wohnzimmer nebenan herum. Schließlich zog Michaela sich an und begab sich mit einer Tasse Tee und einer Schale Müsli ebenfalls ins Wohnzimmer und beobachtete das bunte Treiben, während sie ihr Müsli löffelte.

Nadine quittierte mit einem anerkennenden Blick, dass Michaela Müsli zum Frühstück aß. „Du musst dir noch frisches Obst reinschneiden", riet sie ihr. „Dann ist es noch gesünder und schmeckt echt gut!"

Picasso kam angeschlichen und strich schnurrend um ihre Beine. Michaela betrachtete ihn nachdenklich. Es kam ihr fast so vor, als sei er heute schon wieder dicker geworden. Auf einmal hielt sie es nicht mehr aus. Sie wollte endlich wissen, was mit ihrem Kater los war. Nicht, dass er tatsächlich eine Krankheit hatte und sie tat nichts dagegen. Und da bald die Feiertage waren, musste sie schnell handeln. Also holte sie rasch Picassos Transportbox, schob den widerwilligen Kater hinein und machte sich auf den Weg zum Tierarzt. Zum Glück war die Tierarztpraxis nicht weit entfernt, sie musste nur einen Häuserblock weiter.

Im Wartezimmer nahm sie neben einem Typen mit rotgrün gefärbten Haaren Platz, der einen Papageienkäfig auf dem Schoß hatte. Darin saß ein rotgrüner Papagei, der Michaela mit listigen schwarzen Knopfaugen anstarrte und unentwegt rief: „Hau ab! Hau ab!"

Auf der anderen Seite saß eine weißhaarige ältere Dame mit einem kleinen Hund. Michaela hatte noch nie einen solchen Hund gesehen, er erinnerte sie vom Aussehen her irgendwie an ein Schwein. Das kleine Tier kläffte die ganze Zeit. Picasso wurde zunehmend unruhiger und Michaela redete beruhigend auf ihn ein, obwohl sie bei dem Lärm ihre eigenen Worte kaum verstehen konnte! Sie war froh, als sie endlich mit Picasso an die Reihe kam.

Die Tierärztin, eine freundliche ältere Dame, begrüßte Michaela und wandte sich dann gleich der Transportbox zu, in der Picasso saß. „Wen haben wir denn da?", fragte sie und öffnete vorsichtig die Box.

„Meinen Kater Picasso", erklärte Michaela. „Und ich wollte ihn mal untersuchen lassen, weil er auf einmal so dick geworden ist …"

Die Ärztin nickte geschäftig und schaute sich Picasso gründlich an. Sie betastete ihn, horchte ihn ab und stellte schließlich zufrieden fest: „Alles in Ordnung."

Michaela atmete erleichtert auf. „Dann ist er also nicht krank?", fragte sie.

„Wieso *er*?", fragte die Ärztin.

„Na, weil er ein Kater ist! Da sagt man doch wohl er!" Die Ärztin war anscheinend ein bisschen begriffsstutzig, fand Michaela.

Doch die Tierärztin grinste nur. „Wenn das ein Kater ist, bin ich ein Pferd", sagte sie.

Michaela war verwirrt. Was, um alles in der Welt, redete die Frau da?

„Bei diesem Tier handelt es sich eindeutig um eine Katze", erklärte die Ärztin jetzt langsam und jedes Wort betonend, so, als spreche sie mit einem kleinen Kind. „Und zwar um eine Katze, die bald Junge bekommen wird."

Michaela blieb der Mund offen stehen. Das konnte ja wohl nicht sein, oder? Tausend Fragen schossen ihr auf einmal durch den Kopf. Sie starrte die Ärztin an.

Diese grinste immer noch und sah sie an mit einem Blick, der zu sagen schien: *So viel also zum Thema Begriffsstutzigkeit.* Dann schüttelte sie den Kopf und meinte: „Man kann sich sein Tier ruhig auch mal *anschauen!* Sieh mal …". Sie hob Picassos Schwanz hoch. „Ich gebe zu, bei diesem Tier ist es etwas schwieriger zu erkennen, weil es sehr langes, struppiges Fell hat, auch an der Stelle, wo die Geschlechtsteile sind. Trotzdem gibt es eindeutige Unterschiede zwischen Katze und Kater." Sie fuhr fort, Michaela alles geduldig zu erklären, als sei sie ein kleines Kind, das noch nie über die Unterschiede zwischen den Geschlechtern aufgeklärt wurde.

Michaela errötete. Natürlich hätte ihr das eigentlich auffallen müssen! Aber weil sie sich so sicher gewesen war, dass Picasso ein Kater war, war sie dafür wohl irgendwie blind gewesen. Jetzt war ihr das oberpeinlich! Der Mann, von dem sie Picasso damals bekommen hatte, hatte zu ihr gesagt, Picasso sei ein Kater. Und, naja, sie hatte das nie überprüft. Wieso hätte sie das auch anzweifeln sollen? Oh, wie war sie blind gewesen! Sie war auch vorher nie mit Picasso beim Tierarzt gewesen. Sonst hätte sie wohl auch schon eher mitbekommen, dass da was Entscheidendes anders war, als sie bisher geglaubt hatte …

Auf dem Rückweg war sie immer noch wie betäubt. Dann fragte sie sich, wie das hatte passieren können, dass Picasso – oder sollte sie sich jetzt einen anderen Namen ausdenken? – Junge bekam? Da musste ja wohl mindestens noch ein Kater mit im Spiel gewesen sein!

Plötzlich fiel ihr ein, dass sie vor einiger Zeit die Wohnungstür mal versehentlich offen gelassen hatte und Picasso eine Zeitlang verschwunden gewesen war. Sie hatte ihn voller Panik gesucht, bis ein Nachbar bei ihr geklingelt hatte, der ihr das Tier wiedergebracht und grinsend gesagt hatte: „Dein Picasso hat sich erstaunlich gut mit meinem Kater vertragen!" *Oh Mann!*

Dann kam ihr noch ein anderer Gedanke: Wie sollte sie das bloß Mom beibringen? Die war schon von den Katzenhaaren genervt, die von dem einen Kater, äh, der einen Katze in der Wohnung herumlagen. Was würde sie sagen, wenn sie plötzlich mehrere Tiere in der Wohnung hätte?

Als Michaela mit Picasso wieder zu Hause war, ließ sie ihre *Katze* aus der Transportbox heraus und gab ihr erst mal etwas zu fressen. Jetzt wusste sie ja, dass sie das wieder unbesorgt tun durfte! Keine Diät war angesagt, ganz im Gegenteil!

Dann ließ sie sich wie betäubt aufs Sofa fallen. Das musste sie erstmal alles verdauen! Ihr Picasso – eine Katze! Und dann noch eine, die bald Babys bekommen würde! Oh Mann! Plötzlich musste sie wieder an Emilia denken. Sie grinste. Da hatten Emilia und Picasso ja tatsächlich etwas gemeinsam …

Nach einer Weile stand Michaela auf. Sie konnte ja schlecht den ganzen Tag auf dem Sofa sitzen bleiben. Vielleicht würde eine Colorania-Mail ihr jetzt helfen und sie ein bisschen von ihrer großen Aufregung ablenken. Sie checkte ihre E-Mails und sah, dass tatsächlich eine neue gekommen war. Bis zum Mittagessen war noch ein bisschen Zeit zum Lesen. Also holte sie sich eine Tasse Tee aus der Küche, dann zog sie sich in ihr Zimmer zurück und fing an.

Als Jotan die Augen aufschlug, war alles um ihn herum dunkel. Es war kalt und er fühlte sich gar nicht gut. Wo war er?

Er setzte sich auf und schaute sich um. Dabei stellte er fest, dass er in einem dunklen Kellerloch saß und seine Füße in Ketten gelegt waren. Neben ihm saß ein alter Mann. Auf seiner Schulter sah Jotan eine leuchtend helle Taube sitzen. Jotan schaute weg. Die Taube mochte er nicht sehen.

Der Alte sprach ihn an. „Endlich bist du aufgewacht. Bist du einer von den Coloraniern, die auf meinen Hilferuf hin gekommen sind?"

Nun drehte Jotan sich doch wieder zu dem Mann um. „Seid Ihr Bruder Nayhat?", fragte er.

„Ja. Wie viele von euch sind gekommen?", fragte Bruder Nayhat.

„Wir sind zu acht aus Colorania gekommen und haben noch einen Jungen aus Moroh mitgebracht."

„Aus Moroh?" Bruder Nayhat runzelte die Stirn.

„Warum seid Ihr hier, und wo sind wir überhaupt?", fragte Jotan nun.

„Ich bin hier, weil ich die Wahrheit über den König verbreiten will, dem Königsbuch mehr glaube als menschlichen Meinungen, und weil ich meine Taube liebe", antwortete Bruder Nayhat mit fester Stimme. „Und ich nehme an, du bist hier, weil du mir helfen wolltest."

Jotan schwieg. Dann sagte er leise: „Ich habe es mir mit dem König und der Taube verscherzt."

Bruder Nayhat hob fragend eine Augenbraue. Als Jotan schwieg, sagte der alte Mann: „Ich habe viel Zeit zum Zuhören."

Emith zitterte am ganzen Körper. Was hatte Sheerin nur getan? Der falsche Niayram hielt mitten in der Bewegung inne und starrte Sheerin an, der sich das Buch des Königs schnappte und wie ein Baby an sich drückte.

Niayram – oder wie auch immer er wirklich hieß – fauchte wütend: „Was machst du denn da?" Dann sah er

Emith, der ebenfalls langsam hinter dem Regal hervorkam. „Das ist ja wohl der Gipfel der Unverschämtheit!", schimpfte er.

Emith stand wie erstarrt vor Angst und wusste nicht, was er sagen sollte. Doch plötzlich fiel ihm etwas ein. Immerhin konnte der falsche Niayram ja noch nicht wissen, dass sie ihn enttarnt hatten. Und das konnte Emith vielleicht zu seinen Gunsten nutzen! „Bruder Niayram, wir sind gekommen, weil wir unbedingt mit Euch reden mussten", sagte Emith. Er bemerkte, dass Sheerin ihm einen erstaunten Blick zuwarf, aber er beachtete ihn gar nicht und fuhr fort: „Wir haben Euch schon überall gesucht, und nun haben wir Euch endlich gefunden!"

Der Mann, der sich als Bruder Niayram ausgegeben hatte, sah nun etwas weniger wütend aus. Anscheinend schenkte er Emiths Worten Glauben. Emith entspannte sich etwas.

„Soso. Über was wolltet ihr denn mit mir reden?", fragte der Bruder.

„Über das, was Ihr zu uns gesagt hattet, als Ihr zu uns gekommen seid. Wir sind bisher noch überhaupt nicht weitergekommen mit unseren Ermittlungen", sagte Emith. Ihm entging nicht, dass bei diesen Worten ein Ausdruck der Zufriedenheit über das Gesicht seines Gegenübers huschte. Er fuhr fort: „Ihr müsst uns zum Beispiel unbedingt sagen, was für Reformen Bruder Nayhat durchführen wollte. Und was hat das zu bedeuten, dass Ihr hier Königsbücher zerreißt? Ich meine, …", es kostete Emith Überwindung, das zu sagen, „Ihr wisst sicher, was Ihr tut, aber es wundert mich ein bisschen."

Der Bruder warf Emith und Sheerin einen prüfenden Blick zu. Dann erklärte er: „Ich tue das hier im Auftrag von

Bruder Nayhat. Er hat als einziger erkannt, dass Teile dieses Buches gefälscht sind. Und um die Brüder vor falscher Lehre über den König zu bewahren, muss ich bei jedem einzelnen Buch die Seiten, die sich als gefälscht erwiesen haben, entfernen." Der Bruder starrte in die Ferne, als hätte er vergessen, mit wem er sprach, und fuhr mit glühender Leidenschaft fort: „In diesem Buch stehen Dinge, die die Brüder von der Einhaltung des Gesetzes abbringen, sie in falscher Sicherheit wiegen und sie von dem Respekt vor dem König abhalten!"

Emith fragte erstaunt: „Was für Dinge stehen denn in dem Buch, die solche falschen Verhaltensweisen hervorrufen könnten?"

Der Bruder schaute ihn an, als würde ihm erst jetzt wieder bewusst, mit wem er sprach, dann stieß er aus: „Was für Dinge das sind? Nun, das will ich dir gern sagen!" In seinem Blick lag jetzt glühender Hass, als er sagte: „Die Lügen, dass der König getötet wurde und dass er vom Tod wieder auferstand. Die Lügen, dass er sich bestrafen ließ für das, was wir falsch gemacht haben, und dass wir durch ihn frei sein können von Schuld!"

Jetzt konnte Emith nicht länger an sich halten. Er unterbrach den Bruder und rief: „Aber ich war dabei damals, als sie ihn getötet haben, ich habe gesehen, dass er tot war, und ich bin ihm begegnet, nachdem er wieder auferstanden war."

Noch während er sprach, sah er, wie sich das Gesicht des Bruders vor ihm verzerrte. Plötzlich fing Niayram an zu schreien: „Märchen! Alles Märchen, die du erzählst! Das kann gar nicht sein! Niemals würde ein König sich töten lassen! Schon gar nicht für uns unwürdige Menschen, die wir so voller Schuld sind!"

Emith erschrak. Das Gesicht des Bruders war so verzerrt, dass es wie eine Maske des Bösen aussah.

Plötzlich öffnete sich die Tür der Bibliothek und zwei Männer stürmten herein. Es waren Shonan und ein anderer Bruder, den Emith vom Sehen kannte.

„Ergreift diese Lügner", schrie der falsche Niayram jetzt und zeigte mit seinem Finger auf die Jungen. „Sie dürfen hier nicht bleiben! Schmeißt sie in den Kerker! Sie sind eine Gefahr für unsere Bruderschaft!"

Blitzschnell waren Shonan und der andere Bruder zur Stelle und schnappten sich Emith und Sheerin. Emith kämpfte verbissen, um sich zu befreien. Doch er musste bald erkennen, dass der Bruder, der ihn festhielt, sehr stark war. Sheerin kämpfte nicht. Er hielt das Königsbuch umklammert wie ein Kind, dem man das Lieblingsspielzeug wegzunehmen drohte, und starrte die anderen mit großen verstörten Augen an.

Shonan zischte den beiden Jungen zu: „Soso, ihr habt gedacht, ihr könnt hier rumschnüffeln und alles durcheinanderbringen, was? Aber jetzt werdet ihr eurem verehrten Bruder und unserem ehrwürdigen Vorsitzenden Nayhat im Kerker Gesellschaft leisten!"

Jotan erzählte Bruder Nayhat alles, was er erlebt hatte. Er fing an mit seinen Sticheleien, die Jakob dazu gebracht hatten, wegzulaufen und mit der Brücke in die Tiefe zu stürzen. Von seinem Versagen in Moroh, von seinen verzweifelten Versuchen, alles wieder gutzumachen bis zu dem Punkt, wo er beim Holzhacken von den Männern zusammengeschlagen und hierhergebracht wurde. Als er fertig war, schwieg Bruder Nayhat eine ganze Zeit. Dann richtete er sich zu seiner vollen Größe auf und sagte: „Wenn du das, was du angerichtet hast, durch harte Arbeit und gute Taten wieder gutmachen könntest, wäre ich nicht hier!"

Jotan starrte ihn entgeistert an. Wovon redete der Mann?

Doch Bruder Nayhat fuhr gleich fort: „Ich bin mir sicher, dass es dir niemals gelingen wird, deine Schuldgefühle zu überwinden und wieder eine gute Beziehung zum König aufzubauen, wenn du die ganze Zeit nur dafür schuftest. Die Freundschaft mit dem König kann man nämlich nicht durch harte Arbeit erlangen. Genauso wenig, wie du eine andere Freundschaft nur dadurch bekommen kannst, dass du schuftest. Nein, Freundschaften sind eine Angelegenheit des Herzens."

Jotan war bestürzt, als er das hörte. War dann alles umsonst gewesen? Gab es für ihn denn keine Möglichkeit mehr, zum König zurückzukehren?

Doch Bruder Nayhat fuhr fort: „Es gibt nur eine einzige Möglichkeit, die Beziehung zum König wiederherzustellen: Durch das, was der König selbst getan hat! Du musst nicht versuchen, irgendwas wiedergutzumachen. Das kannst du nicht, und das brauchst du auch gar nicht! Er hat doch selbst schon alles wieder gutgemacht! Er hat die Strafe für all dein Versagen bereits auf sich genommen. Du hast immer, ich sage dir *immer*, die Möglichkeit, zu ihm zurückzukehren und mit ihm zu leben." Bruder Nayhat sprach mit solcher Eindringlichkeit und Leidenschaft, dass Jotan plötzlich das Gefühl hatte, der König selbst würde durch ihn sprechen. Tränen liefen ihm über das Gesicht, als er die Liebe des Königs neu erkannte.

Michaela hörte auf zu lesen. Darüber musste sie erst mal nachdenken. War es nicht bei ihr auch so gewesen: Sie hatte Nadine gegenüber versagt und hatte die ganze Zeit das Gefühl gehabt, sie könne nicht beten und sie würde Gott nicht gefallen wegen ihres Versagens. Irgendwie hatte sie sich ja genauso wie Jotan verhalten …

Gespannt las sie nun die Mail weiter.

Bruder Nayhat drehte sich zu Jotan um und sagte: „Weißt du, genau deshalb bin ich hier. Die anderen Brüder wollen das, was der König für uns getan hat, außer Acht lassen, und sie versuchen, durch das Einhalten des Gesetzes dem König zu gefallen. Aber niemand kann dem König gefallen, einfach nur, indem er Regeln befolgt. Er wünscht sich eine Beziehung von Herz zu Herz mit uns. Und das versuche ich meinen Brüdern schon so lange begreiflich zu machen, aber die meisten wollen das einfach nicht hören!"

Aber Jotan hatte gehört. Er hatte genau zugehört und verstanden. Und jetzt, in diesem dunklen Kellerloch, sprach er zum ersten Mal wieder mit dem König. Er schüttete ihm sein ganzes Herz aus und brachte all sein Versagen zu ihm. Plötzlich sah er auf seiner Schulter etwas leuchten. Die Taube. Sie war die ganze Zeit da gewesen, aber er hatte sie nicht mehr sehen können. Doch nun sah er sie wieder und in ihr die lächelnden Augen des Königs, die ihm sagten: „Wie schön, dass du endlich wieder zu mir zurückgekommen bist."

Michaela wischte sich eine Träne aus dem Auge. Wie oft hatte sie sich schon genauso verhalten wie Jotan. Sie hatte etwas Dummes gemacht, oder auch einfach aus Nachlässigkeit vergessen, in der Bibel zu lesen und zu beten. Und anstatt einfach mit Jesus darüber zu sprechen, hatte sie alles Mögliche versucht, um Gott irgendwie wieder zu gefallen. Plötzlich wurde Michaela klar, dass sie aus ihrem Versagen Nadine gegenüber die vollkommen falschen Rückschlüsse gezogen hatte. Was hatte sie alles versucht, um das wieder gutzumachen. Doch niemals konnte sie durch eigene Leistungen auch nur ein einziges Versagen wiedergutmachen.

Das, was sie stattdessen hätte tun sollen, nämlich mit ihrem Versagen zu Jesus zu gehen, mit ihm darüber zu sprechen und ihn um Hilfe zu bitten, das hatte sie nicht gemacht! Doch genau das wäre das einzig Richtige gewesen! Weil Jesus alles gut gemacht hatte, konnte Michaela immer zu Gott beten. Niemals brauchte sie das Gefühl haben, sie dürfe nicht zu ihm kommen, oder sie müsse vorher erst irgendetwas leisten, bevor er ihr vergeben und sich ihr zuwenden würde. Und es ging ihm überhaupt nicht darum, dass Michaela irgendwelche Leistungen vollbrachte oder Regeln einhielt. Es ging ihm einfach um eine Beziehung, von Herz zu Herz.

Michaela betete und sprach zum ersten Mal seit längerer Zeit wieder ausführlich mit Jesus. Hinterher war sie richtig fröhlich. Komisch – plötzlich hatte sie noch mehr den Wunsch, Nadine eine Freude zu machen. Nun musste sie nicht mehr das Gefühl haben, irgendwas gutmachen zu müssen, sondern sie *wollte* einfach gut zu ihr sein – weil Jesus zu ihr, Michaela, gut war.

Nico war fertig. Endlich hatte er alles geschafft! Seine Weihnachtsgeschenke lagen verpackt im Schrank. Und vor allem das Geschenk, an dem er so lange gearbeitet hatte. Michaela würde sich bestimmt freuen!

Plötzlich kam Philipp in sein Zimmer gestürmt. „Ich hab' ihn, ich hab' ihn!", jubelte er.

„Was hast du?", fragte Nico.

„Den Star Wars-Adventskalender! Es gab noch einen zum halben Preis, und den hat Oma mir gekauft!"

„Und was willst du jetzt noch mit einem Adventskalender?", fragte Nico entgeistert. „Ich meine, morgen ist schon der 24.!"

„Na umso besser", jubelte Philipp. „Ich kann heute dreiundzwanzig Türchen aufmachen!"

Nico schüttelte den Kopf. Seine Geschwister waren manchmal wirklich komisch.

Naja, er würde jetzt erst mal Michaela anrufen.

„Wie weit bist du mit Lesen gekommen?", fragte er sie am Telefon.

„Bis dahin, wo Jotan zum ersten Mal wieder mit seiner Taube spricht", antwortete Michaela.

„Ach, da bin ich auch ungefähr. Soll ich nach dem Mittagessen noch zum Lesen kommen? Bin nämlich jetzt fertig mit meinen Geschenken."

„Ja, gerne!"

„Super, dann bis nachher!" Nico freute sich.

Auch Michaela freute sich, dass sie nun wieder gemeinsam mit Nico weiterlesen konnte. Gerade, als sie aufgelegt hatte, meldete sich ihr Handy wieder. Johnny.

Immer noch war sie ein wenig aufgeregt, wenn sie mit ihm sprach.

„Ich wollte dir ein frohes Weihnachtsfest wünschen", sagte er.

„Danke, wünsche ich dir auch", antwortete Michaela.

„Und, ich habe gehört, du hast mit deinem detektivischen Spürsinn inzwischen herausgefunden, was mit Emilia los ist", spöttelte Johnny.

„Ja … naja, sie ist mit meiner Tante befreundet und da hat es sich so ergeben. Aber wie kam es eigentlich, dass *du* schon wieder so früh über alles Bescheid wusstest?", fragte Michaela.

„Emilia brauchte jemanden, mit dem sie mal reden konnte, und ich bin halt ein Typ, dem man vertrauen und dem man auch mal sein Herz ausschütten kann", prahlte er.

Michaela lachte. „Aber von dir eingenommen bist du gar nicht, oder?"

Johnny lachte auch. „Ich sag's nur, wie's ist." Dann wurde er ernster. „Aber ich hab' gehört, dass Emilia sich nicht nur mit deiner Tante angefreundet hat, sondern auch dabei ist, sich mit dir anzufreunden?"

„Ja", sagte Michaela. „Das stimmt."

„Und das ist gut", sagte Johnny. „Ich schätze, Emilia kann in der nächsten Zeit jede Unterstützung gebrauchen, die sie kriegen kann." Dann wechselte er das Thema: „Und, lest ihr immer noch Colorania-Geschichten?", fragte er.

„Ja!", rief Michaela begeistert. „Wir lesen gerade Band fünf! Interessiert?"

„Nee, lass mal. Das ist mir zu christlich. Ich finde das zwar gut, wie du glaubst und wie das in der Geschichte rüberkommt, aber du weißt ja, für mich ist das nichts! Ich bin nicht so ein guter Mensch, ich bin einfach nicht so christlich drauf wie du!"

„Aber darum geht's ja gerade in der Geschichte, dass du eben *nicht* versuchen musst, ein guter Mensch zu sein, sondern du kannst so zu Jesus gehen, wie du bist! Ihm machen deine Fehler und Macken nichts aus!"

„Oh, cool! Dann kann ich also Christ sein und trotzdem machen, was ich will, weil es Jesus nichts ausmacht?", schlussfolgerte Johnny.

Michaela zögerte. „So habe ich das nicht gemeint", sagte sie. Sie dachte einen Augenblick nach. „Weißt du, in der Bibel steht irgendwo, dass Gott uns ein neues Herz schenkt. Und ich glaube, das ist mir passiert. Ich *will* einfach manche Sachen nicht mehr tun. Ich *will* das Gute tun und nicht das Böse."

„Ein neues Herz?", fragte Johnny. „Wie jetzt? Mein Vater ist Arzt und der kennt sich mit Herzen gut aus. Ich glaube nicht, dass schon mal jemand …"

„So habe ich das doch gar nicht gemeint!", unterbrach Michaela ihn. „Wenn die Bibel von Herz spricht, meint sie einfach dein Inneres, deinen Willen, deine Einstellung zu etwas!"

„Ach so", meinte Johnny. „Und das ist bei dir neu, seit du Christ bist?", fragte er erstaunt.

„Ja", antwortete Michaela.

„Cool!", sagte Johnny.

Am Nachmittag kam Nico. Michaela hatte eine Kanne Tee gekocht und stellte eine Schüssel mit Obst auf den Tisch.

Nico nahm sich eine Mandarine und fragte erstaunt: „Was ist denn mit dir los? Sonst futterst du nachmittags doch immer nur Kekse!"

Michaela errötete und sagte: „Naja, Nadine hat mich darauf aufmerksam gemacht, dass man sich auch ein bisschen gesünder ernähren kann …"

Nico grinste. „Ich glaube, deine Tante übt einen guten Einfluss auf dich aus", sagte er. Dann fingen sie an zu lesen.

Emith und Sheerin erschraken fast, so abrupt wurden sie losgelassen. Hinter ihnen sanken Shonan und der andere Bruder zu Boden.

Erstaunt drehten sie sich um und sahen Berolunth und Gwinon, die sich lautlos in die Bibliothek geschlichen und die beiden Männer blitzschnell niedergeschlagen hatten.

„Danke", keuchte Emith und rieb sich seine Arme, die ihm von dem festen Griff des Mannes wehtaten. Sheerin sagte gar nichts, sondern umklammerte weiterhin das Königsbuch.

Der falsche Bruder Niayram starrte sie alle erschrocken an. Dann besann er sich und wollte die Bibliothek verlassen. Berolunth fasste schnell nach ihm, aber er entwand sich seinem Griff und rannte weg. Sofort rannte Berolunth hinter ihm her, doch nach einer Weile kam er zurück und sagte: „Leider ist er wie vom Erdboden verschluckt. Ich konnte ihn nicht mehr sehen."

„Was machen wir mit den beiden anderen?", fragte Gwinon.

„Wir könnten sie irgendwo einsperren", schlug Emith vor. „Immerhin habe ich alle Schlüssel."

„Lassen wir sie einfach hier liegen", meinte Berolunth. „Sie können uns nichts anhaben. Morgen früh werden wir mit den verantwortlichen Brüdern sprechen und ihnen erzählen, was hier vor sich geht. Ich schätze, dann wird sich alles aufklären!"

Alle waren einverstanden. Emith schloss die Bibliothek sorgfältig ab. Sollten die beiden ruhig noch ein bisschen länger darin bleiben.

XXXII. Die Drohung

Am nächsten Morgen trafen sich alle Coloranier und Sheerin zur Beratung in einem der Zimmer, noch bevor sie zum Frühstück gingen. Sie mussten dringend mit ihren Tauben sprechen und sich auch miteinander beraten, wie sie weiter vorgehen sollten.

Nach einer intensiven Zeit des Austausches hatten sie Anweisungen von den Tauben empfangen, die sie gleich nach dem Frühstück umsetzen wollten.

Als sie den Essraum betraten, sahen sie, dass auch Shonan und der andere Bruder zum Frühstück gekommen waren. *Sieh mal einer an,* dachte Emith. *Von wegen, keiner hat den Bibliotheksschlüssel.* Shonan hat also tatsächlich *selbst einen!*

Die beiden warfen hasserfüllte Blicke zu den Coloraniern.

Berolunth grinste. „Ich glaube, die mögen uns nicht mehr", witzelte er. „Heute möchte Shonan bestimmt keine Ausflüge mehr mit uns machen!"

Nach dem Essen begaben sich alle Brüder zur Königsstunde. Die Coloranier schlossen sich ihnen diesmal an. So hatten es ihnen die Tauben gesagt.

Die Königsstunde fand in einem Raum statt, der etwas kleiner als der Essraum, aber wesentlich besser ausgestattet war.

Holzbänke standen darin, mehrere Kerzenleuchter hingen von der Decke, ein hölzernes Rednerpult mit geschnitzten Verzierungen stand vorne sowie eine Statue, die offensichtlich wieder den König darstellen sollte und ihm wiederum gar nicht ähnlich sah.

Alle Brüder starrten die Coloranier erstaunt an. Niemand hatte damit gerechnet, dass sie an der Königsstunde teilnehmen wollten.

Doch als Berolunth plötzlich aufstand und nach vorne ans Rednerpult ging, waren die anderen noch überraschter. Berolunth ließ sich davon jedoch nicht beeindrucken und ergriff das Wort.

„Sehr verehrte Brüder der Königlichen Bruderschaft Shayan", begann er. „Wie viele von Euch wissen, hat uns der König selbst zu Euch gesandt mit einem Auftrag. Wir sollten aufdecken, was im Verborgenen geschieht, und ans Licht bringen, was im Dunkeln ist. Viele Dinge sind hier vor sich gegangen, die unserem König nicht gefallen. Doch gestern Nacht ist uns einiges klar geworden, und deshalb wenden wir uns jetzt an Euch alle ..."

Mit glühenden Worten erzählte Berolunth zunächst, wie er den König kennengelernt hatte, und erklärte, dass der König zu jedem der Brüder eine persönliche Beziehung haben wolle. Dann gab er das Wort an Emith und Cynthia weiter, die erzählten, was sie in der Nacht erlebt hatten, als der König gestorben und wieder auferstanden war. Danach erzählten Sinayah und Johrin, wie sie dem König begegnet waren.

Selbst Sheerin erzählte, wie er den König in Moroh kennengelernt und die Taube von ihm geschenkt bekommen hatte. Alle brachten sie dieselbe Botschaft: Es ging dem König nicht darum, Regeln und Gesetze einzuhalten, sondern es ging ihm um eine Beziehung von Herz zu Herz.

In vielen Gesichtern der Zuhörer konnte man sehen, dass sie von den Worten tief berührt waren. Vor allem die älteren Brüder nickten, als wollten sie sagen: *Ja, früher haben wir mal so gelebt, aber das ist lange her ...*

Vor allem, als Emith und Cynthia erzählten, dass der König aus Liebe für die Menschen gestorben war, standen vielen Tränen in den Augen.

Doch in einigen Gesichtern war auch steinerne Härte zu sehen. Man konnte ihnen ansehen, dass sie unerbittlich gegen diese Wahrheit ankämpfen würden. Unter ihnen waren Shonan und der andere Bruder aus der Bibliothek.

Zum Schluss erzählten Berolunth, Emith und Sheerin, dass nachts in der Bibliothek aus Königsbüchern Seiten herausgerissen wurden. Ein Schrei der Empörung ging durch die Bruderschaft.

Doch dann ging Shonan nach vorne und rief: „Nun habt ihr die ganze Zeit diesen Fremden zugehört. Hört jetzt mir zu! Uns geht es nur darum, die alten Gesetze zu bewahren und unsere ehrwürdigen Traditionen zu schützen …" Mit vielen Worten erklärte Shonan jetzt, warum er die Lehre, dass der König gestorben sei, für gefährlich halte. Er gebrauchte dazu ähnliche Worte wie der falsche Niayram in der Nacht zuvor, nur noch drastischer. Da er ein guter Redner war, hörten die Leute auch ihm interessiert zu. Cynthia beobachtete die Brüder aufmerksam. Einige von ihnen, die vorher von den Worten der Coloranier sichtlich berührt waren, schienen jetzt wieder umzuschwenken. Das konnte sie kaum mit ansehen. Schließlich rief sie: „Hört doch nicht auf ihn. Hört auf euer Herz Der König liebt euch, er will eine Freundschaft mit euch haben. Er will euer Herz, nicht eure Traditionen und Gesetze!"

Schließlich brach die ganze Versammlung in laute Diskussionen aus. Die Brüder stritten und diskutierten miteinander bis zum Mittagessen.

Manahim war die ganze Zeit gelaufen, so schnell er konnte. Denn er musste unbedingt in der Burg Bericht erstatten von dem, was passiert war!

Er hatte gedacht, indem er sich als Niayram ausgab und den Coloraniern gleich ein bisschen Angst einjagte, konnte er verhindern, dass diese weiter herumschnüffelten. Doch das hatte offensichtlich nicht geklappt.

Und jetzt hatten sie ihn und die anderen in der Bibliothek sogar überlistet! Er sah alle Pläne in Gefahr, ja, die ganze Bruderschaft war in Gefahr! Sie war schon in Gefahr gewesen durch die irrigen Ansichten, die Bruder Nayhat immer hineingebracht hatte. Aber jetzt, wo diese Coloranier auch noch da waren, war die Gefahr noch größer! Dabei hatten sie nun schon Bruder Nayhat in den Kerker gebracht und diesen Jotan. In der Hoffnung, dass sie sich im Kerker ändern würden. Denn das war die ganze Zeit seine Hoffnung: Dass diese Irregeleiteten die Wahrheit erkennen und zu ihr zurückkehren würden. Dann könnten sie auch wieder freigelassen werden.

Keuchend kam er schließlich in der Burg an. Er konnte fast nicht mehr. Doch es war überaus wichtig, dass er dem Burgherrn Bericht erstattete. Denn der war mächtig und er hatte viele Mittel und Wege. Wenn einer noch helfen konnte, dann er.

Da der Burgherr ihn gut kannte und ihm vertraute, wurde er gleich zu ihm hineingelassen. Das gab ihm immer ein gutes Gefühl, es ließ ihn so wichtig erscheinen! Sofort straffte er sich ein wenig und richtete sich auf. Dieses Gefühl, wichtig zu sein, gab ihm wieder etwas Kraft.

Schließlich stand er im Raum vor dem Burgherrn und erzählte alles, was im Haus der Königlichen Bruderschaft passiert war.

Der Burgherr hörte mit gerunzelter Stirn zu. Dann fragte er: „Wie viele von den Königsbüchern habt ihr bisher nach unseren Vorstellungen verändern können?"

Manahim runzelte jetzt ebenfalls die Stirn. Der Ausdruck „nach unseren Vorstellungen" gefiel ihm nicht. „Den ehrwürdigen Traditionen unseres Landes entsprechend", korrigierte er. Dann antwortete er: „Ungefähr ein Drittel."

Der Burgherr sprang wütend auf. „So wenig?", schrie er. „Dann gibt es ja immer noch viel zu viele Königsbücher, die mit dieser Irrlehre voll sind!"

„Wenn mir diese Kerle nicht dazwischen gekommen wären, hätte ich heute Nacht noch viele weitere geschafft", seufzte Manahim.

Der Burgherr setzte sich wieder auf seinen gepolsterten Stuhl. Gedankenverloren spielte er mit dem Ende seiner Schärpe. „Ich weiß, was ich tun werde", sagte er.

Nach dem Mittagessen wurden die Coloranier umringt von Brüdern, die sie baten: „Erzählt uns vom König. Wir wollen mehr von ihm wissen. Bitte zeigt uns, wie wir ihn wirklich kennenlernen können!"

Nichts taten die Coloranier lieber als das.

Am Nachmittag schien es dann, als teilte sich die Bruderschaft in zwei Lager: Die eine Hälfte ging mit den Coloraniern mit, um mehr über den König zu lernen, die andere Hälfte versammelte sich in einem anderen Raum, um hitzig darüber zu diskutieren, wie man den Einfluss derselben stoppen könne.

Am Abend, als alle nach einem langen, aufregenden Tag wieder in ihre Zimmer gingen, fanden Johrin und Jakob dort einen Zettel vor. Darauf stand in großen Druckbuchstaben:

WENN IHR EUREN BRUDER LEBENDIG WIEDERSEHEN WOLLT, VERLASST HEUTE ABEND UM 21.00 UHR DIE STADT!

WENN WIR SEHEN, DASS IHR AUS DER STADT HERAUSREITET, SCHICKEN WIR IHN HINTER EUCH HER. ZUM ZEICHEN, DASS IHR ES SEID, HALTET JEDER EINE FACKEL IN DER LINKEN HAND. WIR BEOBACHTEN EUCH.

SOLLTET IHR NICHT MIT FACKELN AUS DER STADT HERAUSZIEHEN, WIRD EUER BRUDER NOCH HEUTE NACHT STERBEN.

Jakob schrie vor Schreck auf, als er den Zettel las. Er zitterte am ganzen Körper. Die beiden Brüder stürmten heraus und liefen zu den anderen. Aufgeregt und voller Panik zeigten sie ihnen die Drohung. Alle wurden blass. Dann schaute Emith auf die Uhr. Es war 20 Uhr 30. In einer halben Stunde sollten sie die Stadt verlassen haben. Sie mussten noch ihre Sachen packen. Sich Fackeln besorgen. Von den Brüdern verabschieden. Alle begannen wie wild, in ihren Schränken herumzuwühlen. Würden sie das überhaupt noch schaffen? Und was würde aus den Brüdern werden, die noch mehr über den König wissen wollten, wenn sie wieder weg waren? Und Nayhat hatten sie auch noch nicht befreit! Eigentlich konnten sie jetzt hier nicht weg! Andererseits stand das Leben von Jotan auf dem Spiel! Sie zweifelten keine Minute daran, dass die Drohung sehr ernst zu nehmen war!

Jotan und Bruder Nayhat hatten eine wundervolle Zeit zusammen verbracht. Sie hatten ihren Kerker gemeinsam in ein Königshaus verwandelt und freuten sich sehr über die Gemeinschaft mit dem König und miteinander. Besonders für Nayhat, der schon lange Zeit allein in diesem Kerker verbracht hatte, war es schön, nun Gesellschaft zu haben. Bald hatte er Jotan ins Herz geschlossen, der Junge war wie ein Sohn für ihn. Umgekehrt fühlte Jotan sich zu Nayhat hingezogen wie zu einem Vater.

Plötzlich öffnete sich die Tür des Kerkers. Das war nichts Ungewöhnliches, denn einmal am Tag wurde ihnen Brot und Wasser gebracht. Doch diesmal kamen vier bewaffnete Männer herein. Sie machten Jotan und Nayhat von ihren Fußeisen los und griffen sie jeweils zu zweit. Dann führten sie sie hinaus. Jotan und Nayhat blinzelten, sie wurden geblendet von der untergehenden Sonne.

Es war wunderbar, nicht mehr den modrigen Geruch des Kerkers riechen zu müssen. Tief atmeten sie die frische Luft ein. Doch sie kamen nicht dazu, sie zu genießen, denn sobald sie draußen standen, fingen die vier Männer an, sie von Kopf bis Fuß zu fesseln.

„Was habt ihr mit uns vor?", fragte Nayhat.

Doch die Männer antworteten nicht und fuhren schweigend mit ihrer Arbeit fort. Als Jotan und Nayhat schließlich wie Pakete verschnürt waren, trugen sie sie aus dem Burgtor hinaus.

Besorgt schauten sich die beiden um. Wohin sollten sie gebracht werden?

Bald sollten sie es erfahren. Nicht weit von der Burg, ein Stück bergabwärts, stand eine alte Scheune. Einer der Männer öffnete die Tür, dann warfen sie Jotan und Nayhat hinein und verschlossen die Tür hinter ihnen sorgfältig. Jotan hörte, wie sie einen eisernen Riegel davorschoben.

Der Burgherr schaute aus dem Fenster und sah zufrieden, wie seine Anweisungen ausgeführt wurden. Die beiden Gefangenen waren also jetzt in der Scheune. Nun hieß es abwarten, ob diese Coloranier seinen Anweisungen gehorchten. Falls nicht, würde er um Punkt 21.00 Uhr die Scheune in Brand setzen lassen.

Während alle in Panik durcheinanderredeten, hatte sich Sheerin in eine Ecke zurückgezogen und las in seinem größten Schatz, dem Königsbuch, das er vor der Zerstörung gerettet hatte. Plötzlich erleuchtete die Taube einen Satz: *Wer dem König vertraut, wird nicht ängstlich fliehen.* Sheerin las den Satz laut vor und alle waren plötzlich still. War das die Anweisung der Taube in dieser Situation? Alle blickten verunsichert zu ihren Tauben. Die Tauben nickten bestätigend. Trotzdem fühlten sich alle hin- und hergerissen, denn die Situation war einfach zu beängstigend. Meinten die Tauben das wirklich ernst? Setzten sie Jotan nicht einer zu großen Gefahr aus, wenn sie jetzt nicht die Stadt verließen? Wieder und wieder fragten sie die Tauben, was sie tun sollten. Doch diese blieben bei ihrer Antwort: *Wer dem König vertraut, wird nicht ängstlich fliehen.*

Schließlich entschieden sie sich schweren Herzens, zu bleiben. Sie räumten ihre Sachen wieder in die Schränke und setzten sich ratlos auf ihre Betten. Gab es irgendetwas, was sie jetzt tun konnten, um Jotan zu retten?

Doch die Tauben gaben ihnen keine weiteren Anweisungen.

XXXIII. Feuer!

Manahim saß beim Burgherrn im Salon. Er fühlte sich sehr geschmeichelt, von ihm persönlich zu einem Glas Wein eingeladen worden zu sein.

„Für deinen Einsatz und deine treuen Dienste", erklärte der Burgherr, während er dem jungen Mann Wein einschenkte.

„Ich fühle mich geehrt", dankte dieser mit einer leichten Verbeugung. „Und ich werde ganz sicher weiterhin alles tun, was in meiner Macht steht, um Euch und den hohen Zielen, denen wir uns verschrieben haben, zu dienen", fügte er etwas geschwollen hinzu.

Der Burgherr hörte jedoch gar nicht zu, sondern schaute auf die große vergoldete Standuhr, die in der Ecke stand. Es war fast 21.00 Uhr. „Jetzt müssen wir aus dem Fenster schauen", sagte er. „Dann werden wir sehen, wie die Coloranier die Stadt verlassen", erklärte er zufrieden.

„Das ist sehr gut", freute sich Manahim. Gemeinsam stellten sie sich vor das Fenster.

Der Burgherr erklärte ihm, dass sie bald acht Reiter sehen würden, die eine Fackel in der linken Hand hielten und vom Gelände der Königlichen Bruderschaft aus stadtauswärts reiten würden.

Gespannt hielten sie danach Ausschau. Manahim beobachtete, wie immer mehr Sterne am Himmel anfingen zu leuchten. Er träumte davon, eines Tages auch wie ein Stern zu leuchten. Nicht am Himmel, sondern als eine Berühmtheit. Als jemand, der den wahren Glauben wiederhergestellt und damit das Land mit seinem edlen Einsatz vor einer Katastrophe bewahrt hatte. So edel und glanzvoll wie ein Stern am

Himmel, wollte er bei seinen Landsleuten angesehen sein. Und im Dienst für den Burgherrn, der sich dem gleichen Ziel verschrieben hatte, würde ihm das ganz bestimmt gelingen. Deshalb hatte er sich mit ihm zusammengetan und mit den Brüdern, die ebenfalls dasselbe wollten wie er: Die ehrwürdigen Gesetze und Traditionen des Landes Shantakan zu schützen vor Irrlehrern wie Bruder Nayhat einer war. Durch ihr beherztes Handeln wollten sie die shantakanische Kultur vor dem Untergang bewahren.

Die Uhr hinter ihnen schlug neun Mal. Manahim fühlte, wie die Anspannung des Burgherrn wuchs. Es waren keine Reiter mit Fackeln zu sehen. „Das gibt's doch nicht!", schimpfte er.

Jotan und Nayhat hatten bereits eine ganze Zeit in der Scheune gelegen, als sie plötzlich von draußen Geräusche hörten. Angespannt lauschten sie. Sie hatten kein gutes Gefühl dabei, dass man sie hierher geschleppt hatte, überhaupt kein gutes Gefühl. Was machten die Männer da draußen?

Einen Augenblick später sollten sie es erfahren, denn auf einmal rochen sie Feuer, und dann sahen sie auch schon, wie an einer Ecke der Scheune Flammen aufloderten. Jotan schrie vor Schreck auf. Nayhat schaute sich nach seiner Taube um. „König, hilf uns!", flüsterte er.

Emith und die anderen hatten die ganze Zeit unschlüssig in ihren Zimmern gesessen. Jeder redete mit seiner Taube. Um 21.00 Uhr dachten alle an Jotan und sie flehten den König an, sein Leben irgendwie zu bewahren. Plötzlich sprach die Taube zu Emith und sagte: Geh durch das ganze Haus und rufe alle Brüder zusammen, die auf unserer Seite stehen.

Bewaffnet euch mit Fackeln! Dann zieht in die Stadt hinunter und von dort hinauf zur Burg. Singt dabei Lieder für den König."

Emith war aufgeregt. Endlich musste er nicht mehr untätig herumsitzen! Das hatte er sowieso kaum ertragen können!

Der Burgherr stand immer noch am Fenster und sagte grimmig zu Manahim: „Das müssen Bruder Nayhat und der Junge mit ihrem Leben bezahlen, dass die Coloranier unseren Anweisungen nicht gehorcht haben!"

Manahim drehte sich erschrocken zum Burgherrn um und wandte ein: „Aber Herr, das ist doch gegen das Gesetz unseres Landes! Wir dürfen niemanden töten!"

Der Burgherr warf Manahim einen vernichtenden Blick zu und sagte: „Du bist tatsächlich noch so naiv zu glauben, dass es mir um die Gesetze unseres Landes geht? Nein, darum ist es mir nie gegangen! Mir sind die Gesetze so egal wie das Leben dieser beiden Verräter!

Es geht nicht um Gesetze, sondern es geht um Macht. Und um Geld! Und beides bekomme ich von dem Meister, dem ich diene."

Manahim fehlten zunächst die Worte vor Empörung. Dann presste er mühsam die Frage heraus: „Welchem Meister dient Ihr denn?"

Der Burgherr lachte laut und dröhnend auf. „Es ist zu komisch, nicht wahr? Da kommen diese Coloranier, um mein Werk kaputt zu machen, und der Meister, dem ich diene, hat seinen Thron ausgerechnet in ihrem eigenen Land!" Er lachte weiter und weiter. In den Ohren von Manahim klang das Lachen plötzlich irre und bedrohlich. Ihn schauderte. Dann fragte er: „Ihr sprecht von dem Schwarzen Meister?"

„Wie schlau du bist, dass du das so schnell herausgefunden hast!", spöttelte der Burgherr. „Und jetzt hilf mir, diese Coloranier alle zu vernichten, und die Brüder, die sie auf ihre Seite gezogen haben, noch dazu. Ich werde dem Schwarzen Meister dazu verhelfen, in Shantakan Fuß zu fassen und auch in diesem elenden Land Colorania seine Herrschaft wiederzuerlangen!"

Manahim wurde fast schlecht bei diesen Worten. Erst jetzt merkte er, dass der Burgherr bei weitem nicht die gleichen Ziele hatte wie er. Doch nun war es zu spät. Entsetzt sah er, wie die Flammen an der Scheune immer höher kletterten. Bruder Nayhat und der Junge würden elend verbrennen.

Inzwischen stand die ganze Scheunenwand in Flammen. Verzweifelt versuchten Jotan und Nayhat, sich von ihren Fesseln zu befreien, doch es gelang ihnen nicht. Sie waren einfach zu fest. Der Qualm stieg ihnen in die Nase und raubte ihnen die Luft zum Atmen. „Komm hier rüber", keuchte Bruder Nayhat.

Sie rollten sich über den Scheunenboden zur anderen Wand, die noch nicht brannte. Das war die einzige Art, wie sie sich fortbewegen konnten. Doch sie wussten, es war nur eine Frage der Zeit, bis die Flammen auch diese Seite der Scheune erreicht haben würden.

Es dauerte nicht lange, bis Emith die ganzen Brüder zusammen hatte. Gemeinsam zogen sie los, mit Fackeln in der Hand, und sangen Lieder für den König. Nicht die traurigen Lieder, die die Menschen in Shayan in ihren Königsstunden sangen, sondern die fröhlichen Königslieder, die Emith und Cynthia von Zuhause kannten. Laut klangen die Lieder durch die ganze Stadt. Immer mehr Menschen kamen neugierig aus ihren Häusern. Während die anderen weiter sangen, begannen Cynthia und Emith überall, den Menschen vom König zu erzählen. Und wieder erzählten sie, wie er damals gestorben und dann ins Leben zurückgekehrt war. Viele Menschen hörten das an diesem Abend zum ersten Mal und sie waren sehr erstaunt, dass ihnen das vorher nie jemand erzählt hatte.

Die Flammen hatten jetzt schon die beiden Seitenwände erreicht und kletterten immer höher. Auch ein Teil des Daches brannte bereits. Es war nur eine Frage der Zeit, bis es auf sie herabstürzen oder das Feuer sie komplett einschließen würde. Aber so oder so, sie hatten keine Möglichkeit zu entkommen. Nayhat begann zu husten. Jotan flüsterte immer wieder: „König, hilf, König, hilf!"

Plötzlich fasste Manahim einen Entschluss. So schnell er konnte, rannte er aus dem Salon des Burgherrn hinaus. Dieser schaute ihm erstaunt hinterher.

Manahim rannte und rannte. Darin war er ja schon trainiert! Er achtete nicht auf die Wachen, als er aus dem Burgtor herausrannte. Die Wachen achteten zum Glück auch nicht weiter auf ihn, weil er als enger Vertrauter des Burgherrn galt.

Den ganzen Weg hinunter bis zur Scheune rannte er. Drei der vier Wände standen schon in Flammen. Also musste er es an der Rückseite versuchen. War da noch irgendeine Tür? Nein, leider nicht. Er begann, mit Fäusten auf die Wand einzuschlagen, und mit den Füßen auf sie einzutreten. Doch die Wand gab keinen Millimeter nach. Verzweifelt schaute er sich um, ob er irgendwo ein Werkzeug sah, das er zur Hilfe nehmen konnte. Aber er sah keines. Was sollte er bloß tun? Mit einer Dringlichkeit, wie er sie nie vorher gekannt hatte, war ihm klar, dass er das Leben dieser beiden Menschen retten musste. Doch wie sollte er das schaffen? Er brauchte unbedingt Hilfe. Wieder schlug er mit Fäusten auf die Wand ein. Plötzlich geschah etwas Seltsames: Er spürte, wie durch seine Fäuste eine ungeahnte und ungewohnte Kraft strömte. Und dann nahm er wahr, wie neben ihm eine Gestalt aus Licht stand. Er sah, dass sie seine Faust festhielt, und mit dem nächsten Schlag hatten sie zusammen die Wand kaputtgehauen. Dann nahm er wahr, wie diese Gestalt neben ihm herlief, in das brennende Gebäude hinein. Suchend schaute er sich um. Wo waren die beiden nur? Da – er sah Bruder Nayhat. So schnell er konnte, lief er hin und hob ihn hoch. Wieder merkte er, wie die lichte Gestalt ihm übernatürliche Kraft gab. So schnell er konnte, lief er hinaus und legte den Bruder behutsam ab. Dann lief er wieder in das brennende Gebäude hinein. Inzwischen hatte auch die Wand, durch die sie gekommen waren, Feuer gefangen. Manahim schaute sich voller Panik um. Noch immer sah er den Jungen nicht. Er hatte nicht mehr viel Zeit, ihn zu finden! Plötzlich krachte neben ihm ein brennender Dachbalken nach unten. Um ein Haar wäre er getroffen worden!

Manahims Herz pochte heftiger. Auf einmal hatte er Angst, dass er es nicht mehr schaffen würde, den Jungen zu retten!

XXXIV. Manahim findet Vergebung

Inzwischen zog eine große Schar von Menschen singend und mit Fackeln bestückt durch die Stadt Richtung Burg. Berolunth erinnerte sich daran, dass er schon einmal mit einer Truppe singend um eine Burg herumgezogen war. Damals war diese Burg, die vom Bösen besetzt war, komplett eingestürzt. Ob jetzt wohl auch wieder so etwas passieren würde?

Plötzlich sahen sie Rauch aufsteigen. „Was brennt denn da?", fragte Cynthia.

Keiner der Coloranier wusste es. Doch ein Bruder, der hinter ihnen ging, erklärte: „Das ist wahrscheinlich die alte Scheune, die am Berghang steht. Anscheinend ist sie irgendwie in Brand geraten!"

Der Burgherr stand am Fenster und beobachtete zufrieden das Feuer. „Geschieht diesen Verrätern ganz recht!", murmelte er vor sich hin. Dann wandte er seinen Blick Richtung Stadt und sah etwas anderes: Hunderte von Menschen mit Fackeln bewegten sich auf die Burg zu, und es schien, als würden sich ihnen immer mehr anschließen. Was geschah da? Er lief aus dem Salon heraus und trat auf den Burghof, um sich das näher anzuschauen. Plötzlich hörte er etwas, was in seinen Ohren grauenvoll klang, ja, es klang so entsetzlich, dass er es kaum ertragen konnte! Aus vielen hundert Kehlen wurden fröhliche Königslieder gesungen, kraftvoll und freudig. Plötzlich bekam er Angst, ja, regelrecht Panik! Diese Leute kamen, um ihn umzubringen! Und es schien, als würde die ganze Stadt auf ihrer Seite sein. Er spürte: Seine Zeit hier war vorbei, er war nicht mehr erwünscht, er musste weg! Hastig lief er zurück, raffte, so schnell er konnte, seine wichtigsten Schätze zusammen, befahl einem seiner Knechte, ihm das beste Pferd zu satteln,

und dann verließ er die Burg. Er wurde in Shantakan nie wieder gesehen.

Hier war die Mail zu Ende. „Wie gemein!", riefen Nico und Michaela gleichzeitig. „Und was ist mit Jotan?"

„Das werden wir wohl erst später erfahren", meinte Nico schließlich.

Am nächsten Tag war Heiligabend. Nach dem Frühstück ging Michaela noch mal schnell ins Einkaufszentrum, um ein letztes Weihnachtsgeschenk zu besorgen: Einen großen Extra-Leckerbissen für Picasso. Die Katze sollte doch nicht leer ausgehen an diesem Weihnachtsfest!

Noch immer hatte Michaela ihrer Mutter nichts von dem erwarteten Katzennachwuchs erzählt. *Diese* Überraschung wollte sie sich lieber bis nach dem Fest aufheben, hatte sie beschlossen.

Tante Lieselottes Geschichte

Mirko war an diesem Morgen mit gemischten Gefühlen aufgewacht. Der erste Gedanke, der ihm kam, war, dass das das erste Weihnachtsfest ohne Opa sein würde. Doch dann wanderten seine Gedanken zu all dem, was in den letzten Tagen passiert war. Großtante Lieselotte war keine Mörderin. Das hatten sein Vater und er unzweifelhaft von ihr erfahren. Aber sie hatte sehr wohl das Leben eines Jungen auf dem Gewissen. Das Leben von Opas bestem Freund.

Die Geschichte, die Großtante Lieselotte unter Tränen erzählt hatte, war schrecklich gewesen.

Emil und Opa waren unzertrennlich gewesen. Und Großtante Lieselotte als Opas ältere Schwester hatte es geliebt, die Freunde ihres Bruders zu provozieren, zu ärgern und in jeder erdenklichen Form herauszufordern. Eines Tages war sie mit Emil und Opa im Winter draußen gewesen. Sie hatten im Schnee gespielt und Großtante Lieselotte hatte wieder Lust gehabt, die beiden zu ärgern. Sie wusste, dass man Emil am meisten provozieren konnte, wenn man ihn als Feigling bezeichnete.

Dann geschah es. Opa war kurz weggegangen, weil er sich wärmere Handschuhe holen wollte, und Großtante Lieselotte war mit Emil allein. Und da war dieser vereiste See gewesen. Die Eltern hatten gewarnt und gesagt, das Eis sei noch nicht dick genug. Lieselotte hatte das nicht glauben wollen. Doch sie war sich auch nicht ganz sicher. Also fing sie an, Emil zu provozieren: „Wetten, du traust dich nicht, aufs Eis zu gehen?"

Zuerst wollte Emil nicht, aber Lieselotte hatte nicht lockergelassen. So lange, bis er tatsächlich ging. Zuerst schien es, als ob das Eis halten würde. Da ging er weiter. Doch dann, als er schon ziemlich weit draußen war, knackte es plötzlich und Emil brach ein.

Damit hatte Lieselotte doch nicht gerechnet! Sie hatte gedacht, dass es höchstens am Rand brechen würde, wo das Wasser noch nicht so tief war. Aber doch nicht so weit draußen! Sie hatte vor Entsetzen geschrien und war losgelaufen, um Hilfe zu holen. Aber für Emil war jede Hilfe zu spät gekommen.

Niemals hatte sie jemandem erzählt, dass sie schuld gewesen war an Emils Tod. Und nie war sie mit den Schuldgefühlen fertig geworden. Ihre Eltern und auch Opa hatten hinterher nicht mit ihr darüber gesprochen. Auch der Rest der Familie hatte niemals über Emils Tod gesprochen. Doch weil Lieselotte sich seit dem Tag zunehmend merkwürdig verhalten hatte, kamen immer wildere Gerüchte über sie in Umlauf. Bis schließlich irgendjemand die Vermutung geäußert hatte, dass Lieselotte den Jungen umgebracht hatte. Statt den anderen zu erzählen, wie es wirklich gewesen war, hatte Lieselotte sich mehr und mehr von ihnen zurückgezogen. Schließlich hatte sie sich wirklich wie eine Mörderin gefühlt. Wieso hätte sie sich dann Mühe geben sollen, sich den anderen gegenüber zu verteidigen? Stattdessen hatte sie sich bemüht, alles zu vergessen und sich von jedem fernzuhalten, der sie an ihre große Schuld erinnern konnte.

Bis zu dem Tag, als Mirko sie plötzlich besuchen kam. Und als er mit dem Bild zu ihr gekommen war, war in ihr ein Damm gebrochen. Zum ersten Mal seit so vielen Jahren hatte sie sich ihren Gefühlen und ihrer Schuld gestellt und war dann fähig geworden, mit Mirko und seinem Vater darüber zu sprechen. Als Großtante Lieselotte mit tränennassen Augen ihre Geschichte zu Ende erzählt hatte, waren auch bei Mirko und seinem Vater Tränen geflossen. Wie viele Jahre hatte Großtante Lieselotte unter der Last einer Schuld aus ihrer Kindheit gelitten und hatte keine

Möglichkeit gefunden, Vergebung zu erlangen!! Kein Wunder, dass sie psychiatrische Behandlung benötigt hatte! Wie leicht konnte es sein, Schuld zu verbergen, doch wie schwer war die Last für die Seele, die daraus entstand!

Sofort war Mirko eingefallen, was Opa immer gesagt hatte, nämlich, dass man jede Schuld zu Jesus bringen konnte und dass er einen davon freimachen würde. Das hatte Mirko dann Großtante Lieselotte erzählt, und da hatte sie noch mehr angefangen zu weinen.

Doch dieses Jahr war Heiligabend etwas Besonderes. Mirkos Vater hatte entschieden, dass Großtante Lieselotte lange genug unter ihrer Schuld gelitten hatte. Er hatte beschlossen, sie wieder in den Kreis der Familie aufzunehmen und sie dieses Jahr an Heiligabend zu sich einzuladen!

Mirko zog sich an und machte sich besonders schick. Denn gleich würden sie losfahren, um Großtante Lieselotte zum Heiligabendgottesdienst abzuholen.

Als Mirko über alles nachdachte, fiel ihm plötzlich etwas ein. Das musste er noch mal überprüfen! Er hatte doch den Namen unter der Zeichnung gelesen: Emith. Aber Großtante Lieselotte hatte immer von Emil gesprochen. Der Junge auf der Zeichnung hieß für sie Emil. Und sie musste es ja wissen, schließlich hatte sie ihn persönlich gekannt. Und doch war Mirko sich sicher gewesen, dass nicht Emil, sondern Emith unter der Zeichnung gestanden hatte! Was hatte das alles für eine Bewandtnis?

Er holte die Zeichnung hervor, dann schaute er sich im Internet die Buchstaben der altdeutschen Schrift nochmals genau an. Emith. Er hatte sich nicht vertan, unter der Zeichnung stand eindeutig Emith, nicht Emil. Sein Opa würde ja wohl nicht den Namen seines besten Freundes falsch geschrieben haben, oder? Plötzlich wurde ihm klar, dass er bei weitem noch nicht alle Geheimnisse um diesen Jungen gelöst hatte, auch wenn er ein ganzes Stück weitergekommen war. Er würde den Rest auch noch herausfinden, nahm er sich vor. Doch jetzt würde er erst mal Weihnachten genießen, das erste Weihnachtsfest, an dem auch Tante Lieselotte wieder mit ihrer Familie zusammen sein konnte.

Heiligabend

Als Michaela vom Einkaufszentrum nach Hause kam, sah sie, dass erfreulicherweise eine neue Mail gekommen war. Bis zum Mittagessen hatte sie noch Zeit zum Lesen, und diese Zeit wollte sie nutzen.

Auf einmal sah Manahim wieder die Gestalt aus Licht und sie zeigte in eine Ecke der Scheune. Dort lag Jotan. Manahim rannte sofort hin. Der Junge war bereits vom Feuer eingeschlossen. Doch plötzlich war die lichte Gestalt wieder neben ihm und ging mit ihm direkt durch das Feuer zu Jotan. Erstaunlicherweise spürte Manahim das Feuer nicht, es konnte ihm nichts anhaben. Wieder ging es mit übernatürlicher Leichtigkeit, den Jungen hochzuheben, und er hatte das Gefühl, dass die Lichtgestalt ihn von allen Seiten einhüllte, als er jetzt durch das Feuer zurücklief, aus dem Gebäude hinaus. In dem Moment, als er draußen war, stürzte hinter ihm das ganze Dach ein. Sie waren gerade in letzter Sekunde aus der Scheune herausgekommen!

Manahim stellte erleichtert fest, dass Jotan und Bruder Nayhat beide am Leben waren. Schnell machte er sich daran, sie von den Fesseln zu befreien.

Hinter ihnen brannte die Scheune jetzt komplett herunter. Im flackernden Schein des Feuers schaute Manahim sich nach der lichten Gestalt um. Er fand sie neben der Scheune. Manahim lief hin und fiel vor ihr nieder. „Mein

König", sprach er. „Es tut mir so leid, was ich getan habe." Längst hatte er erkannt, dass diese Gestalt, die ihm geholfen hatte, das Leben dieser beiden wertvollen Menschen zu retten, der König selbst war. Der König, von dem er geglaubt hatte, alles über ihn zu wissen, und den er doch niemals gekannt hatte.

Manahim fing an zu weinen. „Auch wenn ich den beiden mit deiner Hilfe das Leben retten durfte, so weiß ich doch, dass es nichts gibt, womit ich wiedergutmachen kann, was ich alles falsch gemacht habe", sagte er schluchzend.

Der König antwortete: „Manahim, mein Sohn. Es ist gut, dass du zu mir kommst. Und du musst nichts wiedergutmachen. Ich habe bereits alles wiedergutgemacht."

Die Menschenmenge, die sich versammelte, wurde immer größer. Bald hatte man das Gefühl, die ganze Stadt war auf den Beinen. Alle sangen die Lieder für den König, die die Coloranier ihnen beigebracht hatten. Plötzlich geschah etwas Ungewöhnliches: Während die Fackeln langsam herunterbrannten und einige schon ausgegangen waren, fingen auf den Köpfen und Schultern der Menschen plötzlich Tauben an zu leuchten. Vorher hatte man nirgendwo welche sehen können, doch jetzt leuchteten sie überall wie Lichter in der Nacht, und es wurden immer mehr. Und dann trat plötzlich der König selbst in ihre Mitte. An seinen Händen rechts und links gingen Jotan und Bruder Nayhat. Der König hatte sie mit seiner heilenden Kraft berührt und führte sie persönlich zu den anderen zurück.

Es wurde eine lange Nacht. Viele Menschen in Shayan gingen überhaupt nicht schlafen. Sie feierten, tanzten und umringten den König. Auch mit den Tauben sprachen sie.

Alle waren glücklich, dass sie den König und die Tauben kennengelernt hatten. Die Coloranier und Bruder Nayhat hingegen verabschiedeten sich nach einer Weile. Für sie war der Tag lang und anstrengend gewesen und sie brauchten dringend noch ein bisschen Schlaf. Doch bevor sie schlafen gingen, erzählte Jotan ihnen noch, was er erlebt hatte. Als er erwähnte, dass Niayram ihn aus dem Feuer gerettet hatte, widersprachen die anderen jedoch. „Das kann nicht sein", sagten sie und dachten an den echten Niayram, der die ganze Zeit bei ihnen gewesen war.

„Doch!", behauptete Jotan fest.

Am nächsten Morgen nach dem Frühstück sah Berolunth plötzlich den falschen Bruder Niayram auf sich zukommen. Blitzschnell sprang er auf. „Du wagst es ...?", rief er wütend.

Der falsche Niayram wich erschrocken einen Schritt zurück, doch er sagte: „Hör mich bitte an. Ich möchte dir erklären, ich bin Manahim ..."

Aber Berolunth unterbrach ihn und sagte: „Wieder so ein hübscher Name! Wie wirst du denn morgen heißen?"

Plötzlich rief Jotan jedoch: „Du hast mich aus dem Feuer gerettet!"

Und Cynthia legte ihre Hand auf Berolunths Arm und sagte sanft: „Und sieh nur, er hat jetzt auch eine Taube."

Da sahen es alle anderen auch. Auf Manahims Schulter saß eine weiße Taube.

Berolunth knurrte verdrießlich in Jotans Richtung: „Er ist aber wahrscheinlich auch dafür verantwortlich, dass du überhaupt ins Feuer musstest!"

Manahim senkte den Kopf. „Das stimmt", sagte er. „Und es tut mir unendlich leid. Der König hat mir vergeben. Könnt ihr mir auch vergeben?"

Berolunth zögerte. Er starrte Manahim noch immer zornig an. Doch als er sah, dass Jotan bereitwillig seine Hand ausstreckte, reichte auch er Manahim seine Hand. Nun reichte einer nach dem anderen ihm die Hand und er atmete erleichtert auf.

XXXV. Ein Zuhause für Sheerin

Die Coloranier blieben noch einige Tage in Shayan und führten Gespräche mit den Brüdern und mit vielen Menschen in der Stadt, um ihnen noch mehr über den König zu erzählen. Der König selbst war nur die eine Nacht dageblieben, doch durch die Tauben erschien er den Stadtbewohnern immer wieder persönlich. Auch in den gemeinsamen Königsstunden, die sowohl im Haus der Bruderschaft als auch in den Königshäusern der Stadt jetzt völlig anders abliefen, konnten die Menschen mit ihrem König zusammen sein.

Als die Tauben dann sagten, es sei Zeit für Emith und die anderen, nach Colorania zurückzukehren, hatten sie das befriedigende Gefühl, dass sie die Menschen in Shayan und die Brüder, die sie inzwischen wirklich ins Herz geschlossen hatten, beruhigt zurücklassen konnten. Alles war gut, sie kannten den König jetzt wirklich, sie hatten die Tauben und auch viele Königsbücher, die nicht beschädigt worden waren.

Am Tag ihrer Abreise hatte sich fast die ganze Stadt versammelt. Die Brüder hatten so großzügig Vorräte für die Reise zusammengestellt, dass sie kaum in die Satteltaschen passten. Dann hatten noch viele Menschen aus der Stadt

Geschenke für sie und die mussten auch noch verstaut werden. Schließlich gaben die Brüder den coloranischen Freunden noch ein zusätzliches Pferd mit. Damit bekam auch Sheerin ein eigenes Pferd und er freute sich sehr darüber. Die zwei zusätzlichen Satteltaschen wurden mit den Geschenken von den dankbaren Menschen aus Shayan vollgepackt. Da der Platz in den Satteltaschen jedoch immer noch nicht reichte, bestand Bruder Nayhat darauf, ihnen noch ein weiteres Pferd mitzugeben. Alle waren erstaunt. „Wozu brauchen wir denn noch eins?", fragten sie.

„Man kann nie wissen. Es war eine Idee von der Taube", antwortete Bruder Nayhat.

Da ließen sie es geschehen.

Unter vielem Winken und Rufen und auch einigen Tränen wurde schließlich Abschied genommen.

Cynthia atmete erleichtert auf, als sie schließlich wieder unter sich waren. Sie mochte Abschiede nicht. Verstohlen wischte sie sich ein paar Tränen aus dem Gesicht. Sinayah kam neben sie geritten. Bald würde sie auch von ihr wieder Abschied nehmen müssen.

Als habe Sinayah ihre Gedanken gelesen, sagte sie: „Wir haben noch den ganzen Rückweg zusammen."

Cynthia nickte. Ihre Freundin hatte recht. Vor ihnen lag noch ein herrlicher langer Ritt nach Hause. Und diesmal würden sie sich nicht beeilen müssen, sondern gemütlich reiten, mit vielen Pausen, und sie würden sich das Land Shantakan noch ein wenig anschauen. Ihre Laune stieg wieder.

Auch die anderen plauderten munter miteinander. Nur Sheerin war ungewöhnlich still. Ihm hatte die ganze Zeit vor dem Tag gegraut, an dem seine Freunde wieder zurück nach Colorania reiten würden. Denn wo sollte er jetzt hin?

Er hatte kein Zuhause mehr. Zu seinem Vater konnte er nicht zurück. Nach Colorania konnte er aber auch nicht einfach mit. Er hatte niemanden, zu dem er gehörte, ganz allein war er. Nein, nicht ganz allein. „König", flüsterte er zur Taube. „Kannst du mir einen Ort zeigen, wo ich hingehören soll? Kannst du mir ein neues Zuhause geben?"

„Kann ich", flüsterte die Taube zurück.

„Wann machen wir die erste Pause?", fragte Jakob.

Alle grinsten. Jotan drehte sich zu ihm um und fragte: „Jakob, hast du Hunger?"

Jakob nickte verschämt.

Jotan legte den Arm um ihn und sagte: „Du hast recht. Eigentlich habe ich auch Hunger!"

Jakob riss vor Staunen die Augen auf. Sein Bruder hatte sich wirklich verändert!

Bald hatten sie eine herrliche Wiese am Ufer des Smaragdstroms gefunden, die sich bestens für ein Picknick eignete. Die Sonne schien warm und das Wasser glitzerte grün im Sonnenlicht wie Tausende von wunderschönen Smaragden.

Während sie gemeinsam das leckere Essen genossen, das ihnen die Brüder aus Shayan mitgegeben hatten, unterhielten sie sich darüber, wie es wohl bei ihrer Rückkehr in Colorania sein würde. Da bemerkte Cynthia plötzlich, dass Sheerin sehr schweigsam war. „Sheerin, kommst du eigentlich mit nach Colorania?", fragte sie ihn. „Oder willst du wieder nach Hause?"

„Nach Hause kann ich nicht", stieß Sheerin heftig hervor. „Mein Vater würde mich nicht mehr haben wollen. Und ich will auch nicht mehr nach Moroh zurück!"

„Dann kommst du also mit nach Colorania?", fragte Cynthia noch einmal.

„Ich weiß nicht." Jetzt sah Sheerin richtig unglücklich aus. „Ihr habt alle eure Familien, aber ich habe niemanden. Außerdem gehöre ich nach Shantakan und nicht nach Colorania."

Alle schwiegen betroffen. Wie konnten sie Sheerin nur helfen? Bisher hatte sich niemand darüber Gedanken gemacht, er gehörte einfach irgendwie dazu. Doch jetzt, wo alle nach Hause zurückkehrten, mussten sie auch ein Zuhause für Sheerin finden.

Plötzlich fiel Jakob etwas ein. „Ich wüsste da jemanden, der sich schon sehr lange einen Sohn gewünscht hat ..."

Berolunth wusste sofort, von wem Jakob sprach. „Das wäre sicher eine Idee!", bestätigte er.

„Meinst du den Hüter der Shan-Fälle?", fragte Emith interessiert. Er konnte sich gut an den alten Mann erinnern, der so eine vorzügliche Brühe gekocht hatte.

„Ja, genau. Keiner würde sich mehr freuen als er, wenn er endlich einen Sohn hätte, für den er sorgen kann!"

Sheerin strahlte. „Meinst du wirklich?" Er warf einen Blick zu seiner Taube und fragte leise: „Wird das mein neues Zuhause sein?"

Die Taube nickte.

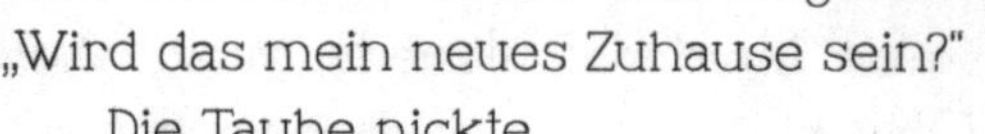

Hier war die Mail zu Ende. Michaela schaute auf die Uhr und stellte fest, dass es bereits Mittag war. Sie ging in die Küche, um eine Kleinigkeit zu essen. Heute Abend würden sie gemeinsam Raclette essen, da musste man sich noch Hunger aufbewahren. Aber vorher würden sie in die Gemeinde zum Gottesdienst gehen. Normalerweise gingen Mom und Nadine nicht dorthin, aber heute, an Heiligabend, wollten sie mitkommen. Michaela freute sich ganz besonders darüber.

Der Gottesdienst war wunderschön. Der Pastor predigte leidenschaftlich darüber, dass Jesus nicht in die Welt gekommen war, um eine Religion zu gründen, sondern um eine Beziehung von Herz zu Herz zu den Menschen aufzubauen. Er erklärte, dass viele meinen, sie könnten Gott gefallen, indem sie Regeln und Gebote einhielten oder sich bemühten, gute Werke zu tun. Doch das sei es nicht, worum es Gott ginge. Er sei ein liebender Vater für die Menschen und er wolle, dass sie seine Liebe empfingen und genossen und ihm deshalb vertrauten.

Michaela musste die ganze Zeit an die Colorania-Geschichte denken.

Da war es um genau das Gleiche gegangen. Plötzlich fragte sie sich, ob es ihr Pastor war, der ihr die Geschichten immer schickte. Auf jeden Fall musste es jemand sein, dem dieses Thema auch wichtig war.

Nach dem Gottesdienst traf sie Mirko. Er war mit seiner Familie ebenfalls im Gottesdienst und stellte ihr seine Großtante Lieselotte vor, eine sehr alte, gebrechlich wirkende Dame, deren Augen jedoch strahlten wie die eines Kindes, das gerade Weihnachtsgeschenke auspackte.

„Sie ist keine Mörderin", flüsterte Mirko Michaela noch schnell zu. „Obwohl … naja, was sie gemacht hat, war auch wirklich nicht so toll. Aber das erzähle ich dir ein anderes Mal. Und übrigens, der Junge auf dem Bild ist Emil, ein Jugendfreund von meinem Opa, obwohl ich mir nicht ganz sicher bin, ob der Name stimmt. Naja, dazu auch ein anderes Mal mehr – frohe Weihnachten dir!"

„Ja, dir auch frohe Weihnachten!" Michaela schaute Mirko erstaunt hinterher. Er schien ja einiges erlebt zu haben! Dann merkte sie, dass Nico hinter ihr stand. Sie drehte sich zu ihm um. Seine warmen grünen Augen strahlten sie an. Er hatte ein großes Geschenk in der Hand. „Für dich", erklärte er und überreichte es ihr. „Aber erst zu Hause auspacken! Frohe Weihnachten" sagte er und umarmte sie.

„Frohe Weihnachten, und danke!" Nun gab Michaela Nico auch ihr Geschenk.

Nach dem Gottesdienst aßen Michaela, Mom, Nadine und Pia zusammen ihr Raclette. Dank Nadines Einfluss war diesmal viel mehr Gemüse dabei als sonst. Mom hatte noch schnell einen Weihnachtsbaum besorgt, doch nachdem Pia ständig die Kugeln abreißen wollte, hatten sie sich darauf geeinigt, dass nur die obere Hälfte des Baumes geschmückt bleiben sollte. Das sah etwas merkwürdig aus, ersparte ihnen allen aber eine Menge Stress.

Sie hatten eine schöne Zeit zusammen und nach dem Essen machten sie sich daran, die Geschenke auszupacken. Nadine freute sich riesig über ihr Kochbuch, und auch alle anderen freuten sich über ihre Geschenke. Als Pia die Puppe von Michaela bekam, strahlten ihre Augen. Mit der Puppe in der Hand sprang sie auf Michaelas Schoß und drückte ihr einen dicken Kuss auf die Wange. Obwohl der Kuss ein bisschen feucht gewesen war, strahlte jetzt auch Michaela.

Sie hätte sich vorher gar nicht vorstellen können, dass sie sich jemals über einen Kuss von Pia freuen würde, doch sie tat es tatsächlich. In dem Moment kam ihr zum ersten Mal der Gedanke, dass sie Pia vermissen würde, wenn sie wieder wegfuhr. Doch zum Glück blieben Nadine und Pia ja noch bis nach Silvester …

Erst am Abend, als Michaela wieder allein in ihrem Zimmer war, packte sie das Geschenk von Nico aus. Es waren die ersten vier Colorania-Geschichten, alle ausgedruckt und gebunden. Zu jeder hatte er selbst ein Titelbild entworfen und ausgedruckt, es sah wunderschön aus. Michaela war sprachlos. Sie rief ihn an. „Hey, Nico, ich weiß gar nicht, was ich sagen soll", meinte sie. „Dein Geschenk ist einfach fantastisch!"

Nico lachte am Telefon. „*Danke* reicht schon aus", meinte er. Er bedankte sich auch für Michaelas Geschenk und sie plauderten noch eine Weile. Dann fragte er plötzlich: „Hast du gesehen, dass noch eine Mail gekommen ist?"

„Nein", sagte Michaela. „Ich dachte, die Geschichte wäre zu Ende."

„Sie ist auch nur kurz. Soll ich dir vorlesen?"

„Oh ja!"

Und so las Nico Michaela am Telefon den Epilog der fünften Colorania-Geschichte vor:

Epilog

Eines Tages, als Emith und seine Brüder gemeinsam von der Schule nach Hause kamen, rief Tante Leah: „Post für euch!"

Sie waren überrascht. Wer schrieb denn ihnen allen zusammen?

Johrin war als erster bei dem Brief und öffnete ihn. „Von Sheerin", stellte er freudig fest.

Sie waren nun schon ein paar Wochen wieder zu Hause. Auf dem Rückweg hatten sie noch eine richtig gute Zeit zusammen gehabt. Auch beim Hüter der Shan-Fälle waren sie ein paar Tage geblieben. Wie erwartet hatte dieser sich riesig gefreut, dass Sheerin bei ihm bleiben wollte. Die beiden hatten sich auch auf Anhieb gut verstanden. Seitdem hatten Emith und seine Brüder nichts mehr von Sheerin gehört. Umso mehr freuten sie sich jetzt über den Brief. Johrin las vor:

Hallo, meine lieben Freunde,

ich wollte euch nur schreiben, dass es mir echt gut geht! Das einzige, was mich manchmal traurig macht, ist, dass ihr alle so weit weg seid. Aber sonst ist hier alles richtig toll! Mein neuer Papa ist sehr nett, viel netter als mein richtiger Vater es jemals war. Und jeden Abend lesen wir zusammen in meinem Königsbuch.

Ich habe auch schon Freunde gefunden. Sie wohnen alle etwas weiter weg, aber ich habe ja ein Pferd, da ist das alles kein Problem. Ich gehe auch zur Schule (leider), aber das ist gut für meine Bildung, sagt mein Papa. Die Schule ist in einem Dorf, zu dem ich fast eine halbe Stunde reiten muss, aber das macht mir nichts aus, denn ihr wisst, ich reite gerne.

Vor kurzem gab es eine große Überraschung. Ein sehr zerlumpter Wanderer kam bei uns an und, naja, um es kurz zu machen: Es stellte sich heraus, dass er derjenige war, der euch den Hilferuf von Bruder Nayhat überbracht hatte! Seine Feinde hatten ihn gefangen genommen, aber es gelang ihm zu entkommen, und nach einer langen Reise ist er ausgerechnet bei uns angekommen! Wir haben ihm das Pferd gegeben, das Bruder Nayhat uns noch zusätzlich auf Anweisung der Taube mitgegeben hatte. Nun ist er wieder auf dem Weg zurück nach Shayan.

In den nächsten Ferien will ich euch alle besuchen kommen. Ich hoffe, mein Papa erlaubt es. Bitte grüßt auch die anderen von mir, wenn ihr sie seht.

Viele Grüße

Euer Freund Sheerin

Der „Kampf um Colorania" geht weiter …

Wollt ihr wissen, wie es weitergeht?
Dann freut euch auf Band 6:

Emith im Tal der Schatten

Warum verschwinden plötzlich fünfzig Mädchen aus Colorania, unter ihnen auch Cynthia? Und welche Pläne verfolgt der Schwarze Meister mit der geheimnisvollen Schriftrolle, auf die Emith zufällig stößt?

Der König beauftragt ihn und seine Brüder, die vermissten Mädchen zu suchen. Dabei führt ihre Reise sie diesmal durch die Wüste in die geheimnisvolle Stadt Shenowee. Doch um in die Stadt zu kommen, müssen sie das schreckliche Tal der Schatten durchqueren …

Während Michaela und Nico sich freuen, dass sie wieder neue Colorania-Mails bekommen, machen sie sich Gedanken um ihre Freundin Lena. Warum hat sie sich so plötzlich verändert? Was für ein Geheimnis hat sie, das sie mit niemandem teilen möchte? In der Zwischenzeit macht Mirko eine aufregende Entdeckung …

Übrigens, der siebte und letzte Band wird heißen:
Emith und die letzte Schlacht.

Besucht doch auch einmal meine Website
www.anettesorge.de

Dort findet ihr immer die neusten Informationen zur Buchreihe, kostenlose Buchzeichen zum Ausdrucken und vieles mehr.

Ihr könnt mir auch schreiben unter
hallo@anettesorge.de
oder einen Kommentar in das Gästebuch der Website schreiben.

Ihr findet mich auch auf facebook:
www.facebook.com/AutorinAnetteSorge

Ich freue mich, von euch zu hören!

Eure Anette Sorge

Der Kampf um Colorania

Band 1

Die Schwarzen Ritter haben das Land Colorania unter ihre Kontrolle gebracht. Als Emith erfährt, dass sie ihm nach dem Leben trachten, muss er fliehen. Mit seiner Freundin Cynthia begibt er sich auf eine gefährliche Reise.

Ärger mit den Mitschülern und Streit zu Hause. Schlimmer könnte es nicht kommen, findet Michaela. Doch plötzlich bekommt sie geheimnisvolle E-Mails, in denen sie Emiths Geschichte liest. Bald merkt sie, dass dessen Abenteuer auch ihr eigenes Leben verändern.

Alter: 9–99 Jahre.

Der Kampf um Colorania
Band 2

Der Kampf um Colorania geht weiter!

Emith hat sich das alles ganz anders vorgestellt. Der König ist plötzlich verschwunden und hat nur eine Taube hinterlassen. Wer ist der Unbekannte, der den Anschlag auf ihn verübt hat? Und was verbirgt sich hinter dem geheimnisvollen Medaillon?

Fragen über Fragen. Als Emith versucht, sie zu lösen, gerät er in Lebensgefahr ...

Der Kampf um Colorania
Band 3

Emith und Johrin werden vom König damit beauftragt, einen Schatz zu finden und nach Colorania zurückzubringen. Doch sie haben Gegner, die das mit allen Mitteln verhindern wollen. Auf ihrer abenteuerlichen Reise müssen sie sich gegen viele Feinde zur Wehr setzen und eine schwerwiegende Entscheidung treffen …

Michaela, die sich freut, endlich wieder Colorania-Mails zu bekommen, lernt auf eine äußerst dramatische Weise den undurchsichtigen Johnny kennen. Was verbirgt er nur vor ihr?

Als er spurlos verschwindet, machen sich Michaela, Nico, Lena und Connor auf die Suche, um ihm zu helfen. Dabei decken sie ein dunkles Geheimnis auf und Michaela gerät in eine gefährliche Situation.

Der Kampf um Colorania
Band 4

Emith und seine Freunde sind wieder im Auftrag des Königs unterwegs. Diesmal treten sie eine Seereise an, um die Farben zu einer weit entfernten Insel zu bringen. Doch ihr alter Widersacher, der Schwarze Meister, hat bereits Pläne geschmiedet, um das zu verhindern. Außerdem spielen sich auf der Insel merkwürdige Dinge ab.

Was hat es mit den geheimnisvollen Spiegeln auf sich? Und welchen Plan verfolgt die undurchsichtige Frau Rodrian?

Während Emith und Cynthia in dem unterirdischen Spiegellabyrinth herumirren, muss Johrin ein Rätsel lösen, das über Leben und Tod entscheidet.

Auch Michaela und Nico stehen vor neuen Herausforderungen. Nicos Smartphone verschwindet und ihm kommt ein furchtbarer Verdacht. Gleichzeitig sorgt ein neuer Mitschüler in seiner Klasse für Wirbel ...